渚の忘れ物

犯罪報道記者ジムの事件簿

コリン・コッタリル

中井京子 訳

集英社文庫

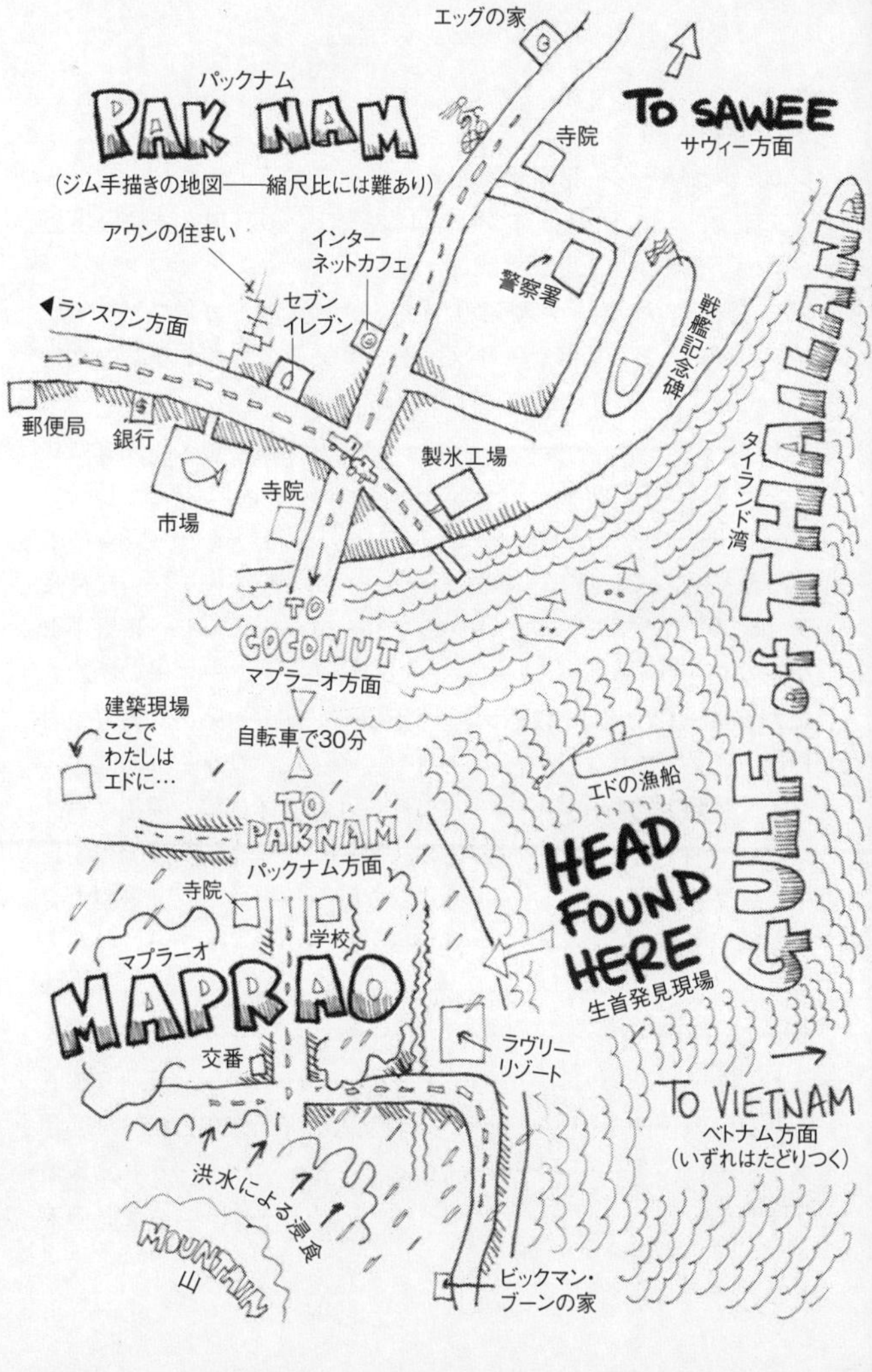

パックナム
PAK NAM
(ジム手描きの地図——縮尺比には難あり)
エッグの家
TO SAWEE
サウィー方面
寺院
アウンの住まい
インターネットカフェ
警察署
セブンイレブン
◀ランスワン方面
戦艦記念碑
郵便局
銀行
製氷工場
タイランド湾
寺院
市場
GULF of THAILAND
TO COCONUT
マプラーオ方面
自転車で30分
建築現場
ここでわたしはエドに…
エドの漁船
TO PAKNAM
パックナム方面
HEAD FOUND HERE
寺院
学校
マプラーオ
MAPRAO
生首発見現場
交番
ラヴリーリゾート
TO VIETNAM
ベトナム方面
(いずれはたどりつく)
洪水による浸食
MOUNTAIN
山
ビックマン・ブーンの家

主な登場人物

ジム・ジュリー……犯罪報道記者。ガルフベイ・ラヴリーリゾート・アンド・レストランの料理人兼洗い場担当
ママ（ジッマナット・ゲスワン）……ジムの母親。ガルフベイ・ラヴリーリゾート・アンド・レストランのオーナー
ジャー……ジムの祖父。元警察官
シシー（ソムキアット）……ジムの姉（元兄）
アーニー……ジムの弟
プーヤイ・ブーン……村長
チョムプー……警察中尉
ゲーウ……アーニーの婚約者
エガラット（エッグ）・ウィラウォット……警察中尉
母ノイ（プンニカ）……リゾートの滞在客
ノイ（タナワン）……母ノイの娘。愛称プーク
コウ……イカ釣り漁船の船長
ウェーウ……元警察大尉
アウン……ミャンマー人
オー……アウンの妻
シュエ……ミャンマー人
エド……芝刈り業者
アルブ……ジムの友人。非公式の通信社を経営
メン……私立探偵
デーンモー……コウ船長の弟

渚の忘れ物

犯罪報道記者ジムの事件簿

謝辞

次の方々に謝意を表します。トニー、クエンティン、ハンス、アップル、ノック、リズィー、ケイ、カイ、ジャネット、デヴィッド、ショーナ、C・G・ムーア、ダッド、アンドルー、レイチェル、ハヌシア（ならびに、ジョージタウン大学教授陣）、そして、ブイに。

しかし、本書を捧げるのは、歌詞の意味などいちいち気にせず、果敢にも音声だけに食らいついて英語の歌を歌うタイのラウンジシンガーやコピーバンド、カラオケファンたちである。本来の歌詞がわけのわからないものになりはてた曲の数々を、この二十年あまりで収集できたのは彼らのおかげであり、本書では感謝をこめてその一部を使わせてもらったことを言い添えておく。

1

「お祖父《じい》ちゃん？」

彼は顔すらあげなかった。扱いづらい人なのだ、お祖父ちゃんは。耳が遠いわけではない。問題は数々あれど、そのひとつは無視することだ。聞こえないふりをして無視を決めこむ。

「お祖父ちゃん？」

わたしがいることはちゃんとわかっている。ただし、祖父に話しかけるにはタイミングが悪かった。マプラーオのダウンタウンはちょうど朝のラッシュアワーで、祖父は交通状況を見守っているのだ。海辺の船まで漁師たちが行き来するが、その多くは通りの向かい側にあるジアップのお粥《かゆ》屋台に立ち寄る。六時半はいちばん混雑する時刻だ。祖父は白い下着に〝原始家族フリントストーン〟のプリント柄の短パンという格好で道路沿いにすわり、通りすぎる乗り物に舌打ちしたりいらだちの声をぶつけている。まるで牧場の柵ごしに牡牛《おうし》をにらみ、絶頂期であればどのような華麗な技で牛を仕留めるか思案する元マタドールさながら、祖父はピックアップトラックやオートバイのサイドカーが目の前を横切るたびに、いちいち険悪な眼差しを向ける。それほど多いわけではないが、どの乗り物もなんらかの交通違反をする。祖父の頭には道路交通法がたたきこまれている。交通係の警察官として四十年勤めあげ、その後の十四年間は『タイ王国国家警察道路利用者広報紙』を定期購読して道交法の改定や修正の最新情報を収集していた。彼はごくごく些細《ささい》な規則まで知り尽くしている。おそらく、タイ全土とは言わないまでもチュムポーン県内ではこの分野で彼の右に出る者はいないだろう。タイのテレビ局〈チャンネル5〉の『コアファン』に応募してはどうかと、わたしたちは幾度となく勧めてきた。これは、たとえば、闘虫用のクワガタムシやブランド物のバッグ、イングランドのプレミアリーグの試合結果といった、まったく無意味な事柄に全人生をかけている人びとが、自分の選んだ得意分野の質問に答えて冷蔵庫を獲得するクイズ番組だ。ジャーお祖父ちゃんなら今ごろ東芝製の冷蔵庫を山のように手に入れていることだろう。

わたしは祖父の反応を期待してまだにらんでいた。クロマニョン人の進化を辛抱強く待つようなものだった。この膨大な記憶力を交通規則ではなく原子物理学に注ぎこんでいたら、彼にはどんな利用価値があっただろうか、とわたしは思う。

タイの田舎では交通規則を知らなくてあたりまえだ。特に警察官は。運転免許交付課ではウイスキーの大瓶とウインクひとつで免許証は速やかに発行されるし、それだけの金銭的余裕がない場合は選択式の試験を受けることになるが、試験用紙にはすでに二十人の受験者が丸をつけた跡が正答部分にくっきりと残っている。そのあと、試験官がすわっている木の下まで車を運転する。そして、試験官が車を止めろと告げる。木をなぎ倒したり試験官を轢《ひ》いたりしなければ免許証がもらえる。このあたりでは交通規則を知っている数少ない人間のほうが不利なのだ。ハイウェイ41号線がチュムポーン県を南北に走り抜けているが、これは国内で最も危険な道路だ。ていねいに合図を出し、ハンドルを十時十分の位置で握るだけの知識がある、バンコクからの気取った正義漢たちは、全速力で突進してくるココナッツ運搬の無灯火のピックアップトラックと接触して弾き飛ばされる。チュムポーン県ではうぬぼれ屋は痛い目を見るのだ。

それはともかく、車の通行とは比較にならないほど緊急性が高いと思われる事柄に、わたしは祖父の関心を引こうとしていた。

「お祖父ちゃん」わたしはいらだった甲高い声で呼びかけた。「浜辺に頭があるのよ」

これでも無関心ならもう無理だ。祖父は矛盾するナンバープレートを付けたピックアップトラックに厳しい眼差しを注いでいた。後部の番号は厚紙に手書きで書かれたもの。車体の前には異なる番号。交通取り締まりの警官にとってはまさに恍惚《こうこつ》となりそうな違反車両だが、しかし、祖父はちらりとわたしに目を向けた。すぐにその車に関心を戻してしまったが。

「なんの頭だ？」彼は穏やかに尋ねた。

「え？」

「魚の頭か？」

いつでも祖父はゆっくりと話し、養護学校の教師みたいに一語一語明瞭に発音する。わたしはほどほどに分別のある三十四歳のタイ人なのだが、祖父に話しかけられるとおつむが弱い少女の気分になる。

「犬の頭か？」さらに祖父は続けた。「それとも、キャベツか？」

「人間の頭よ」きわめてじれったい状況ではあるが、わたしは精いっぱい落ちついた口調で答えた。海岸で人間の頭を見つけたとき、誰に話すべきか、いつも悩みの種になる。なにしろ、決まった手続きはいっさいない。〝いつも〟と言ってしまったが、いささか大げさかもしれない。毎朝の犬の散歩でしょっちゅう人間の頭に出くわしてきたわけではないのだから。もちろん、死体安置所や事故現場で体の部位はいろいろ見てきたが、切断された生首はこの水曜日が初めてだった。これほど動揺したことはない。

体内の目覚まし時計のせいでわたしは六時に目覚める。習慣だ。この時計にはスヌーズ機能がないため、わたしは起きる。これは、日の出を見たいとか、砂浜で犬たちと楽しく遊びたいという欲求から生まれた習慣ではない。一年前にわたしたちがたどりついた草深い穴みたいな土地には、夜はやることが何もないのでこういう生活になっただけだ。〝マプラーオ〟とはココナッツの意味だが、この土地柄を実によく言い表わしている。殻が分厚く、味気なく、大した中身がない。ただし、ずいぶん本題からそれ、緊迫感と興奮でわくわくするはずの物語の冒頭がすっかり台なしになってしまうので、さまざまな不満や家族関係については後述しようと思う。

海岸に話を戻そう。わが家では二匹の犬を飼っている。もっとも、犬たちを閉じこめておく壁や仕切りがあるわけではないので、単に二匹の犬がわが家にいると言うべきかもしれない。どこかで悪さをしていても食事どきには現われるし、わが家が営む質素な海辺のリゾートホテルで寝てくださることもあれば、そうでないときもある。残念ながら、朝になってキャビンのドアを開けると必ず二匹がいて尻尾を振っている。ゴーゴーは母が道ばたで保護した雌犬だが、なかなかたちが悪い。礼儀なし。感謝なし。ついでに、腸もない。ものすごい大食らいで、排便の量もすさまじい。獣医で家畜が専門のソムブーン先生によれば、ゴーゴーには消化機能がないそうだ。そこでわたしたちは、ごくわずかでもゴーゴーの筋肉になればと期待しつつ大量の餌を毎日与える。だが、今のところその気配はない。

もう一匹、スティッキー・ライスは白い雄犬で、もとは寺院に居着く野良の子犬だった。片方の目はつぶれているが、もう片方の黒い目はとても大きい。この犬は泥棒だ。まだ生後七カ月足らずだが、それが言い訳にはならない。もし人間のティーンエージャーであれば少年院に収監されているだろう。客室の前に靴を置けば無事ではすまない。いちばん下の棚にしまったインスタント麺、天日干ししているイカ、畑の野菜、どれも盗まれる。しかも、悪知恵の働くこの犬は証拠をいっさい残さない。葉っぱ、袋、靴ひも、何もかも食べてしまうからだ。彼は〝食用〟という言葉に新たな定義を加えた。コンクリートブロックをもぐもぐと噛み砕き、かけらを吐きださない犬を見たことがなければ、あなたはまだスティッキーに会ったことがないのだ。

あらあら、また横道にそれてしまった。とにかく、そんなわけでわたしたちは浜辺にいた。

風に吹かれて草が転がるように、発泡スチロールの塊が波間で揺れはじめたところだった。潮に乗ってビニール袋が跳ねあがっている。ぶらぶら歩いても少しも楽しくないのだが、わたしの母親（呼び名はママ）が一日に二度は犬たちを散歩に連れていけと言って譲らない。犬には脚がなく、自由意思もないと思っているのか？　十一月なので、ほとんど砂浜が見えないほどゴミが散乱している。家の裏手に川が流れる都会の住人たちは、その川を金のかからない便利なゴミ処理システムとみなす。汚れたおむつをビニール袋に詰めこんで川に放りこめば、あっというまに消えてなくなる。自然とはまことに驚異だ。こうした汚物はすべてランスワン川の河口から吐きだされ、モンスーンの潮流に乗ってはるばるこの湾内にまで運ばれてくる。犬たちはゴミの日が大好きだった。ママが彼らに与える法外に高い〈ペディグリーチャム〉よりも、悪臭を放つ腐った魚や飲み残しのカートンにこびりついたチョコレートミルクのほうがはるかに多くの栄養分を含んでいるのだから。

犬たちは四十メートルほど前方にいて、ゴミの山から何かを見つけていた。興奮している。ゴーゴーは見当のつかないものに出くわすとクンクンと鳴き、ネイティヴアメリカンの戦士の踊りに似た犬ダンスをする。一方、スティッキーは思いがけないものに出くわすと食べる。しかし、明らかにこの代物は食べるには大きすぎた。タンゴを踊るみたいに前後に動き、猛烈に吠《ほ》えている。そばに近づいたわたしはゴム製のマスクが浜に打ちあげられたのかと思った。ハロウィンのような恐ろしい形相の仮面。それをホテルに持ち帰って弟を死ぬほど震えあがらせたらさぞかし楽しいだろうと思った。そこで手が届くところまで近づいた。そのとき、気づいたのだ。

わたしと〝姉〟のシシーはいつか映画の脚本を書いて裕福になろうと考えている。二カ月前、カリフォルニア州カーメルに住むわたしたちのヒーロー、クリント・イーストウッドにシナリオの概要版を送った。彼は〝マルパソ・プロダクション〟という映画製作会社を持っている。このプロダクションはメールによる映画脚本の送付はいっさい受けつけない。それも当然で、メールアドレスどころかホームページすらないのだ。人間がみずからの絶対的な力を確保するにはインターネットを拒絶するのがいちばんではなかろうか？　そのような人物に好意を抱くのは当然ではないか？　うるさい素人にしつこく悩まされて貴重な時間を無駄にすることはない。追っかけにつきまとわれることもない。たまたまネット犯罪者の〝元兄〟がいなければ、クリント・イーストウッドに近づくことはまず無理だ。シシーは四四口径マグナムのようにインターネットを自在に操る。小学三年生なら誰でもできるというハッキングの基本テクニックをいくつか使うだけで、シシーはクリントの個人秘書ライストの極秘Eメールアドレスを探し当てた。わたしは記載された文字を見ただけなので、実際にどのような発音になるのかさっぱりわからない。〝シラミ《ライス》がたくさん〟という意味ではなかろうか、と思っている。それはともかく、シシーはこのライストと対話のきっかけを作り、まずはクリント・イーストウッドのもとで働けるなんてとても運がいいと姉が言い、ライストはメールの送信をやめないと嫌がらせに対する訴訟を起こすと言った。しかし、こうしたストーカー的な関係ではありがちなことだが、敵対意識はやがて友情に変わった。シシーがライスト個人の医療ファイルを調べ、彼女が腎臓結石を患っていると知り、クミスクチン（腎臓結石や腎臓炎等に効果があるとされるハーブ）のカプセル錠を一キロ送ったとき、ふたりの関係は強固なものになった。それは誕生日のプレゼントだった。ライストは大いに感激し、結局、この裏ルートを使ってわたしたちは脚本を送りつけたのだが、おそらく、この経緯と浜辺の生首とどういう関係があるのかと思われるだろう。違います？　そう、いらだってきたとしてもそれはきわめて当然。実はこういうわけ。

　切り落とされた生首を浜辺で見たときの最初の反応は、本来なら「まあ、大変（周囲には誰も聞きつける人がいないので悲鳴はオプション）。なんてひどいことを」といったところだろう。ところが、わたしの脳裏には映画のオープニングシーンがとっさに浮かんだのだ。

　屋外場面――ココナッツビーチ――早朝

アジア人の美少女がゴールデン・レトリバーのティンティンを傍らに引き連れて純白の砂浜をジョギングしている。汗に濡れた薄いTシャツが形のいい乳房に貼りつき、乳首をそれとなく浮きあがらせている。冒頭から検閲に引っかかるほど露骨ではないが、予告編を見ただけで大勢の十代の少年をムラムラさせるには充分な魅力がある。少女は砂浜で生首につまずき……。

　これには手直しが必要だ。つまり、目が不自由でもないかぎり、純白のビーチに転がった生首に気づかないはずがないのだから。ティンティンを盲導犬に設定してもいいだろう。だが、重要なのは……生首をきっかけに想像力が働きだしてずいぶんたってから、本来ならこの状況に戦慄を覚えるべきなのだとようやく気づいたことだ。これは心理的な防御反応にちがいないと、わたしはちっぽけな心を総動員させて願った。潜在意識がこの恐怖の発見を一時的に消し去り、脚本に置き換えているのだと。いずれ実際の恐怖心が意識の底から浮かびあがれば、わたしはワッと泣きだして、どんな慰めにも癒やされることはないだろう。

わたしはその男を観察した。生首。男性。三十代。波にたたかれ、塩水でふやけて皺だらけになっていなければ、もっと若い可能性もある。左耳にピアスが二個。長髪が海草のようにまとわりついている。青白い蠟人形のような顔面には「やめろ！　お願いだ、やめてくれ」という表情。一足の靴に寄りかかった頭。驚くべきことなのだが、このあたりの海岸は片方だけの靴の宝庫だ。片脚の人びとが大勢マプラーオにやってきて靴の補充をする。生首がもたれているのは薄緑色の厚底の木製サンダルで、その角度から考えて、まずありえない連想ではあるが、まるで中国の兵馬俑《へいばよう》の兵士みたいに体が砂の下に直立不動の姿勢で埋まっているように見えた。兵馬俑を埋めるために要した歳月を考えるとその可能性はないだろうと思ったが、有能な調査ジャーナリストはどんな些細なことでも見逃さない。わたしは棒きれでつついてみた。

しかし、これはさまざまな点で間違いだった。というのも、つついたせいで生首の向きが変わり、生気のない目がわたしの顔をまっすぐ見つめたのだ。何か言いたげに口がわずかに開き、そこからカニが一匹、出てきた。一瞬、わたしの心臓が胸骨の奥へと逃げこんだ。わたしの恐怖を感じ取ったのか、スティッキーがわたしを守るように前に飛びだした。彼は生首の鼻をくわえて振りまわしはじめた。とても勇敢な行為だ。わたしのボディガードを買って出てくれたのであって、単に早めの朝食が目当てではないと信じたかった。だが、その懸念もなきにしもあらずだったため、二十分後にジャーお祖父ちゃんが海岸に来たとき、生首にはプラスティック製のランドリーバスケットをかぶせ、上から石で押さえてあった。わたしなりの証拠保全だ。わたしはバスケットをはずし、何枚か角度を変えて携帯電話で生首の写真を撮り、一方、祖父は浜辺にあぐらをかいてすわっていた。

「サメに襲われたんだと思う?」とわたしは尋ねた。

すでに答えがわかっていることでもよく祖父に意見を求める。祖父の優越感を刺激し、独創的なひらめきを次々と呼び起こすためだ。切断された頭部について元交通警官に相談するのは奇妙かもしれないが、欧米的な意味では祖父はまさしく本物の警察官だったのだ。時折、臨時収入として賄賂《わいろ》を甘んじて受け取ってさえいれば、おそらく彼はすばらしい刑事になっていたことだろう。タイ警察では汚職は昇進するために必要な足がかりなのだ。だから、真っ正直な警官が信頼を得ることは不可能だ。祖父の同僚たちは誰ひとり彼を信用しなかった。ここで内部告発者のジョークでも織り交ぜたいところだが、本筋を見失ってはまずい。これだけは言っておきたいが、警察に四十年奉職したすえに祖父がたどりついたのは二等巡査という低い階級で、賄賂という臨時収入もなく、チェンマイで家族が営む店の収入でなんとか暮らしてきた。もしも思いきって汚れた金を受け取っていれば間違いなく大物に出世していただろう。彼には警察官としての卓越した才能があるのだ。

「違うな」と祖父が答えた。

一方、欠点としては、祖父が言葉を発するまで、クジラの出産を待つほどに時間がかかることだった。

「どう違うの?」

「そのサメがサーベルを持っていたなら別だが」祖父はわたしの無知にため息をついて小休止した。「これは海の生物とはなんの関係もない」

たしかに首の切り口はすっきりしたものだったが、第一印象は当てにならないこともありうる。数カ月前、頭からビニール袋をかぶり、首にロープを巻きつけて橋から飛び降りた外国人のことが、まだわたしの脳裏にあったのだと思う。ロープの輪が首をきつく締めつけ、スパッと切り離された胴体は川まで落下した。残ったのはロープの端にぶらさがったビニール袋入りの頭だけだった。マフィアによる復讐殺人だと警察は何週間も信じこんだ。だが、死因は重力によるものだと病理医が確定した。頭と体はしっかりつながっていると思いたいところだが、どうやら違うらしい。

「その根拠は?」とわたしは質問した。

祖父がわたしに視線を向けた。

「考えろ、ジム。よく考えるんだ。タイの映画がいくら観客を惑わそうとしても、海には理由もなく人間をずたずたに引き裂く生物なんてそんなに多くはいないんだ。サメは深海のプレデターとして最も恐れられているが、実際にはかなり誤解されている。本来、サメというのは、食べづらい人間の硬い筋をくちゃくちゃ嚙むよりプランクトンの群れを一気に呑みこむほうが好きなんだ。人間が彼らにちょっかいを出さなければ向こうがわれわれを食べたりはしない。わかりきったことだ。サメに襲われるより、祝賀行事で宙に放たれた流れ弾が頭に当たる可能性のほうが高い。第二に、首の細胞組織と椎骨《ついこつ》はとりわけ頑丈なんだ。海洋生物がこの部分を食いちぎるにはさんざん振ったりかじったりしなければならない。しかし、ここにはそういった傷跡は皆無だ。この犯行は熟練した剣の使い手がひと振りできれいに切り落としたんだな」

「じゃあ、この人はどうやって頭だけで浜辺までたどりついたと思う?」

祖父は肩を前後に揺らしながら砂浜を歩き、驚いたことに生首をつかむと、まるで骨董商が製造年を探すように裏返した。

「鋭利なナイフかな?」と彼は言った。「なたか?　剣か?　わからん。おれは科学捜査官じゃなかったからな。交通整理をしてた」

わたしは携帯電話のコール・ボタンを押し、電話番号の検索を始めた。

「誰にかけるんだ?」

「警察よ」

わたしが警察という言葉を口にするたびに祖父は不快そうな表情を見せる。

「ブーン首長のところへ行ってこい」と彼は言った。

結局のところ、手順を踏まねばならなかったのだ。しかも、生首の処理には首長がいちばんの適任者ではないか？　あとになって知ったことだが、死体やその一部が海岸に打ちあげられることは珍しい現象ではなかった。それに関する規則が、トロール漁業者のレクリエーション施設にあるクラブハウスの壁に貼ってあった。泳げない漁師の数は驚くほど多いし、夜どおし起きているために摂取される興奮剤の種類や数はさらに多い。〈レッドブル〉を一リットルも飲めば自分はイルカだと思いこむかもしれない。タイランド湾のこのあたりでは、高さ八メートルの大波が海賊船の甲板に襲いかかるという例のイメージは忘れるべきだろう。三メートルが嵐としては理想的で、ゴムタイヤのチューブで安全に波に乗っていられる。わたしたちは東海岸の高波を見にいったりはしない。しかし、時折、船べりを乗り越え、イカ釣り漁の集魚灯の影のなかに消えてしまう者もいるのだ。

海岸で死体に遭遇した際、発見者は村の首長に知らせること。（規則11ｂ）

わたしたちの場合、それはプーヤイ・ブーンだ。〝プーヤイ〟とはタイ語で〝大きな人間〟という意味だ。そこで、わたしは皮肉をこめて彼のことを英語の〝ビッグマン〟と呼ぶ。なぜなら、彼は大きくないからだ。ブーンを秤に乗せたことはまだ一度もないが、もし彼の体重を量ってみればコダラと大差はないだろう。六十代だが、背すじはぴんと伸びている。べたついて逆立った髪を薄茶色に染めているため、ペンキの刷毛を連想する。マプラーオの自宅に本妻がいるが、火葬場近くのグラジョームファイには別の妻がいるし、ランスワンには愛人がいる。ベッドでこの三人に面倒をかけるスタミナはなさそうだが、彼がこのハーレムを作った目的は別のところにあるとわたしは思っている。ブーンという男は見せかけがすべてなのだ。彼のクロゼットにはつまらない理由で着用する制服が詰まっている。ボランティアのハイウェイパトロール、村の自警団、沿岸警戒部隊、ボーイスカウトの指導者、村長協会、ほかにもまだまだある。迷彩服姿で自分のヤシの木々に肥やしをまいていることさえあった。最初、わたしにはその姿が見分けられなかった。彼には軍の勤務歴はないと思うが、この土地では誰でも好きな格好をしてかまわないらしい。制服オタクや奇妙な顔立ちに加えて、ビッグマン・ブーンはいけ好かないゲス野郎なのだ。だから、ママの買い物用自転車に乗って彼の家まで湾岸沿いを走るのはいやでたまらなかった。

「これは、これは！　わが愛しの君じゃないか」と彼は言った。「ちょうどいいところへ来てくれた。ちょっとばかり張りを感じていたんだ。おまえさん、マッサージの技術はどうなんだ？」

彼は自宅前のバルコニーで木製のリクライニングチェアに横たわっていた。軍の士官候補生のジャケットに、それとはまったく不釣り合いな短パン。すぐそばには〈リオ〉(タイのビール)の缶ビール。時刻は朝の七時。本妻は数メートル離れた場所で鶏の羽をむしり取っていた。

業務用洗濯機のような体つきの女だ。彼女が話しているのは一度も聞いたことがない。

「プーヤイ・ブーン、海岸に生首があるのよ」とわたしは告げた。

「ここだ」と彼は一方的に話を続け、片脚を持ちあげてやせ細った腿《もも》を見せた。「ほんと、痛くてな。筋を違えたんだ、きっと。数分ばかり揉《も》んでくれれば凝りがほぐれるはずだ……ま、逆効果ってこともあるが。ヒッヒッヒッ」

どうせ筋肉なんてないだろうし、そもそも耳があるのかと不思議に思いはじめていた。わたしは海岸に生首があるとちゃんと言ったわよね？　わたしはもう一度、口を開いた。

「ブーン、聞いてちょうだい。うちのホテルのすぐそばに人間の生首が転がってるのよ。浜辺に打ちあげられたの」

ブーンは微笑を浮かべたが、そのひょうしに上の入れ歯がカパッと落ちた。彼は舌先を使って器用に戻した。

「両脚はあるのか？」

「え？」

「その生首にさ。両脚は付いてるのか？」

「生首なのよ。もし脚が付いていればそれは体なんだから、『ブーン、海岸に死体があるのよ』と言うわ。実際にあるのは頭だけ。わかります？」

わたしは村長にもっと敬意を示すべきだったのだろう。村人は彼に尊敬の念を払うし、せいぜい陰でこっそりと笑いものにするだけだ。しかし、人口五千人のマプラーオには十三の村があり、ビッグマン・ブーンは十三番めの村を治めるご領主さま。この村の家屋数はせいぜい五十軒。ニューヨーク市長とはちょっと違う。それに、すでに述べたとおり、ゲス野郎なのだ。

「脚がなけりゃどこにも行かないだろう？　走って逃げたりはしないよな？　貯蓄協同組合の会議が終わってからでもまだそこにいるはずだ。緊急事態じゃないんだから、協同組合の会員全員に電話をまわして会議を中止する理由はない。そうだろ？」

「緊急事態じゃないですって？」わたしは気持ちが高ぶってきた。「人間の頭なんですよ。かつては誰かの体にくっついていた頭。たぶん、彼の身を案じている家族がいるでしょう。殺された被害者かもしれない。この瞬間にも第二の犠牲者を求めて犯人が歩きまわっている。ただ、誰からも死亡届が出ていないというだけ。それなのに、あなたは心配じゃないの？」

「ハ、ハ、ハーン・ジム」と彼は言った。〝ハ、ハ、ハーン〟とは年下のきょうだいを指す言葉で、つまりは人を見下した慇懃《いんぎん》無礼な態度があらわになるということだ。彼が何を言いだすか充分に見当がついた。

「ハ、ハ、ハーン、ハーン・ジム」ブーンは繰り返した。彼は朝食のビールを飲み、また入れ歯がはずれないように舌で押さえながら微笑んだ。「おれが心配なのは、あんたみたいなセクシーなお嬢ちゃんがろくでもないことばかりに熱中することさ。殺人だの悪事を働く者だの。犯罪。レイプ。十代の少女の小さな胸が愛撫《あいぶ》の対象になっているとか。あえて言わせてもらえば、今のあんたはそういう世界から遠く離れているんだ。われわれのこの平和なコミュニティに来てくれて本当によかった。地球上にはどれほどの愛と思いやりが満ちているか、その目で見られるわけだから。いいか、ジム・ジュリー、みんながあんたに好意を持ってる。ここではな」ブーンの片手がいつしか股間《こかん》までさがっていた。「その熱い心を冷やすといい」

ブーンが指摘しているそういう世界とは、犯罪報道の世界だった。わたしはあと一歩のところで『チェンマイ・メール』紙の上席犯罪報道記者になりそこねたのだ。断腸の思いで離職してからすでに一年以上が過ぎたので、今ごろはあの年老いた上司も天国でアルコール依存者更生会の集まりに参加していることだろう。新聞社は、綴《つづ》りは得意だがジャーナリストとしては最低の腹立たしいアーコムにその地位を与えたが、本当はわたしがその席にすわるはずだったのだ。ジム・ジュリー、タイでふたりめの上席犯罪報道記者。実にふさわしい。尊敬を集め、高く評価される。『タイム』誌のアジア版で〝タイの女性、成功を収める〟という見出しで取材を受けるはずだった。そんなわたしが流れついたのはどこ？　ガルフベイ・ラヴリーリゾート・アンド・レストランの料理人兼洗い場担当だ。最寄りの町はランスワン。列車が故障か何かで止まったときにしか訪れないような場所。

「じゃあ、警察には通報しないつもりですか？」とわたしは問いただした。

「もちろん、通報するさ。もちろんんね。恐ろしいことだ。浜辺に人間の首があるなんて。恐ろしい。九時の会議が終わったら沿岸警戒部隊の代表と一緒に現地へ行き、本当に人間の首かどうか確認しよう」

「人間の首がどういうものか、わたしにはわからないと考えているの？」

「ハーン。落ちつきたまえ。もちろん、あんたなら人間の首がどういう代物かわかっているだろうよ。だがな、手続き上、あんたはただの第一段階にすぎない。つまり、非公式の目撃者にすぎないわけだ。規則第十五項によれば、すべての申し立ては現職の当局者によって立証されなければならない」

「つまり、あなたのこの家からバイクでたった五分のところだし、会議までまだ二時間もひまがあるというのに、それでもあの首をずっと放置したまま……その会議が終わるのは何時です？」

「ええっと、十一時ぐらいかな」

「ということは、四時間も……？」

やっとわかった。なるほど。今日のわたしはいささか頭の回転が鈍くなっていた。面倒な書類仕事。季節は十一月。高潮の月だ。十一時にはもう浜辺は消えているだろう。モンスーンによる椅子取りゲームみたいなもので、あの生首はほかのゴミと一緒に湾岸沿いに南へと押し流され、代わって別のゴミがここの浜辺に流れつく。日々、新たな漂流物やがらくたと出会うチャンスがあるわけだ。昼食どきにはあの首はほかの誰かが扱う問題になっているだろう。わたしの国では、ある期間を無為に過ごすことでほとんどあらゆる問題が解決できる。

わたしは自分の携帯電話に目をやった。

「現在、七時十五分であると確認できますか？」とわたしは言った。

ブーンは立派なダイバーズウォッチを持ちあげて、「ああ」と答えた。

「ありがとう」と言って、わたしは彼の写真を撮った。

「なんの写真だ？」

「インタビューの仕上げとして」

「インタビュー？」

「あなたのインタビューよ」

わたしは携帯電話を掲げて彼の写真を見せた。

「まさか……？」

「ひとこと残らず録音しました。すみませんね。あの首については すでに『タイ・ラット』紙に伝えてあるの。行政がどのように動くか正規のルートを通して検証してほしいと依頼された。さてと、これから電話して……」

「待った！」頭に狙いをつけた装弾済みの拳銃でも見るように、彼はわたしの携帯電話をにらみつけた。「つまり、人間の首ということかね？」

わたしは笑わずにはいられなかった。舌打ちの音が聞こえた。鶏たちは死んでいるので、音を立てたのはブーンの本妻だろう。

「ご心配なく、ブーン。もう録音はしていないから」

ブーンは心配そうな顔つきだったが、ゲス野郎は暴力をふるわないとわたしは経験的に知っていた。こういう連中は困ったことが起きるとぬらりくらりとすり抜けるのだ。

「わが愛しのノーン・ジム」と彼は言った。「君と友達になってどれくらいになるかな?」

わたしは「友達になった覚えはない」と言おうとしたが、ブーンはわたしに口を開くすきを与えなかった。

「これは明らかに文化の違いがもたらした誤解だ。北部と南部の出会い。言葉の違い。誤解が生まれてもあたりまえさ」

わたしたちふたりが話しているのは間違いなくタイの標準語だった。ブーンはわたしにウインクし、首に掛けているたくさんのお守りの下からひも付きの携帯電話を引っ張りだした。短縮ダイヤルを押し、待っているあいだにジョン・デンバーの『故郷に帰りたい』が流れた。電話がつながると、短い言葉を口にした。

「コードM」

ただし、考えてみれば〝M〟は言葉とは言えないだろう。わたしはママの自転車に乗って海岸沿いの道路に戻りつつ、ひとりほくそ笑んだ。わたしって、頭がいいわ。録音機能付きの携帯電話があることは知っているが、わたしのは普通の携帯だった。

わたしたちが朝食を食べているとき、生首回収作業が始まった。ママにはこの件について話していなかった。彼女にとってはどうでもいいことだったかもしれないが、しかし、母は不安定な状態なのだ。数年前から数字や名前や出来事の順番といったことに困惑するようになった。まるで蠟燭《ろうそく》の炎で焼けて羽ばたく蛾《が》のように、わたしたち家族の細かい事柄がはらはらと崩れて混乱するときがある。たとえば、わたしをシシーと呼び、わたしを男から女に変えた手術について話しだす。とっくの昔に失踪《しっそう》し、ほとんど知らないに等しいわたしたちの父親をジャーお祖父ちゃんの顔に重ね合わせ、気恥ずかしい秘話を語りだすので、すばやく話題をそらさねばならない。決まって左右別々の靴を履き、それがファッション哲学だと言い、食品に入っている防腐剤の小袋を薬味だと信じこむ。これまでにたくさん食べてしまったので、百五十歳くらいまで長生きしそうだ。こうした混乱が起きるのは稀《まれ》だし、普通の状態でいる期間が長く、そういうときはわたしたちの愛する面倒見のいい人間なのだが、おかげで不安定な状態になるとよけいにいらだたしい。母の内部に別の人物が棲《す》みついていることをついついわたしたちは忘れてしまう。チェンマイの自宅を売り飛ばし、こんな居心地の悪いところへ家族全員を移住させたのは、本物のママではなかったとわたしたちは確信している。キャビンが五棟のホテル。バナナの葉を使ったガゼボ（屋根と柱でできた開放感のある東屋）が五つ。半分ほど空っぽの店舗が一軒。汚いビーチ。クラゲがはびこる生ぬるい水。わたしたちは現実の生活も仕事も夢もすべてを捨てて母についてきた。ひとりきりにすれば母が死んでしまうとわかっていたからだ。わたしは新聞の仕事を捨てた。弟のアーニーはタイ随一のボディビルダーになる野心を捨てた。ジャーお祖父ちゃんは……そう、お祖父ちゃんには何も捨てるものはなかったが、わたしたちと同様にいらだっていた。いつも不機嫌でイライラしているからだが。シシーだけは子としての責任感に左右されず、居残った。

十一月は北東からうっとうしい風が吹きこんでくる。砂を巻きあげ、打ち寄せる波から塩を飛ばす。そこでアーニーが、レストランとして使っているガゼボの三方に緑色のプラスティックの網を張って壁を作った。もちろん、海や湾の風景を見晴らすことはできなくなったが、海岸沿いに暮らす目新しさはとっくに消え去っている。しかし、このおかげで食事中には駐車場というすばらしい眺めが楽しめる。

「将軍たちが来たわ」とママが言った。

その言葉で目をあげると、店舗の前に一台のピックアップトラックが駐まり、軍服姿の男がふたり、降りてきた。怒号のような波音のせいで彼らの到着が聞こえなかったのだ。

「あれはビッグマン・ブーンよ、ママ」とわたしは言った。「この村の村長。もうひとりは自転車修理屋のポット」

「でも、勲章を付けてるじゃないの」

「あれはリボンよ、ママ。制服と一緒に買うの。それを縫いつけただけ。なんの意味もない」

「ふたりとも、優雅に見えるわ」母は微笑んだ。「あたし、軍服を着た殿方って、大好き。もう話したかしら、戦闘機のパイロットと寝たことがあるって？」

「聞いた」全員が答えた。

「あの人、とても風変わりな形の……」

「聞いた」全員がふたたび声をそろえた。

「あのふたり、どうしてここに来たんだと思う？」

「海岸調査よ」とわたしが答えた。「川にゴミを捨てている家を特定するための証拠採取。たとえば、光熱費の請求書。写真。DNA検査のための識別可能な体の老廃物」

口からでまかせの嘘に話を合わせるように、クリーム色と茶色に塗り分けた汚らしいピックアップトラックが現われ、見たことのない警官が降りてきた。その男は太りすぎで、なおかつ、強風で飛んできたものが頭にスポッとはまったのかと思うほど、一目瞭然のかつらだった。パックナム警察署と公式に関わったのは二カ月前だが、あれ以来、十数人の警察官が次々にやってきては去っていった。テレビのホームドラマみたいなものだ。レギュラー陣は不動。マナ警察少佐は、この地で〈アムウェイ〉の直販特約店の副業が繁盛しているから。プーム一等巡査、マーヤイ巡査、マーレック巡査はここで生まれ育ち、家族もいて、異動を拒むから。わたしのお気に入りのチョムプー警察中尉はほかでは必要とされないから。だが、それ以外の役者たちは適当に入れ替わる。異動、試用期間中の配置、左遷、懲罰。パックナム署は評判の悪い警察官を〝閑職に異動〟させる異動先のひとつなのだ。パックナムは活動のない場所としては最適だった。実際、長期間、何カ月も無為のうちに過ごすしかない。

警察のピックアップトラックの隣に三台めの車が駐まり、うちの駐車場は満杯になった。黒い大型ＳＵＶで、屋根のロールバーにはいくつも照明灯が取りつけられている。ドアには見慣れたステッカー。セクシーだが意識不明でぐったりとした女を抱きかかえている、作業着を着た勇ましげな男の後ろ姿。わたしはこのロゴを見るたびに吐き気を覚える。これは全国レスキュー組織のシンボルマークだ。この地方の場合は南部救援任務団体、通称ＳＲＭの大胆な男たちを指す。建て前としては、魂の旅をよりよい場所へと導くことを任務とする慈善団体である。まずは事故現場や、殺人、自殺の現場。わたしたちのように、SRMの男たちを金と血に飢えた冷血漢とみなす人びともいる。タイでは慈善は割のいいビジネスなのだ。レスキューの任務によって多額の寄付金を受け取り、遺言で全財産を譲られることもよくある。だからこそ、真っ先に現場へ駆けつけ、ほかのレスキュー隊に後れを取らないことは、崇高な使命感というより金銭的な欲求なのだろう、とわたしは考えている。ふたつの団体が事故現場で鉢合わせし、タイヤレバーまで持ちだして主導権争いをしているあいだに、道路では被害者が失血死するところをわたしは見てきた。麻薬の過量摂取者の傍らでレスキュー隊員が何度も何度も脈を調べる場面も目撃している。被害者を病院へ搬送するより死体回収のほうが価値が高いということだろう。死に損なうなんてとんでもない。それでも、死を扱う業界ではこの手の輩《やから》が不可欠になり、もはや警察は自分たちの手を血で汚す必要がなくなった。遺体の回収と搬送はこうした団体に完全にゆだねられている。

SUVから降りてきた色の黒いふたりの男はソクラテスとベンに似ていた。映画『ウイラード』に出てくるネズミたちだ。黒っぽくて筋張っている。ふたりは警察官と冗談を交わし、村の沿岸警戒部隊にも会釈した。生首は傾いたヤシの木の下で見つかるはずだとわたしはブーンに伝えてあったので、彼らはわたしに同行は求めず、そろって砂地を歩いていった。散乱するゴミの隙間を縫うように進み、やがてガゼボに張った網の向こうに移ったところで姿がぼやけた。

「みんな、とても仕事熱心ね」とママが言った。

「公害、とでも言えばいいのかしら？」わたしは答えた。「そのせいで人が集まるのよ」

わずか十分後、一行が駐車場に戻ってきた。わたしは回収した首を発泡スチロールの箱に収めてくるのだろうと思っていた。せめてわたしがかぶせておいたランドリーバスケットに入れて運ぶことだってできたろうに。どれだけ突飛な想像力を働かせたとしても、まさかソクラテス、つまり、ネズミの背の高いほうが生首の長い髪の端をつかんで振り香炉みたいにぶらぶらと振ってくるとは思ってもみなかった。彼は大きな黄色いゴム手袋を片手にはめていた。しかも、彼らがカメラを出し、SUVのそばで生首との記念写真を交代で撮ったときには驚愕した。わたしは吐きそうだった。二十メートルも離れていないところにわたしたちがいることを承知していながら、彼らは気にも留めない。ブーンと警官はそれぞれ車で帰っていった。SRMの男たちは生首を車の後部に入れ、わが家の無料の水道で手を洗った。わたしはママのほうに顔を向けた。彼女はお得意の〝タイタニックスマイル〟を口もとにたたえてすわっていた。自分の周囲にあるものがすべて、凍てつく大西洋の下へと沈んでいくときに必ず浮かべる意味のない笑顔。

「かわいそうな人」と母は言った。生首のことを指しているのだとわかった。

わたしは猛烈に腹が立った。勢いよく立ちあがり、小さな胸を精いっぱい張って彼らの大型霊柩車へと近づいた。弟のアーニーは体格は〝ターミネーター〟だが、いい意味で言えば穏やかで温和。誰かとやり合うと考えただけで恐怖に怯《おび》えることはわかっていたが、血を分けたわたしの弟だし、彼の存在をすぐ背後に感じたので、やせ細ったベンネズミの胸を小突いた。

「いったい何をしているつもりなの?」とわたしは問いただした。

ベンネズミはわたしを見てからアーニーに視線を移した。

「手を洗ってるのさ」

「質問の意味ぐらいわかるでしょ。あの首のことよ」

彼はわたしを上から下まで無遠慮に見つめていた。いやでたまらない。アーニーが屈強な見かけどおりに毅然《きぜん》とした男であれば、と思うのはこういうときだ。「そんな目つきで姉貴を見たらおまえの頭をたたきつぶしてやるぞ」とかなんとか威《おど》し文句を言ってほしい。しかし、アーニーは鳩のような優しい心根を持ったジャンボジェットなのだ。

「あんた、身内かい?」とソクラテスが言った。たぶん、あの首のことを指しているのだろう。

「いいえ」

「じゃあ、よけいな口出しはやめておけ」

「でも、わたしは発見者なのよ」

「気の利いたことを言うじゃないか、え?」

「だから、少しは敬意を払いなさいって言ってるの」

ふたりは笑い飛ばした。

「その敬意ってやつをどうすればいいか、わかるか？」彼はにやりと笑った。「ボーイフレンドのケツの穴にでも突っこんでやればいいのさ」

意外にもアーニーが一歩前に踏みだしたが、いきなりベンネズミが飛び出しナイフを手にして、親指を胸に当て、刃を前に向けた。いつのまにナイフを出したのかわからないほどすばやい動きだったが、明らかに以前にも使ったことがあると顔に書いてあった。彼はアーニーをにらみつけ、かわいそうに弟はちっぽけな石ころみたいに縮みあがった。

「来いよ、ゲイ野郎。おれに手を出す前にどれだけ皮膚がなくなるか試してみろってんだ」ベンネズミが笑みを見せた。左側の歯が一本もなかった。話すたびに歯のない隙間へ唇が吸いこまれる。

「わたしは『チェンマイ・メール』の記者よ」とわたしは言ったが、声の震えは抑えきれなかった。

「へぇ、そいつはおっかねえな」ソクラテスがまたもや笑い声を放ち、こっちもまたいきなりナイフを構えた。この連中はいったいなんなの？

「指がなくなっても記事を書けるのか？」

「わたしに威しは通じないわ」と言い返してはみたものの、顔から血の気が引いているので威しが通じることは明らかだった。ソクラテスがわたしのすぐそばまで顔を近づけ、虫酸《むしず》が走るような臭い息を浴びせた。わたしは断固として後ずさりはしなかった。及び腰ではあったが、にらみ返した。

「忘れてると困るから言っとくけどな、今朝、あんたは海岸で何も見つけなかった。わかったな？」

場の空気を一変させるには知ったかぶりの気取った返答が有効だが、いつでも効果があるわけではない。今回がまさにそれだった。

「わかったわ」わたしはあっさり答えた。

彼はアーニーに顔を向けた。弟は蒼白《そうはく》になっている。

「わかったか？」

「わかった」アーニーはうわずった甲高い声で言った。

この日の朝までは、〝脅威〟という概念の定義づけにいつも悩んできたものだ。ここにふたりのろくでなしがいる。やせ細って、飛び出しナイフを持った、クズみたいな男たち。もし市場で買い物する彼らを見れば、こんな輩に生まれ変わってこなくて運がよかったと思うだろう。だが、そばを通りかかっただけでも焦げ臭い不快感に襲われるはずだ。接触不良で燃えるケーブルのにおい。身の毛がよだちそうな雰囲気をまとっている。そして、目を見ればふたりが本気なのだとわかる。本物の悪党だと。最後に残ったカボチャに手を出したとたん、ふたりに殺されるだろう（わたしはここでもまだ市場を例にしている）。脅威とはまさにこの男たちのことだった。彼らはわたしたちのまわりをゆっくりと歩きながらナイフの先端でつついた。脚に向かって放尿されるかもしれないと思った。完全にわたしたちの負けだ。

そのとき、轟音が鳴り響き、ＳＵＶのサイドウインドーが粉々に砕け散った。わたしたち全員がいっせいに振り返った。ネズミたちが真っ先に彼を見た。大きな黒い拳銃を持って台所の前にたたずむジャーお祖父ちゃん。どこでそんな代物を手に入れたのかわたしには見当もつかない。

「おれは年寄りだ」と祖父が怒鳴った。「それに、あと二カ月しか生きられないから失うものは何もない。次は、おまえらの前にあるハイビスカスの植木鉢に一発。そいつが目印。そのあとは背の高いゲス野郎、次に背の低いゲス野郎の頭。ひょっとしたら、ちっこいほうが先かもな。おれの目も腕も確かだ。ただし、頭のほうの具合がイマイチよくない。な、わかるだろ？　薬のせいだ」

まるでクリント・イーストウッドに匹敵する台詞だった。

祖父が片方の目を閉じ、重すぎて扱いかねると言わんばかりに銃を揺らしてから発砲した。ハイビスカスがあの世へ吹き飛ばされた。ついこのあいだの週末に買ったばかりの鉢植え。鉢の細かいかけらがばらばらと落ちてきた。だが、ネズミどもは映画の悪漢みたいに仰天して逃げはしなかった。ふたりは互いに顔を見合わせて薄く笑みを浮かべ、傲慢《ごうまん》さを漂わせながら車へと歩いていった。座席に散ったガラスの破片を払いのける余裕すら見せて乗りこむと、車を出した。ただし、ゆっくりと徐行し、ふたりとも祖父をにらみつけ、意味ありげにうなずいた。ソクラテスネズミが二本の指を突きだし、祖父のほうに向けた。恐ろしくたちの悪い敵を作ってしまった、とわたしは感じた。

2

「薬の具合はどう？　何か効果を感じる？」

「いいえ」

「そんなこと、ありえない」

「だって、そうなのよ。まだ箱から出してもいないんだから」

「ジム、あんた、約束したじゃないの」

「ええ。ただ……未試験薬の実験台になるなんて、ちょっと危険じゃないかと思ってね」

「あれは絶対に安全よ。信じてちょうだいな。あたし、あの薬屋とは知り合いなの。製薬会社だって大枚をはたいてるわ。合法的なのよ。あんたもママもあたしからの〝汚れたお金〟を受け取ろうとしないんだから、何か別の収入源を探してあげるしかないじゃない？　それとも、今は大金なんていらないってわけ？」

「いいえ、ぜひとも欲しいわ。でもね、開発者が想定していない副作用とかがあったらどうなるの？　もしもわたしの胸が変な形でふくらんできたら？」

「それなら、落ちこむ理由がふたつ減るでしょうね。その薬は抗鬱《こううつ》剤で、ホルモン剤じゃないから。とにかく、薬を飲みなさいってば。飲んでアンケートに答えてお金をもらいなさい。あんたは空き部屋だらけのちっぽけなホテルにいる、失業したジャーナリストで、しかも、どんどん中年に近づいていて、男が見つかる望みはほとんどない。だから、収入源が必要なのよ」

　言い返すネタなら山ほどあるのだが、お互い、自分を哀れんでも無意味だ。

「でも、わたしは落ちこんでなんていないわ」

「あら、じゃあ、あたしだって、素敵な女の子と出会って結婚を申しこんだことぐらいあるってことになるわね」

　身動きの取れない暮らしに気が滅入りがちなわたしには、シシーこと本名ソムキアットと電話でおしゃべりすることが一種の命綱になっている。彼女はインターネットを通じて虚構の世界とつながっていた。ロサンジェルスで賭け金の高いポーカーをやる。ひと勝負をかけたティーンエージャーたちが人気のダンスパフォーマンスをそっくり真似て踊る〈ユーチューブ・カバーダンス〉の著名審査員を務める。彼女の分身がブラジルからバーミンガムまで幅広いろくでなしどもの分身とデートし、オンラインでセックスする。しかも、数多くの重犯罪まで犯している。ドイツ人の夫で後援者でもあった男が謎の失踪を遂げて以来八年間、彼女は手当たり次第に金を盗みつづけているのだ。彼女が好む犠牲者は、ポルノ製作者や金はあるが分別のない男、それに、有名人。おそらく、彼女はうんざりするほどの金持ちで、オフショア銀行に預けた金が何桁もの数字で画面上に表われるのだろう。指先を舐《な》めて数える必要のない金だ。しかし、彼女はパソコンのなかだけで生きているので、ある意味ではそれがふさわしいと言える。

ネットにつながっていないときの彼女は、かつて世界的なニューハーフのビューティーコンテストで史上最高の美貌を誇ったものだが、今ではずんぐりとしてだらしなく、北の首都チェンマイの暗いコンドミニアムに住んでいる。たまにルーフバルコニーを歩くほかは、この一年、まったく外に出ていない。食料は宅配。日常の業務はすべて個人秘書に任せているし、少なくとも六年は恋人との接触がない。わたしは自分が家族のなかでいちばんまともだということに不安を感じはじめていた。現実の世界がまだまだ動いているのだと教えるために、わたしは海岸の生首とジャーお祖父ちゃんがSUVに発砲した件をシシーに話した。

「へえ、そっちの暮らしは退屈だろうと思ってたわ」と彼女が言った。

「でしょ？　だから、こっちへ来ない？　ママは姉さんに会いたがってるし。あのネズミ兄弟からわたしたちを守ってちょうだい」

「そうね。なんだか楽しそう。行きたいのはやまやまだけど、あたし、エクスフォリエーション（肌の古い角質を除去すること）のコースを始めたばかりなのよ」

「じゃあ、それが終わったらすぐに来てね」

「四週間のコースなの」

「四週間もかけて角質を取るわけ？　皮膚がきれいさっぱりなくなった姉さんの姿なんて、想像できそうにないわ」

「ソウルでは最高にきれいなあたしを見せなきゃいけないから」

「魂《ソウル》？　つまり、人間とか生《せい》ある者の真髄のこと？」

「違う、韓国の首都のソウルよ」

「例の〈サイバー・アイドル〉がらみ？」

「パーティーがあるの。あたしはその主賓」

韓国には〈サイバー・アイドル〉という巨大なサイトがあり、不細工な連中がフォトショップで整形し、変身したアバター画像をオンラインの美人コンテストに投稿するのだが、シシーは化粧法やお手入れ情報を無料で提供していた。どんな虚像でもまかりとおる。シシー、というか、十年前の彼女自身のマスコミ向け写真は、彼らにとって教祖的な存在になっていた。彼女は誤解という名の妖精なのだ。

「でも、どうして体を磨くの？」とわたしは尋ねた。「フォトショップでピーリングすればいいじゃない？　たしか、そういう機能があったはずよ。〝レイヤーを剝がす〟とかなんとかいうやつが」

「それは、つまり……」

いかにも意味ありげに言いよどんだので、何か大きな暴露があるものとわたしは期待した。

「……つまり、オンラインじゃないから」

「え？　だって、パーティーをやるんでしょ？　魅力的に修整した偽物の画像が集まるサイト上の宴会。オンラインに決まってるじゃないの？」

「今回のはカミングアウト・パーティーなの」

「何からカミングアウトするの？」

「ネットから。虚像はなし。あたしたち全員が修整前と修整後の写真をもう見てるのよ。アヒルから白鳥に最も華麗な変貌を遂げた人たちが受賞者。これは修整前の姿をさらすパーティーなの。醜いプライドよ」

「でも、ということは……」

「そう、あたしは韓国に行くの」

「でも、シシー、それって、コンドミニアムから外に出るってことよ。混雑する空港に行くこと。飛行機で赤の他人の隣にすわることよ」

「もちろん、ファーストクラスで行くわ。庶民と交わることはない」

「人前にさらすのよ……ありのままの自分自身を」

「もう航空券は予約したの」

わたしは電話口で金切り声をあげ、周囲の鳥たちがいっせいに空へと飛びたった。犬たちは吠えた。ママはうちの飼い犬ではない犬の名前を呼び、静かにしなさいと声を張りあげた。わたしは興奮のあまり小躍りし、そのひょうしにゴーゴーにつまずいてうなり声を浴びせられた。

「まあ、シシー。すばらしいわ。わたし、興奮でわくわくよ」

「ほんと？」

「もちろん。最高。だって、姉さんが硬い殻から出てくるようなものでしょ」

「あたし、怖いのよ、ジム」

「姉さんならパーティーの花になれる。みんなから愛されるわ」

「そう思う？」

「当然」

シシーの話に興奮するあまり、わたしはホテルの客について伝えることをすっかり忘れてしまった。地の果てにあるこのリゾートホテルに宿泊客がいるという事実そのものがまさしくニュースなのだから。安いメコンウイスキーのハーフボトルとコンドーム二個付きで真昼と深夜の二時間利用という慎ましい商売がわたしたちの収入源だった。乱交を奨励し、不貞に目をつぶっているのは気になるが、なにしろ生活がかかっている。倫理観は金持ちの贅沢《ぜいたく》だ。うちのホテルに宿泊したまっとうな行楽客の数は片手で足りるし、しかも、指が二、三本余る。うちがノボテルの脅威になることはまずない。ごつごつしたマットレスのダブルベッド、扇風機、テレビ（つまらない地元番組だけで、衛星放送はなし）、飲料水、手早くすませばお湯を浴びることが可能なシャワー、それに、開かない窓。波音が聞きたければドアを少し開けておかねばならないし、そうすると強風が吹きこんでベッドから転げ落ちるはめになる。わたしたちが設計したわけではない。単に、観光業について何も知らない夫婦から買い取っただけだ。改造する予算などまったくない。

南へ旅する途中でさびれた裏道に立ち寄り、うちのホテルについて尋ねる人が現われるたびに、わたしたちはいつも驚愕する。彼らは客室を見るなり必ず去っていくし、たとえ夜遅くても、カフェイン頼みで車を運転していようと、うちに泊まることはない。数週間滞在したバードウォッチャーがいたが、彼女は近くの泥沼に膝まではまって日々を過ごした。南部に福音を広めるために台湾から訪れた伝道者の小さな団体が泊まったこともある。彼らが南部のイスラム教過激派と遭遇したらどんな事態になるのか、ぜひとも見てみたいと思ったものだ。ああ、それから、〈チャンネル5〉のニュース取材班が二泊したこともあった。彼らの特集はタイランド湾の惨状。完成した番組は見なかったが、わたしたちが大きく取りあげられていたと人づてに聞いた。

これで全部。過去一年の長期宿泊者一覧。わたしたちがいまだに貯金で暮らしているのが不思議でしょう？　でも、わたしたちの小さいながらもきれいな家とコインランドリーを併設する店舗を売却して得たお金はほとんど底をついているし、生計の手段も生まれながらの権利も一族の文化もどこかに消えた。銀行からは電話があり、口座に預金する予定はあるかと訊かれた。その予定がない場合、モンスーン被害で困難な状況にあると立証できれば県から融資を受けられるそうだ。実際、苦境に立たされてはいるのだが、それはどのようにリゾートホテルを経営すればいいのかさっぱりわからないからだ。とはいえ、わたしたちは政府のお恵みを拒むほどプライドが高くはない。そこで、ホテルや周辺の写真を撮り、補助金申請書に記入した。この手の補助金交付は半年先まで順番待ちで埋まっている。お金がまわってくるころにはわたしたちは干上がっているだろう。かといって、返上するつもりもない。たび重なるモンスーンのせいでビーチ近くの装飾庭園はすでに崩壊し、満潮時にはキャビンのそばまで波が迫ってくる。毎朝、客室用の小さなキャビンが水平線のかなたにぷかぷか浮かぶ光景を予想しながら目覚めるありさまだ。

この季節や一家の経済状況を考えると、金を払ってくれるならどんな客でもかき集めたいところだった。しかし、三号キャビンに滞在中のふたりはどこか奇妙だった。彼らがスモークガラスのシルバーのホンダ・シティで到着したのは、駐車場での発砲騒ぎのあと、ガラス片や植木鉢の破片の掃除を終えた一時間後だった。わたしとママは、店舗前にあるコンクリート製のテーブルベンチにすわっていた。その車はいったん通りすぎてから二十メートルばかり先で止まった。きっとうちの店を〈セブン‐イレブン〉と勘違いしたのだろうと思った。たまたま店の色が同じなのだ。ただし、似ているのはそれだけ。あまりにも商品が少ないため、美術館の展示品並みに一定の間隔で棚に並べるしかなかった。冷えた飲み物やスナック菓子なら提供できるが、疲れきった旅行者に必要なものはほかには何もない。車はゆっくりとバックしてきてわたしとママのそばに止まった。わたしたちは車の窓に映った自分たちの姿をじっと見るはめになった。柄にもなくこぎれいにまとまっている短い髪をわたしはくしゃくしゃにした。かすかな音とともに車の窓が開き、ひと世代離れた女性ふたりの顔にそれぞれそっくりの笑みが浮かびあがっていた。若いほうは生来の美貌で、わたしはもう一度やりなおしてもっと美人になれればいいのにと思わずにはいられなかった。運転席にいるのは明らかに彼女の母親だった。

わたしはママに顔を向けて問いかけた。「わたしたちって、どうしてあんなふうじゃないのかしら？」

「あたしたちの美しさは、それとわかるまでに辛抱が必要なのよ」とママは答えた。

「失礼」と若い美女が言った。手のひらを合わせ、左右の人差し指を唇に添えて愛らしくワイ（タイの伝統的挨拶としての合掌）をしたので、わたしたちも答礼としてワイをした。「こんにちは。空室はありますか？」

わたしは喉の奥で低く笑った。たとえベツレヘムの馬屋すべてが身動きできないほど混み合っているときでさえ、うちのホテルには空室があるだろう。

「予約表を見てきます」と言ってわたしは腰をあげた。

「もちろん、空いてますよ」とママが言った。「全部空室ですから」

わたしはふたたび腰をおろした。企業経営について母にはさんざん教えこんだにもかかわらず、すぐに真実を話してしまうという厄介な習慣がどうしても抜けないのだ。運転席の女が助手席のほうに上体を寄せた。彼女は肩にかかる長さの髪だったが、初期のころのコンピューターアニメのようにみじんも乱れない完璧なヘアスタイルを保持していた。頭で逆立ちしても髪の毛一本動かないだろう。

「実は、ちょっとした問題がありまして」と彼女が言った。「わたしたち、うっかり身分証を持たずに家を出ちゃったんですよ。夫がソンクラー県までフェデックスで発送してくれてます。だから、今夜だけは身分証が……」

ママが笑い声を立てた。

「うちはもう必死ですから、身分証の提示がなくてもアンドルー・ヒトラーだって泊めますよ」と言って彼女はウインクした。「ガルフベイ・ラヴリーリゾートではいっさい詮索しません」

すばらしいことに、美しい女性たちも声を合わせて笑った。母の言うアンドルー・ヒトラーが誰を指すのかわかったのだろう。ふたりは装飾庭園を百倍にも復元できるだけの大枚の保証金を出した。翌朝には恐れをなして逃げ去るわけだから、そのほとんどは返さねばならないのだが、しかし、ほんのいっときでも大金を手にするのはいい気分だった。アーニーがホンダの前に進みでてキャビンへと案内したが、その姿は象を導く筋骨隆々の象使いを連想させた。車中の母と娘は濁った灰色の海とゴミだらけのビーチに目を凝らしていて、このふたりが荷物を解くことはないだろうとわたしは思った。だが、アーニーのあとからゆっくり進む車を見て、ひとつの疑問が脳裏に浮かんだ。「どうしてナンバープレートが付いていないのだろう?」と。

本名はアーノンだが、アーノルド・シュワルツェネッガーに憧れて改名したアーニーもわたしと同じ境遇だった。わたしたち全員の意思に反して母がチェンマイの家を売り飛ばし、この最果ての地に引っ越したとき、わたしたちは子供の義務として母に付き従った。当時、彼女はまだ五十七歳だったが、この母にはわたしたちが必要だとみんなが感じた。だが、風変わりなところがあるせいか、かえって母はマプラーオの婦人団体で人気のあるメンバーとなった。女たちと協力して動物愛護グループや地元生産品を扱う生協を作った。彼女たちはビッグマン・ブーンを無視し、今も日本のライオンズ・クラブから寄付を受けているバイオディーゼル燃料を管理していた。各戸に廃油用のバケツを備え、週に一度、回収する。地区の小型芝刈り機全機を動かせるだけの燃料をすでに生産した。今ではプロの芝刈り業者がレジに列を作り、ガソリンスタンドのディーゼル燃料の半額を喜んで支払う。女たちは販路を拡大し、廃油燃料で走るようにトラック運転手を説得する計画だ。わたしたちが住み着くまでこうした行動力はまったく存在しなかったので、ママがそのきっかけになったのだと考えざるをえない。いずれにせよ、わたしやアーニーに比べてママのほうがはるかに友人が多い。ただし、母には運命の男がいなかったので、ネズミ野郎どもと揉めた翌日に起きたことには、わたしたち全員が仰天した。

家族が暮らす一角は海岸から離れた奥にあるので、海に流される確率は五分五分といったところだ。わたしのキャビンとママのキャビンの距離は数メートル。午前二時、打ち寄せる波音と張り合うような低いうめき声でわたしは目覚めた。うめき声のほうが勝っている。初めはスティッキーがまたもやわたしのビーチサンダルを食べているのだろうと思い、寝直そうとしたが、そのとき、すさまじい悲鳴が響きわたった。急いで外へ飛びだすと、ジャーお祖父ちゃんも自分のキャビンから出てきた。わたしたちは偽物の〈モヴァダ〉ＬＤ懐中電灯をそれぞれ手にしていた。悲鳴は間違いなくママのキャビンから聞こえたので、急いでポーチにあがり、ドアを激しくたたいた。

「ママ！　ママ！　だいじょうぶ？」わたしは声をあげて呼びかけた。

返事がない。ドアの取っ手を動かしてみたが、施錠されていた。

「ママ？」

祖父は側面の窓に向かったが、そこも閉まっていた。

「ママ！」

いちばん小さい植木鉢をつかんでポーチの窓をたたき割ろうとしたとき、錠がカチリと音を立てた。ドアがほんの少しだけ開いた。ママはその隙間からかろうじて出てくるとすぐに背後でドアを閉めた。わたしは懐中電灯の光を母に向けた。顔が紅潮していた。汗ばんでいる。乱れた髪が風になびく。みっともない中国風のパジャマはくしゃくしゃだ。しかも、上衣は裏返し。ママがお得意のタイタニックスマイルを見せた。

「おまえ、だいじょうぶなのか？」と祖父が尋ねた。

「もちろん。どうしてそんなことを？」

「だって、悲鳴が聞こえたわ」とわたしは言った。

母は何か歌の歌詞でも思いだそうとするように、空を流れていく大きな黒雲を見あげた。

「ママ？」

「ええ」母はやっと口を開いた。「怖い夢を見たのよ。そう、はっきり思いだした。寝ているうちにテレビを蹴ってスイッチが入っちゃったみたいで、それで……それで、ホラー映画をやってたのよ。そうなの。だから、悲鳴。それだけのこと」

この説明で納得がいくだろうと言わんばかりに母は最後に大きくうなずいた。背後で床に落ちるグラスの音が響いたが、割れる音がしなかった。うちでは頑丈なガラス食器を使っているのだ。

「テレビを消さなきゃ」と母が言った。「さあ、ふたりともベッドに戻ってちょうだい」

彼女は背を向け、ドアの狭い隙間に体を押しこんで暗い部屋に入った。その一瞬、わたしの懐中電灯が内部を照らした。ベッドの上で動く影をこの目ではっきり見た。

「まったく、おまえら娘どもときたら、いくら失敗しても学ばないんだから」祖父は不機嫌な声で言うとキャビンに引き返した。やせこけた体に湾からの風が吹きつけ、飛ばされてしまうのではないかとわたしは心配した。母はあと二年もすれば六十歳だ。父親の目にだけは娘と映る。わたしは懐中電灯を消し、重い足取りで木の階段をおりた。そして、しばらくそこで待った。

二十秒後、ママがくすくすと笑い、たぶん、彼女のテレビに向かって、「気づかれなかったわ。さあ、寝ましょう」と言った。

わたしはすべての手がかりを無視しようとしたが、依然として消えることはなく、汚れた洗濯物のように風に舞って動きまわっていた。その夜、わたしは信じがたい思いと少なからぬ羨望《せんぼう》に包まれてベッドに戻った。わたしが最後に……いいえ、最後に悪夢を見てテレビを蹴ったのはほぼ十八カ月も前のことだ。眠りにつく前に、ベッドサイドテーブルに置いてあった治験薬を手に取り、ルーマニア産赤ワインの残りで二錠を飲んだ。室内は真っ暗で、自分が黒く塗りつぶされて消えてしまったような気がした。高笑いすべきか、息が詰まるほど枕に顔を押しつけるべきか、わからなかった。そして、いつしか夢を見ていた。

それは戸惑うほどに官能的な夢だった。芝刈り業者のエドと熱烈に抱き合っていて、場所は彼の新しいイカ釣り船の未完成の船体だった。わたしたちは丸まったかんなくずの山をマットレス代わりにしていた。エドというのはひょろっとした若者で、毎月、すばらしい小型芝刈り機を持ってうちの芝生を刈りに来る。一度、デートしてほしいと懇願されたことがあった。いや、懇願というのは正しくないかも。実際にはわたしを誘うところまでいかなかったのだが、彼が切りだそうとしていたことは確かだ。

目の前にいるエドの見ためは悪くない。濃いチョコレート色の瞳。〈ヴォージュ・オー・ショコラ〉ほど高級ではなく、むしろスーパーマーケット〈テスコ・ロータス〉で売っているプレーンなチョコレート。しかし、それにもかかわらず、筋肉がうねるたくましい腹部にもかかわらず、わたしは彼の誘いに乗るつもりはさらさらなかった。それなのに、この肉感的な夢に彼が出てきたのでひどくいらついた。いったい何さまのつもりなの？　わたしの上で大きな音を立て、両膝を船の厚板にバンバンたたきつけるなんて。しかも、さらに悲惨なことに、ふと目が覚めてみると、わたしたちのセックスの音は実は隣のキャビンの木の壁をたたくベッドのヘッドボードだったと気づいた。母のキャビンだ。目覚まし時計に目をやった。朝の六時十五分。母には羞恥心《しゅうち》というものがないわけ？　わたしは抗鬱剤をさらに二錠飲み、アンケートの〝第一日〟のところに〝まったく効果なし〟と書いた。

3

ガルフベイ・ラヴリーリゾートでわたしが担当する仕事には家族のための食事の用意があり、稀に宿泊客がいればその分も作る。ママのベッドの音に耳を澄ますくらいなら早めに台所へ行き、お金を払ってくれる宿泊客に何か作るほうがましだ。あのふたりの女性は、風の音がやかましく、白カビが生え、トカゲがしょっちゅう出没する部屋で一睡もできなかったにちがいないし、早々に出発するだろう。だから、せめて好意的な思い出のひとつくらいは持ち帰ってほしいので、お別れの粗品としてジアップの屋台でビニール袋入りの絶品のお粥を買い、たっぷり砂糖を加えたタイ式の激甘紅茶を淹《い》れた。ふたりを呼び止めて例のナンバープレートがない理由を訊く必要もあった。この日、わたしが解き明かそうと決めた三つの謎のひとつがこれ。ふたつめは、あの正体不明の生首を追い、その身元と、うちの浜辺にたどりついた経緯をつきとめること。ビッグマン・ブーンには記事を書いているととっさに嘘をついたが、よく考えてみるとなかなかいいアイディアではないかと思った。

いちばん手近の地元紙は週刊の『チュムポーン・ニュース』だ。ハイウェイ沿いに北へ八十キロ行ったところにあるチュムポーン町に本社がある。ちなみに、チュムポーンという町の自慢は、〈テスコ〉、〈カルフール〉、〈マクロ〉がそれぞれ一キロメートル以内に並び立っていることだ。タイではスーパーマーケットが一カ所に集まる傾向がある。わたしはこの『チュムポーン・ニュース』に人情物の特集記事を二、三本書いているし、たまに些細な犯罪記事も載る。最近の暴露記事は中国からのニンジンの密輸だった。原稿料は〈ケンタッキーフライドチキン〉のテーブルの後片づけ係より安いが、報道はわたしの本分だ。わたしの仕事なのだ。自分の名前が活字になる幸福感は何ものにも代えがたい。とりあえず、これと抗鬱剤の新薬モニター代がわたしの目下の全収入だった。わたしは生首回収の記事を書き、死者の遺族を探すのが仕事でもあるレスキュー組織を訪ねようと思った。そのときにあのベンとソクラテスに遭遇して銃撃されたらますます都合がいい。

第三の謎は、昨夜も今朝もママのベッドであれほど元気だった人物の正体だ。わたしはキャビンが見えるように調理台を窓ぎわに移しておいた。今までのところ、何も見ていない。昼食用のサバのはらわたを抜きながら、疑わしい人物のリストを思い浮かべた。わたしたちは小さな村に住んでいるので既婚者を相手にするほど母は愚かではないだろう。母の年齢から十歳前後の範囲で独身の男を探しても食指が動くような連中はいない。ママは今でも美人だし、少しは趣味のいい選択をしてほしいものだとわたしは思う。ランスワン川のこちら側には、排泄物を見ただけで青ざめる医療センターのドクター・プレムがいる。それに、中学校で体育を教えているが、大半の生徒より三十センチは背が低い長髪のヌート。地元の私立探偵でプラスティック製の日よけの設置業者でもあるメンの兄で、ただの役立たずのグリット。イカ釣り漁船の船長で前歯がなく、魚のつみれのにおいがするコウ。さらに、ココナッツ採取用の三メートルの竿《さお》を使っても母が触れるはずのない犬の殺処分業者のデーン。なんとも悲観的な顔ぶれだ。もっとふさわしい人材を母がほかの地区から呼び寄せたことを切に祈るばかりだが、近辺に見慣れない車が駐まっているのは目にしたことがない。

どうしてもだめだった場合はママにワインを飲ませ、あとは観察しながらママがべらべらとしゃべりはじめるのを待つとしよう。わたしは並はずれて酒に強いのだが、母はめっぽう弱い。売春婦でも顔を赤らめそうな気恥ずかしい話を平気で話す。酒さえ入ればママにタブーはなくなるのだ。もちろん、わたしがよちよち歩きの幼児で、アーニーはまだおむつ、シシーは五歳でまだ男の子だったときに行方をくらましたわたしたちの父親の所在だけは、断じて口を割らないが。消えた父親については、酒の試練にも負けない沈黙の誓いをママは立てているらしい。

わたしたちは台所に押しこんだリゾート用テーブルを囲んでお粥を食べていた。わたしとママ、アーニー、それに、お祖父ちゃん。よろい戸は閉めきってある。昨夜は北東からの風がかなりひどかったらしく、外は泥が飛び散っていた。ココナッツの木は括弧を描くように大きくたわみ、葉の群れは必死にマレーシアのほうを向き、もっと気候の穏やかな土地を求めていた。時折、ココナッツの実が樹上の房から落ち、四十五度の角度に飛んで窓をたたき割ったり水道管を粉砕することがある。海岸には激しい大波に流された竹の根が散乱している。しかも、それらには廃棄されたナイロン製の網がからみつき、発泡スチロールのゴミがこびりついているありさまだ。汚水や古いエンジンオイルのにおいが充満していた。こんな場所に愛着を持つほうがおかしいだろう。

三号キャビンの母娘が台所の戸口から顔を見せた。強風で髪型が乱れきっている。ふたりともスーツケースを持ってはいなかった。

「おはようございます」と母親が言った。「ひょっとして、食事をいただけないかと思って……」

「あら、まあ」とママが答えた。「どうぞなかへ入って、ドアは閉めてくださいな。もちろん、食事はありますとも。お父さん、おふたりのために席を空けてちょうだい」

ジャーお祖父ちゃんは身動きすらしなかった。そのまま朝食を食べている。アーニーが壁ぎわから折りたたみ椅子二脚を持ってきて客のためにテーブルの前に置いた。

「こんなところですみません」わたしは言わなくてもいいのに謝罪の言葉を口にした。南部に引っ越してきて以来、やたらと謝るようになってしまった。

「いいえ、全然。とても居心地がいいですわ」と母親が嘘をついた。

わたしは彼女を見た。カジュアルな夏服はブランド物だ。おそらく自宅のキッチンはこの二倍は広く、しかも、そこで食事を取るのはメイドたちだろう。

「どちらからいらしたんですか？」わたしはお粥を器に盛りながら尋ねた。

「それは、まあ、あちこちいろいろと」

つまり、〝よけいなことは訊くな〟という返答だった。わたしは職業柄、さまざまな人から話を聞いてきた。しかし、彼女のその言葉つきは上品で、愛想のいい微笑も見せた。娘はまだひとことも話していない。アーニーのほうへ落ちつきのない視線を投げている。彼はシャツを脱いですわっていたのだ。わたしたちは慣れているが、部外者にはいささか強烈かもしれない。彼はトラクターのタイヤを積み重ねたような体型だ。テストステロン（男性ホルモン）がほとばしっている。体格は立派だし顔は映画スターばりにハンサムで、おかげでわたしは自分が養女にちがいないと思わずにはいられないわけだが、その容姿が他人におよぼす影響にアーニーは気づいていないらしい。玄関先にシャチが近づいてくるような恐怖に怯える人びともいる。一方、男であれ女であれ、彼の心や性格にはこれっぽっちも興味がなくひたすら肉体だけを求める連中もいる。なかには彼に挑みかかる獣じみた衝動に駆られる者もいる。客の娘はアーニーをどのように判断すべきかわかっていなかった。彼女は二十代なかばの口をぽかんと開けるタイプで、彼女の行くところどこにでも滴《た》れたよだれの跡が点々と残ることだろう。誘惑されることに慣れていて、誘われて当然だと思っている。だから、半裸のセクシーなたくましい男が「おはよう」と言ったきり、彼女の胸に一瞥《いちべつ》すら投げないままふたたび朝食を食べはじめたとき、彼女はただ呆然《ぼうぜん》とした。

　アーニーには女はひとりしかいないのだ。このマプラーオで心から愛する女性ゲーウと出会ってしまった。彼女もウェイトリフティングをやる。肉体美を競うトーナメントにも出場し、いくつも賞を取っている。そして、弟と同じ情熱で彼女のほうも彼に惚《ほ》れこんだ。ゲーウはわずか一週間のあいだに彼の心だけでなく童貞も奪い取ったとわたしたちは確信している。ただし、この熱情の環《わ》にはひとつだけねじれがあり、それは彼女の年齢だった。アーニーは三十二歳。彼の〝フィアンセ〟のゲーウは五十八歳。うちの母と歳が同じなのだ。母とゲーウは高校時代に同じロック歌手たちにのぼせあがったし、フラフープを覚えたのもほぼ同じころだ。実際、ふたりは友人として仲良くなっている。みんな、彼女を好きだった。しかし、そのせいでよけいにアーニーとの関係が異様に映る。気持ちが悪いとさえ思うのだ。アーニーがまだおむつからおまるに移る訓練をしていたころ、彼女は初めての賞を獲得しているのだから。そんなわけで、アーニーは台所に若い女がいても気づかないのだ。

ふたりの客はいかにもうれしそうに朝食に手をつけた。庶民に交じって食事をするのは気が進まないとしても、それを顔には出さなかった。わたしは砂糖でべたつく紅茶を温めながら、会話を引き延ばすために別の口実も用意していた。

「お部屋、申しわけありませんでしたね」とわたしは言った。

「素敵なお部屋ですわ」と母親が答えた。

「本当に？」

二号キャビンではないという事実を別にすれば、三号キャビンのいったいどこが素敵なのか見当もつかない。二号キャビンには天井にネズミのタップダンススタジオがあるのだ。

「こちらの質素なところがすばらしいと思うんです」と彼女は言った。「都会ではあまりにも贅沢品に頼りすぎますからね。贅を凝らすことはやめて、たまには質素な経験をすることが必要だと固く信じているんです」

だとしたら、まさに質素の首都に彼女はたどりついたことになる。なんと幸運なことか。

「夜が明けたとたんに出発なさるだろうと思っていたんですけどね」

「当初はそのつもりだったけど、ここはとてもすばらしいので、あと一日か二日、泊まろうかと思っています」

このとき、彼女が嘘をついているのだとわかった。すばらしいですって？　モンスーンの季節のマプラーオですばらしいものが見えるなんて、泥酔しているか、単に何も目に入らないだけか、どちらかしか考えられない……まして、あまりすばらしくないこのラヴリーリゾートで。このふたりは何かを企んでいる。わたしはこっそり近づいて背後から忍び寄るように慎重に次の質問をするつもりだったが、ジャーお祖父ちゃんが真っ正面から問いただした。

「あんたらの車にはナンバープレートが付いていないな。あれは違法だ」

ふたりの女は互いに見交わし、神経質な忍び笑いを響かせた。

「わたしたち、ランスワンで橋を渡ったんですよ。あのハイウェイを走っているときに」と母親が感情をこめずに言った。「あそこの道路はでこぼこの穴だらけで。当然、わたしたちも穴に引っかかって前側のナンバープレートがはずれてしまったんです。それで……」

「どうしてわかったんだね？」祖父がたたみかけた。

「わかったとは、何を？」

「ナンバープレートがはずれたとどうしてわかったのか、ということだ。あんたらの車はエアコン付きだから、はずれて落ちても音は聞こえない。バンパーの下にあるから見えるわけもない。しかも、プレートは薄っぺらいから体感でわかるはずがない。となると……？」

　母親の目にはせっぱ詰まった表情が表われ、別の嘘を必死に探していた。娘が救いの手を差しのべた。

「すぐ後ろの車がクラクションを鳴らしたの。わたしたちが車を止めると、向こうの運転手からわたしたちの車のナンバープレートが道に落ちたと教えられたんです。そこで、プレートを拾いに戻り、それから大きな交差点にあった修理工場に持ちこむと、プレートを取りつける基盤がすっかり錆びていると言われて。後ろの基盤も同じ状態だった。それで、新しい基盤に……そう、新しいものを作ってもらってるところで……ナンバープレートはそれから付けることになってるんですよ」

　彼女はわたしたちには目を向けず、ため息をついてスプーンで器の中身をかきまわした。わたしは祖父をにらみつけたが、彼はこの母娘が何かよからぬことを企んでいると知っただけで満足しているようだった。まだ二年しかたっていないホンダの車が錆びきってしまうわけがない。しかも、ハイウェイ41号線でクラクションを鳴らすとしたら、車を止めさせて銃口を突きつけ、金品を強奪する目的しかないのだ。なぜ町のホテルに部屋を取らない？　なぜナンバープレートがないままはるばる海岸まで運転してくる？　だが、問い詰めればこのふたりは不安に駆られて逃げてしまうだろうし、祖父と同様、わたしも彼女たちにはここにいてほしかった。わたしの調査能力を発揮するチャンスだ。わたしの鼻は小さく、リスのようにちんまりとしているが、においは嗅ぎ取れる。そう、鼻は利くのだ。わたしの鼻はネタを嗅ぎ取る。それも、大きなネタを。

ママが何を嗅ぎ取ったかは定かではないが、彼女は「父の失礼な物言いを許してくださいね。ちょっと老衰が進んでまして」と言った。祖父の眉毛が飛び跳ねそうだった。「時々、彼は自分が探偵だと思いこんでしまうの。テレビドラマみたいにね。だから、たまに不作法な真似をするんですよ」

「ああ、そのとおりだ」と祖父が言った。彼は立ちあがって器を流し台に運んだ。「今日は特別機動隊《SWAT》の制服を着てもいいかな?」

「いずれそのうちに」とママが却下した。

祖父は力いっぱいドアを押し開け、強風のなかへ出ていった。アーニーはその様子を見ていたが、何が起きているのかわかっていない。この弟には世の中が複雑すぎて理解できないときがあるのだ。

「お粥のお代わりはあるかな?」と彼が言った。

南部救援任務団体《SRM》の建物の前には大きな駐車場と周辺にいくつか車庫があり、染みひとつなく磨き立てたSUVやトラック、牽引車が正面を向いて駐まり、次なる緊急搬送に備えていた。児童保護施設は職員の給与支払いや飢えた子供たちへの食糧調達で苦労しているというのに、死人の支配者たちはエアコンの効いた待機室でカードゲームに興じ、社員食堂で健康的な食事を取り、最先端の洋式水洗トイレで用を足し、トイレットペーパーは無料で、備えつけのゴミ箱に捨てる必要もない。わたしは何気なしにトヨタ・マイティXを駐車したが、あのネズミたちが乗っていたのと大差ない、光沢のある黒のSUV二、三台の迅速な出動を妨げる位置かもしれなかった。つまらない意趣返しかしら？　そうね。でも、元気がわいてくる。

〝受付〟と印が出ている建物はちゃんとした家屋で、わたしの元亭主がよくトイレに持ちこんでうらやましげに読んでいた『ドリーム・ホーム』のカタログにあるデザインを真似たものだった。二十五平方メートルの区画に無理やり詰めこんだようなピンク色の屋敷だ。その玄関からなかへ入ったとたん、天井に設置された四台のエアコンから吹きつけるアラスカばりの冷風に襲われた。受付係はミニスカートにタイツ、それにタートルネックのセーターという格好だった。彼女は五十歳かそこらだが、化粧が厚く、おそらく本人は若く見えると思っているのだろう。彼女は乱暴に両手を合わせてワイをした。

「SRMにようこそ」その声は甲高く、いささか恐ろしかった。「どういったご用件でしょうか？」

あまりの寒さでわたしの乳首が震えあがっていた。

「冷房を消すことはできないんですよね？」わたしは返事代わりに言った。

皮肉っぽい質問で効果があると本気で期待してはいなかったが、受付の女はすぐさまリモコンに手を伸ばした。

「寒いでしょう」彼女はさえずるような声で冷ややかな態度を和らげた。前に出てきてわたしに椅子を出してくれた。とても親切な女性だ。何かお菓子を焼いてほしいと頼めばオーヴンまで走っていくのではないかと感じた。

「実は、こちらへ伺ったのは、わたしが……つまり、わたしの大切な人の所在を知りたかったからなんです」

フェイスリフトの期限が切れたみたいに受付係の顔が急にたるんだ。彼女は胸に手を当てた。

「それは本当にお気の毒に。さぞかしおつらいことでしょう。あなたやご家族の重荷が少しでも軽くなるように、わずかなりともわたしたちＳＲＭがお手伝いできればと思います。わたしどもは一般の皆さまの少額の寄付金ですべてをまかなっている非営利団体ですが、事故の犠牲者の方々が気持ちよく旅立てるように全力を尽くしています」

それは暗記した挨拶の棒読みで陳腐だった。

「恐れ入ります」とわたしは答えた。

「いつのことでしょう、あなたの……？」

その先をわたしに続けろということだろう。

「叔父なんですけど」とわたしは言った。

「まあ、叔父さまですね。幸福な親族の和には欠かせない存在ですもの。いつお亡くなりに？」

〈タイガーバーム〉を手に取るところは見ていないので、わたしの〝叔父〟に対する彼女の涙は自然にあふれたのだろうと思うしかなかった。すばらしい。SRMの慈善事業を応援するために二万バーツの小切手を書きたい衝動に早くも駆られてしまった。

「二日前です」とわたしは答えた。

「そんなに急に。悲劇的ですね」

突然の死別という悲しみが彼女の肩に重くのしかかったのか、彼女は椅子にすわりこんでため息をつくと、やがてプラスティック製のフォルダーを開いた。

「それで、お名前は？」

「わたしの？」

「いえ、叔父さまの」

そこまでは考えてこなかった。そのときになってどうしてこんな嘘を選んだのだろうと思った。正直に話せばよかったのではないか？「海岸で生首を見つけたんです。身元はわからないんだけど、いったいどうなっているのか気になったので」と。なぜそうしなかったのか？　それでは同情的な受付係を懐柔して奥まで入りこめないからだ。それが理由だった。上手に嘘がつけるタイプだからではない。

「ソムユット」わたしは名前をでっちあげた。「こちらの団体が海岸から回収したと聞いたんです……つまり、叔父の遺体を」

「海岸で？　まあ。どういう状況だったんでしょう？」

「叔父は漁師でね。あの……船から落ちたんです。底引き網のロープに引っかかってしまって。それで、溺死《できし》……とても悲しい出来事です」

「本当にお気の毒なこと。悲しみはよくわかります。うちで飼っている猫の一匹が家の裏手に張ったヘビよけの網に引っかかったことがあるんですよ。網にからまって一週間も身動きできなかった。逃げようと必死にもがくあまり、その子は自分の脚を嚙み切ったんです。血だらけになって、体に虫をいっぱい付けてよろよろと家に戻ってきました。腸まで垂らしながらわたしたちの前で息絶えました」

この話にはオチがあるのだろうとわたしは感じた。

「もしもうちのような団体があって、あの子の体をきれいにし、見苦しくない姿にすることができていれば、と思うんです」彼女は息を吞んだ。「わたしの幼い娘が駆け寄ってきて、愛するヌーヌーのおぞましい死にざまを見たときの恐ろしさと言ったら」

この女性はうまかった。実にうまい。ただの受付係のはずがない。きっと、上の壁の肖像画に描かれている立派な中国系の紳士の娘か孫娘だろう。このマニュアルどおりの手口で、だまされやすい犠牲者の親族たちから何百万バーツという大金を吸いあげているにちがいない。

「わたし、猫はあまり好きじゃないんですよ」

「ええ、もちろん。なかにはそういう人もいますね」

「とにかく、探したいのは叔父の……」あら、大変。さっきの適当な名前を忘れてしまった。

「わたしの叔父です。家族のもとへ連れて帰りたいの。大切な身内ですもの。わかるでしょ？叔父。とても重要なの。遺体はどこにありますか？」

架空の名前や住所を山ほど伝え、わたしの身分証は車のなかに置いてきたと信じこませたあと、ようやく奥のドアから通してもらえた。ドアの向こう側は二メートルばかりのジメジメした外気だった。前方に別のドアがあり、それは窓のない長いコンクリート製の建物の内部に通じていた。わたしたちはなかに入った。彼女は内側のスイッチを入れたが、背後でドアは閉まり、暗い穴のなかにいるようだった。漆黒の闇に包まれるとわたしはしばしばおしっこを漏らしたくなる。理由はわからない。潜在意識の奥に分析を必要とする何かがあるのだ。今にも逃げだしそうになったとき、頭上で蛍光灯が一列ずつ次々と光を放った。わたしはそうやすやすと仰天はしないほうだが、建物の内部が見えたとたんに心底、驚愕した。そこは〈マクロ〉の冷凍食品売り場に似ていた。中央に狭い通路があり、両側の壁に沿って開いた冷蔵保管庫が並んでいた。この場に欠けているのはショッピングカートだけだ。そして、保管庫に安置されているのは緑のビニールに覆われた死体だった。首から上だけが出ていて、断末魔の苦悶を刻んでいる顔もあれば、あまりに安らかな顔なのでちょっと試しに横たわってみただけかもしれないと思わせる遺体もあった。しかし、印象的だったのはどの頭もきれいに髪が整えられていたことだ。ＳＲＭのスタッフには明らかに美容師がいるらしい。

わたしは後ろに受付係を従えながら通路を歩いた。緑の覆いの形状から察するに、整髪された頭の下は必ずしも両手両足のそろった完全な遺骸とは限らないようだ。ランスワンではいくつか死にかたがある。老齢や退屈が真っ先に思い浮かぶが、ハイウェイ41号線という殺《さつ》戮《りく》地帯に起因する悲惨な死がある。このあたりの道路は人手をかけずに人口を間引いているのだ。合計して二十体の遺体があったが、どれもわたしが探している〝叔父〟ではなかった。

「ここにはいません」とわたしは言った。

「注意して見ました？　恐ろしい死にかたをした場合、顔の印象がかなり変わることもあります」

「叔父の容貌はよくわかっているつもりです」

「もちろん、そうでしょうとも。さてと。もし海岸だったとしたら、ひょっとして……」

「はい？」

「つまり、手違いがあったかもしれません。向こうへ入れられちゃったのかも……連中と一緒に」

「連中？」

わたしは映画の『エイリアン』を連想した。触手やよだれ。

「あの連中にとってはこちらと変わらないくらい快適なのよ」彼女は建物の端にあるドアへと案内した。「それに、もちろん、冷蔵されているし」

「まあ、よかった」

「ただし、ちょっとばかり……混雑しているけど」

すべての遺体はもし寝返りを打とうと思えばそうできるだけの余裕を持って安置すべきなのに、わたしのなんとか叔父さんがほかの遺体と一緒に押しこめられているのは不公平ではないか。受付係の女が部屋のドアを開け、わたしも近づいてなかをのぞいた。そこは狭苦しい三等車の車内のようだった。幅二メートル、奥行き四メートル。市場へ送られる品物みたいに何段もの棚に遺体が詰めこまれている。自分の衣服を着たままで、血まみれのものもあれば、死に至った経緯がわからない死体もあった。わたしの叔父の生首は頭上の手荷物棚からわたしを見おろしていた。左耳に札が付けられている。背後から声が聞こえた。

「あなたの……？」

わたしは振り返った。顔から血の気が引いているのを感じた。受付係はわたしの腕をつかんで支えた。

「いえ、叔父はここにはいません」

「遺体を回収したのがうちのトラックだったのはたしかですか？」

「黒のSUVでした。ナンバープレートの番号はת2544」

彼女は番号を記憶している女性を初めて見たと言わんばかりの顔つきでわたしを見つめた。

「番号を書き留めておいたのは、回収に来た作業員たちがものすごく無礼だったからですよ。あんな男たちはこちらの団体の評判を傷つけるだけだし、一般の人びとが寄付をためらうことになるでしょうね」

警察の介入を招くことになるのでナイフの話まで持ちだすわけにはいかなかった。ここの職員の大半は内職として犯罪に手を染め、知能指数はクラゲと木の切り株のあいだと言ってもいいくらい低脳ぞろいだが、それはともあれ、ジャーお祖父ちゃんが発砲し、車の窓ガラスを粉みじんにしたことも考慮しなければならない。

「調べてみましょう」と熱意のない口調で言うと、彼女はわたしを急《せ》きたてて通路を引き返した。「それはうちの車両に間違いありません。ひょっとしたら、叔父さまを病院に搬送したのかも。たしかに叔父さまは亡くなっていたんですか？」

心拍も呼吸も神経反応も生理機能も首から下にはなかった。

「ええ、たしかに」

「だとしたら、ほかに考えられるのは、誰かが遺体を引き取ってしまったということぐらいです。どなたかご親戚は？」

「あら、わたしも同じことを考えていたんですよ。叔父にはあちこちに愛人がいましたから。その誰かが遺体を自分ひとりのものにしたかったのかもしれない。ええ、たぶん、それでしょう」

「なるほどね」

とたんに、わたしに対する彼女の興味は消え果てた。しかし、わたしは一歩も引かない構えだった。

「では、ほかに何もなければ」と彼女が言った。

「実は、ちょっと……」

「はい？」

「奥のあの狭い部屋なんですけど？」

「あれが何か？」

「つい目が留まってしまったんですけど、安置室の保管庫にはたくさん空きがありますよね。どうしてあそこの遺体をこちらに安置しないんですか？」

「冷蔵保管庫は死者と対面する場所です。奥の部屋の死体に引き取り手はありませんから」

「どうして言いきれるんです？」

「わかるんですよ」

彼女は遺体安置室からわたしを追い立て、表の受付へと連れだした。わたしは足を止めて振り返った。強引さが気に入らなかった。

「わたしは礼儀正しく質問しているんですよ」と言って、ひとにらみした。今度は効果があった。

「つまり、こちらに身内はいないだろうからあそこの死体の身元なんてわからないんです。それに、たとえわかったとしても、引き取りに来るほど勇敢な親戚はいないでしょう。法律に則ってわたしたちは遺体を十日間預かります。そのあとに火葬。専属の僧侶もいます。きちんとした葬儀で見送るんです。破格の処遇だわ」

「彼らはどういう人たちなんです？」わたしはさらに尋ねた。

「ミャンマー人ですよ」

「『ミャンマー人ですよ』と彼女は言ったの。アカヒアリ（殺人アリと呼ばれる猛毒を持つアリ）の季節にフロントガラスにくっついた残骸みたいなものだと言わんばかりに。そのあと、わたしを追いだしたわ。わたしからお金が取れないとわかったからよ。ホント、いけ好かない女」

チョムプー警察中尉は向かい側にすわってマリファナを吸っていた。くるぶし丈の長くて白い絹のガウンを身に着け、おそらくその下は素っ裸だろう。あえて尋ねはしなかった。彼はハンサムというより優雅な感じだ。若かりしころのエディンバラ公（イギリス女王エリザベス二世の夫）に似たところがある。とはいえ、彼は恥ずかしげもなく女っぽさを露骨に漂わせている。どうもわたしのまわりにはゲイの男が集まるようだ。チョムプーには、パックナム警察署近くの正規の官舎と、ここ、ピタック島が一面に見渡せる寝室ひとつのバンガローがあった。ここではまったく別の顔で暮らしている。家族の金でタイ国家警察中尉の地位までは押しこんでもらえたが、そこで彼のキャリアは行き詰まった。多少は演じてみせたものの、男らしい有能な警察官としての行動を拒んだ時点で、この地の果てに左遷されてしまった。彼もわたしも現実の人生から遠ざかった難民で、ある意味では友人だった。

「あいつらのせいよ」彼はいつものように〝ガンジャを吸っている最中には話しかけないで〟という含みのある甲高い声で言った。

「誰の？」

「ミャンマー人」

「どうして？」

「長年にわたってタイに害を及ぼしてきたんだもの。野蛮な侵略や大量虐殺の繰り返し。そんなことをしてればのちのち仇《あだ》となってわが身に返ってくるのよ」

「あら、そう。タイ人だって、隣国でレイプや略奪をしなかったわけじゃあるまいし。太古の時代の気晴らしよ。当時はサッカーなんてなかったんだしね。それに、厳格な報復にも時効があると思うわ。ねえ、チョムプー、彼らは生活費を稼ごうとしているだけよ」

「何もかも手に入れることは無理なの。虐待を逃れたいのであればね。誰もタイへ来いと強制してるわけじゃないんだしさ」

彼はいくつもクッションを並べた長椅子に寝そべり、写真撮影でもするようなポーズを取った。強風にあおられてビンロウ樹の葉の群れが一枚ガラスの大きな窓をたたいている。

「なるほどね」と言ってわたしはレモンジュースを飲んだ。「安心したわ。あなたには欠点がひとつもないと思っていたから」

「つまり、欠点があると？」

「あなたは人種差別主義者ってこと」

「これは人種差別とは無関係よ。彼らはこの国の発展を手助けするために来ているのかしら？　まさか。彼らはタイ語を覚え、同化しようとしている？　とんでもない。彼らが来る理由はただひとつ、国境線のこちら側ならミャンマーの三倍は稼げるから」

「ミャンマーで稼げる三倍の金額と言ったって、タイの最低賃金にも満たないのよ。奴隷労働で、わたしたちタイ人が絶対に引き受けない仕事を全部彼らがやっている。ミャンマー人がいなければ、タイで漁業は成り立たないし、ヤシ油やゴム、格安観光も……」

「ちょっと、ジム。あたしが泣けば目が腫《は》れることくらい知ってるでしょ。今日はせっかくの休みなんだから。若い男の子のバンドの話とかできないの？……スフレを作るとか？……ミャンマー人の話じゃなければなんでもいい」

「わたし、怒ってるのよ」

「そりゃ見ればわかるわ。でもね、忘れてもらっちゃ困る。つい四日前まであんたはこの国の奴隷労働者の状況なんて、これっぽっちも気にしてなかった。ほかのみんなと同じようにね」

「それは……四日前には知らなかったから」

「何を？」

「わたしたちが彼らを搾取していたこと」

「もちろん、知ってたわよ」

「いいえ。昨日、インターネットカフェで調べたばかりなの。搾取、ミャンマー人、タイ、で検索。四万六千件がヒット」

チョムプーはマリファナを深く吸いこみ、左右の鼻孔から悦楽の煙を噴きだした。わたしはガンジャになんの抵抗もないが、ハイになって心地よい気分に浸りたいときもあれば、憎悪をむきだしにしたくなるときもある。

「ジム」とチョムプーが言った。「あんたがチェンマイにいたころ、隣近所でミャンマー人の乳母やメイドを雇っている家がどれくらいあった?」

「そうね、たくさんあったけど、でも……」

「彼らが朝六時に朝食の支度を始めて、深夜になってもまだ食器を洗っているのはおかしいと思わなかった? どう? 日給百二十バーツで雇ってくれた親切な一家への愛着を示しているとでも思った? それに、あの連中は無休で働いてるだろうし。文句を言えば、単純労働の人手くらい難民キャンプで大量に余ってることを知ってるわけよ。気の毒に、労働組合なんてないしね。そう思わない?」

「たしかに。なんとかしないと」

「すごい。タイで働くミャンマー人は合計二百万人よ。全員を集めて会議をしないとね」

「いいえ、一度にひとつずつ手をつけていくわ……つまり、ほんの一部から。まずはあの生首から始めましょう」

「おや、まあ。もう話したのに」

「捜査をしてほしいのよ」

「もう捜査は行なわれたわ」

「頭に枯れ草の塊を載せたデブの警官が浜辺まで歩いて被害者を見ただけ。あとは遺体回収業者のネズミ兄弟に丸投げしておしまい。握手を交わして警官は帰っていったわ。所要時間十五分。捜査と呼べる代物じゃないと思うけど」

「彼は報告書を提出した」

「あら、素敵。これからが本題よ。その報告書を見せてちょうだい」

「そうね。いいわよ」

「本当？」

「まさか。ありえない。本気で言ってるの？　かろうじて首がつながってる仕事を棒に振るような危険を冒して、機密書類をマスコミにリークしたりできるもんですか」

「もっと悪いことをやってきたくせに」

「表立ってはやってない」

わたしはため息を洩らして彼の全身に目を向けた。認めざるをえないが、なんとも奇妙な一瞬だった。チョムプーは女と交わるぐらいなら、暴風雨のさなか、故障した配電盤にのしかかるほうを選ぶだろうが、絹のガウンをまとい、陽灼けした男らしい脚を腿まで露出した姿はなんとも官能的で……欲情をそそられる。髪はシャワーを浴びて濡れていた。わたしはじわじわと体に広がる不可思議な感情に当惑した。

「セックスさせてあげてもいいわ」わたしは言った。

チョムプーは咳《せ》きこみ、クッションの隙間にマリファナを落とした。彼は必死にかき分け、クッションの山が炎に包まれる前に探し当てた。そして、こぎれいな小さい歯が全部見えるほど大口を開けて笑った。その大笑いは長く続いた。

「いったいなんのために？」拾いあげたマリファナを指にはさんでようやく彼が尋ねた。

「報酬かしら?」

「あんた、ほんと、おもしろいわね。笑える。あんたと寝るくらいなら……」

「ええ、わかってる」

ゲイであろうとなかろうと、こんな反応をされるとさすがに女の自尊心が傷つく。何に取り憑《つ》かれたのかわからない。チョムプーに性欲のかけらすら感じたことはなかったのに。母親の情事の現場を見つけたトラウマのせいだと考えることにした。それはともかく、わたしの肉体で誘惑できないなら、残された手段は脅迫しかないだろう。

「ここはとてもいい家よね。木立のなかを通る曲がりくねった長い私道があるから、表の道路からは隠れて見えない」

「そう来ると思ったわ」

「マリファナや特殊な雑誌の隠し場所にはもってこい。それに、手錠の不正使用。すばらしい密会の場でもあるし」

「本気じゃないでしょ?」

「警察少佐に匿名の電話を一本。それで、夜遅くの強制捜査」

わたしは両脇をゴーゴーとスティッキーにはさまれてポーチにすわっていたが、二匹とも路上で轢死《れきし》した動物の死骸みたいに活力とは無縁だった。わたしはマプラーオの海岸で発見された身元不明男性の死体に関する、エガラット(通称エッグ)・ウィラウォット警察中尉の報告書のコピーを読もうと目を凝らしているところだった。『戦争と平和』みたいに分厚くはない。全部で二枚半の報告書。薄暗くて読みにくくなってきた。もし太陽が出ているならわたしの背後で沈みかけているのだろうが、今はいわゆる夕凪《ゆうなぎ》の状態だった。最近になってなじんだ言葉だ。完全に風がおさまり、黒雲が低く垂れこめ、だいたい二十分間の雨を降らせるために上空に集まっている。ママとアーニーは駆けまわってすべての窓を閉めていた。モンスーンという季節にユーモアのセンスがないとは言いきれない。嵐に備える家族を手伝うべきなのだろうが、報告書が届いたばかりでわたしはその内容を知りたかった。警察の報告書というジャンルにもしフィクションの賞が贈られるなら、わたしの膝の上にあるのはまさに受賞作だった。

人間の頭部を発見。これといって目立つ特徴はなし。長髪、ピアス、浅黒い皮膚。おそらく、ミャンマー人と思われる。周辺に規制線を張り、海岸に証拠品がないか捜索。動揺した村人たちから事情聴取するとともに慰撫《いぶ》する。埠頭《ふとう》で組織的な捜査を開始。ミャンマー人の漁民からは協力を得られず。これはミャンマー人同士の内部抗争で、彼らなりの方法で解決されたものと断定。

事態は動きはじめた。

肝心の中身がなく、真相とはほど遠い。うちのホテルの裏にある家では三頭の乳牛を飼っている。警察の報告書はクソみたいな言葉の羅列で、この牛たちは竹の根っこをおやつにもらったご機嫌な日でさえ、これの半分も糞尿《ふんにょう》を出すことはできないだろう。架空の組織的捜査では犠牲者の名前すら判明していない。

周囲の空が腹下しのようにごろごろと鳴り、巨大な黒いマレーグマがホテルの上にしゃがみこんだみたいに雲が全面を覆い尽くしたが、これはわたしの作り話でもなんでもない。わたしたちの真上にどっかりと居すわったのだ。あまりに暗いのでもはや書類の文字は読み取れなかった。二匹の犬は極端な悪天候を生まれながらに予測できる犬種なのだが、この空模様でもいびきをかいていた。亜鉛メッキの浴槽にどっと雨が降り注ぎ、風が斜めに吹きこんでうちのリゾートホテルのキャビンに襲いかかったころ、やっと二匹は目を覚まし、伸びをしてからのろのろと乾いた場所を探しにでかけた。わたしが自分のキャビンに入りかけたとき、土砂降りのなかをゆっくり走ってくるジャーお祖父ちゃんに気づいた。竜巻に吸いあげられる馬の動画を見たことがある。馬の体重は祖父の千倍もあるし、祖父の足は間違いなく地面に触れていなかった。

「何か頑丈なものにつかまって！」わたしは叫んだが、その言葉は風にかき消されてしまった。祖父がメアリー・ポピンズみたいに空へと飛んでいかなかったのは、雨でずぶ濡れになった衣服の重みのおかげとしか言いようがない。彼は階段をよじ登り、わたしを押しのけてキャビンに入った。顔に笑みが浮かんでいた。いつもの祖父らしくない。ドアを閉めると彼は服を脱ぎはじめた。

「お祖父ちゃん、やめて」

「肺炎だ」と彼は言った。「それを心配しないとな。肺に雨水がたまる。突然の寒け。二日後には火葬場だ。用心に越したことはない」

「でも、ここで脱ぐのは……」

しかし、手遅れだった。濡れそぼった厚手のシャツはすでに床にあり、今はタイパンツのひもをほどきにかかっていた。服を脱いでいる祖父は、エクトプラズムを排出する骸骨を連想させた。わたしは急いで戸棚から予備の毛布を出し、祖父の体をそれ以上見なくてすむように覆い包んだ。

「どうしたの、お祖父ちゃん？」

「わかったぞ」と祖父は言った。毛布の下から大胆なほど小さなパンツが落ちてきた。

「そうでしょうね。で、何が？」

「番号だ」

「番号って……エンジンの？」

祖父がにやりと笑った。

「でも、どうやって？　昨日の夜はなかったのに」

昨夜、わたしと祖父は打ち寄せる大きな波音に紛れてこっそり抜けだし、例のホンダを調べた。証拠はいっさい残さなかった。ジャーお祖父ちゃんは凄腕の自動車盗なのだ。しかし、わたしたちの秘密作戦が功を奏したのはボンネットを開けたところまでで、あの母娘が用意周到にも痕跡をきれいに消している事実がわかっただけだった。エンジン番号は跡形もなくやすりで削り落とされていた。

「方法はあるものさ」と祖父が言った。

「残っていない番号を読み取る方法が?」

「ほんのかすかな番号の跡を読み取るんだよ、ジム。番号が金属に刻印されると、刻印された金属部分は硬くなる。表面を均等に削ってもその硬くなったところには番号が残るんだ。ガソリンでグリースの汚れを取り、ブロートーチで加熱したあと、その部分をぴかぴかになるまで紙やすりで丹念に磨いてから強力な光を当てれば、元の番号が浮きあがってくるのさ」

コンクリート瓦の屋根をたたく雨音が激しくなり、祖父は最後には大声で説明せざるをえなかった。やがて一分後には嵐が去り、渦巻き状のうねった雲の隙間から夕陽が射しこみ、祖父を後光で包みこんだ。彼は飢え死にしそうな仏陀に見えた。ジャーお祖父ちゃんはまさしく傲慢で無知な天才だった。

「準備は進んでる?」

「ウィッグを作らせてるところよ」

「なんのために?」

「かぶるために」

「それくらいわかるわ」とわたしは言った。「どうしてウィッグが必要なのかと訊いてるの。ピーリングのやりすぎで髪の毛まできれいになくなっちゃったの？」

シシーは冷静を装っていたが、長いつきあいだけに彼女の声にみなぎる女らしい興奮が感じ取れた。今回のパーティーは鬱から立ち直ったシシーには最高の祝祭になるだろう。

「三日間も参加者たちと交流するのよ。参加者はそれぞれブースを設置して、修整前と修整後の拡大写真を展示するの。審査員たちはそれを見てまわって出場者と話をするわけ。あたしは外国の著名審査員としてお手入れと化粧の評価を担当するんだけどね。参加者はフォトショップの加工がない素の自分をさらけだすから、まさに美しさを試される。美容整形に飛びこむ時間はないし、自分たちの目指す優雅な美女になるにはお手入れと入念な化粧しかないわ。パーティーまで修整済みのネットアイドルは禁止。最後のパーティーで全員が着飾る。魅惑のシンデレラの勢ぞろい。あたしはみんなに崇拝される偶像だから、とびきりゴージャスにしないとね」

「それで、ウィッグなのね」

「どのシシーに変身するか決めるのはぎりぎりになるだろうけど」

理解不能な世界だが、豪勢なコンドミニアムに引きこもっているよりはずっとましだ。

「全部の写真を見たいわ」

「ひとつだけ問題があるの」とシシーが言った。

「問題って？」

「バンコクを通らなきゃいけないのよ」

「マスクをすればいい」

「違うって。デモのことよ」

タイの首都で起きていることをここで説明しておくべきだろう。この一カ月間、上流階級や軍部とのつながりを隠しもしない大勢のエリートたちが首相官邸を占拠している。もし彼らが単なるバイクタクシーの運転手やソムタム(青パパイヤのサラダ)を売る屋台商人らであれば、異論はあるかもしれないが、まず間違いなく警察の一斉射撃を浴びて無差別に殺されていただろう。しゃれたキッシュを食べるような連中がわが国の政治体制を台なしにしているのだ。さらに付け加えるなら、政体そのものがみずからを台なしにしてもなんとも思っていない。しかし、彼らが着る黄色いシャツには意味があり、そのおかげでただのシャツが防弾シャツになる(黄色は現国王を象徴する色)。デモ隊の誰かひとりの頭に警棒が当たっただけで王国の伝統に傷がつく。だからこそ、あの傲慢なエリートたちは警察の包囲網をやすやすと突破し、ドゥシット地区にあるイタリア・ゴシック様式の首相府を休日のリゾートホテルに変えてしまったのだ。

その一方で、正当な居住者たちは裏口から抜けだした。元首相で、この国をタイ株式会社にしかねなかった衛星通信事業の帝王の義弟にあたる首相が先導し、政府関係者はバスに飛び乗り、古いほうの空港ドンムアン空港へと一目散に逃げた。現在は手荷物預かりの奥の一室で国家の運営に取り組んでいる。何もかもがあまりに恥ずかしく、わたしはラオスの市民権を申請したいほどだった。少なくとも、ラオスは寡頭制の国家で、きちんとした線引きを誰もが知っているところだ。

とにかく、そんなわけで姉のシシーは、無政府状態と反無政府状態の温床を通り抜けることに慎重なのだ。

「ちょっと、シシー」わたしは笑いながら言った。「国内線でバンコクの真新しいスワンナプーム空港に飛べばいいのよ。国際線乗り換えのゲートまでは動く歩道が運んでくれるし、にっこり微笑むタイ航空の職員にファーストクラスのチケットをチラッと見せるだけでファーストクラス用のラウンジへすばやく案内してくれる。搭乗時刻までそこで無料のシャンパンを飲んでいればいいの。空港の外へ出る必要もない。ドゥシット地区で起きている大騒ぎとは無縁でいられるわ。そもそも、コーヒーショップの起業家や高価なパーマをかけた中年女性たちが空港まで押しかけて、あなたの乗るジャンボジェットの前に立ちふさがるとは思えない。心配しすぎなのよ」

「あんたの言うとおりね」

「ええ、わたしはいつだって正しいの。さてと、仕事の話に移りましょう」

「まったく、あんたときたら、ただ『こんにちは』って言うためだけに電話してくることがないんだから」

「あら、ごめんなさい。じゃ、こんにちは！　でね、姉さんがエンジン番号から車の持ち主を特定してくれるんじゃないかって、お祖父ちゃんもわたしも期待してるの。ホンダのB15B900095554よ」

「そういうことはやめたの」

「そういうことって？」

「ネットでの違法活動」

「嘘でしょ」

「いいえ」

「いつから？」

「一週間前から。今のあたしは愛情にあふれた一般市民なの。崇拝の的だし。名声に傷をつけるような真似はしたくないの。あたしのすばらしい力は悪ではなく善のために使いたいのよ」

「本気じゃないわよね？」

「もちろん、本気」

わたしはショックで呆然とした。よりによってシシーが更生するなんて。

「そう、なるほどね。でも、これは厳密には違法じゃないのよ。公共の情報にアクセスするだけだから」

「それって、国際企業のデータバンクにハッキングして情報を盗むことよ」

「たしかに、ほんの少しばかり違法かもね。でも、ディズニー・コーポレーションになりすましてエージェントから小金を集め、彼らのクライアントに新しい脚本の最新情報とやらを流すのと大差ないわ」

「あたし、そういうことはもうやらないの」

「じゃあ、どうやって生活してるの？」

「貯金で」

「つまり、不正手段で貯めたお金」

「貯金が底をついたらまっとうな仕事をするわ」

「犯罪の取り締まりほどまっとうな仕事があるかしら？　そのすごい能力を発揮して人殺しを廃業させたことがあるじゃないの。姉さんはサイバースペースのシャーロック・ホームズよ。あなたの分身〝脚なしエレーナ〟は警察官のソーシャルネットワークのヒロインだもの」

「あれは元警官と年を食った売春婦の出会い系サイトよ」

「百回生まれ変わって百回警察活動に携わったような経験豊かな元警官たちよ。姉さんにはその指を動かすだけで駆使できる犯罪捜査網があるの。そんな元警官と姉さんにできないことは何ひとつない。ティーンエージャーのための化粧テクニックなんて後まわし。正義とフェアプレーの闘いに加わってちょうだい」

「いやよ」

いくら言っても無駄らしい。

「お願い」

「その男、何をしたの？」

「その男って？」

「車の持ち主よ」

わたしは三号キャビンに宿泊中の謎の客について説明した。話し終わると、短い沈黙があり、シシーがうなずいているとわかった。ピアスの貝殻がジャラジャラと音を立てている。彼女はわたしと同様、ミステリーを見過ごしにはできないたちなのだ。

4

その晩、みんなで夕食を囲んでいたとき、手榴弾《しゅりゅうだん》が爆発した。友人交流のアイスクリームはいかが、とママが全員に声をかけた直後だった。三号キャビンの客はわたしたちと食事を共にすることが多く、いやでも名乗らざるをえなくなっていた。その名前が本名だとは誰も思っていない。彼女たちには想像力があまりにも欠けていた。母親を高声《こうせい》のノイ、娘を低《てい》声《せい》のノイと呼んでくれとふたりは言った。タイ語は大勢の外国人が髪の毛をかきむしるほど厄介な言語だ。声調次第で犬を馬に、絹の糸かせを山火事に、町全体を用水路に変えることができる。声調の違いだけで意味がまったく違ってくるのだ。タイ人にとって音にしたときにはノイとノイはまったく異なるふたつの言葉を指す。しかし、このまま書いていればわかりづらいことこのうえない。というわけで、区別しやすくするために娘をノイ、母親を母ノイと呼ぶことにした。ふたりは毎食を散らかった台所でわたしたちと取るようになった。最寄りの町パックナムまで車で十分程度も走れば、粗末ながらもレストランはいくつかあるのだが、ふたりはどこにもでかけなかった。すでに車は塩まみれになり、後部のバンパーは落下したココナッツの直撃を受けている。食事の時間以外はほとんど部屋にこもっている。

食事中の会話はもっぱら湾岸での暮らしに関する経験談ばかりだ。彼女たちはわたしたちを質問攻めにし、その返答に心から興味をそそられているふりをするため、わたしたちがふたりについて尋ねるすきがない。自分たちについて口にするわずかばかりの意見は明らかに嘘で、信じるのはアーニーだけだった。アーニーに特定の女がいると知ってからは、ノイは彼のそばでも気楽にふるまうようになった。彼のフィアンセのゲーウはシニアボディビル競技会のツアー参加で香港にでかけている。彼女は五十八歳としてはきれいな体形だが、彼女のビキニ姿を見たいとは決して思わない。筋肉むきむきの年寄りは油を塗りたくったフジツボに似てくる。トレーニングや競技会、ステロイド剤、ファンからの崇拝など、アーニーに対するノイの質問はどれも偽りのない正直な問いかけに思えた。彼女は弟に恋心を抱いているのではないか、とわたしは思った。アーニーは優しい男だ。恋したとしても当然だろう。それに、彼女のほうが年齢的に近い。自然な組み合わせだ。平気で嘘をつく娘だとしてもわたしはかなり気に入っている。その母親のことも好きだ。ふたりが逃亡中という事実はいっそうわたしの興味をかき立てる。

「お気の毒に」とママが母ノイに言った。「セックスが恋しくてたまらないでしょうね」

母ノイのスプーンが皿に落ちた。

「え？」

「セックスよ」話題の適切性ではなく声が小さかったせいだと言わんばかりに、ママは大声で繰り返した。

わたしはアーニーを見た。目を閉じている。ママが魅惑に満ちた長い人生経験から品のない逸話を今にも披露しようとしていた。わたしたちは彼女を黙らせるときもある。どうにかごまかすときもある。だが、わたしたち一家全員が変わり者ぞろいで、なんの脅威にもならないとふたりの客を信じこませるには、ママに話をさせたほうがいいだろうと判断した。

「わたしはべつに……」母ノイが口を開いた。

「言わなくてもわかりますよ」とママが言った。「夫と離れているときに考えることといったらそれだけ。セックス、セックス、セックス」

ジャーお祖父ちゃんが顔をあげ、身の入らないそぶりでたしなめた。

「おい、やめなさい」

しかし、母が取り合わないことはわかっているため、祖父の口調は厳しくなかった。ママは自由気ままに話しだした。

「夫が出張で留守にしていたことがあってね。少なくとも、本人はそう言っていたけど」

なるほど。いいじゃないの。めったに聞けない父親の秘話。わたしたちは父親についてほとんど知らないので、子供たちの関心はひたすら母親に向けられた。わたしたちにとって父親とは物語のなかでしか会えない虚構の人物だった。

「あたしは彼が欲しくてたまらなかった。あの力強い腕で抱いてもらえない二週間。彼の舌を味わえない二週間。それに……」

「ママ！」アーニーが怒鳴り、フォークと眉毛を動かして若いノイを指し示した。この娘が男の力強い腕や味わい深い舌やその他もろもろを知らないことはないだろう、とわたしは個人的に思った。ママはほとんど気にも留めずに話を進めた。今までにも繰り返してきたことなのだ。

「結婚生活は二年間。でも、簡単に手に入る女だと思わせたことは一度もなかった。殿方の情熱に火をつけるにはね、自転車とは違うってことを理解させるしかないの。その気になったらいつでもまたがって、あたりを乗りまわせる気軽な代物とは違うことをわからせないとね。たまにタイヤもパンクしないと。時にはサドルがはずれたり、それを直す適当なサイズのスパナがなかったり。ギアに小枝がはさまることだってあるかも」

言い忘れたが、ママには独特の比喩で話がこんがらがってしまう癖がある。

「殿方がセックスするにはモチベーションが必要なの。そして、男を奮い立たせるには拒絶ほどすばらしい手はない。こちらから懇願したりしようものなら、髪もひげも見苦しく伸びて疲れきった年寄りの僧侶に施しをするような愛しか得られない。でもね、関心をいっさい示さなければ、あら不思議、男のプライドに火がついて前にも上にも突き進むのよ。だから、彼が二週間も留守で、あたしはどうにもたまらなくなったので、きれいな長い髪をハサミで切って、真っ白な衣服で身を包んだ。彼が戸口から入ってきたとき、あたしは床にあぐらをかいてすわり、教義を唱えていた。教義なんて暗記していたわけじゃないんだけどね。単にそれらしくでっちあげただけ。どうせあの人にはわからないから。あんまり……信心深くなかったのよ。どうしたんだと訊かれて、あたしは出家して尼になったと言ってやった。三カ月も男と接触できなかったって。夕飯のころには彼ったらさかりがついたみたいによだれを垂らしてた。その夜、あたしが出家の誓いを撤回したとたん、今までに経験したこともない最高のセックスを味わったわ」

「ママ」わたしは口をはさんだ。「それは関係のない話だと思うけど」

「そうかしら？」彼女はその夜の濃密な交わりを思い返すように微笑んだ。「関係があると思うわよ。あの帰宅プレゼントがなかったら、あんたは今ここにすわっていなかったわけだから」

「どうしてそんな……？　え、嘘でしょ。まさか……？」

「九カ月後、あたしの小さな天使が天国からこの世にやってきたの。情熱が宿した子供。だからこそ、あんたも激しい炎を内に秘めているわけよ」

「炎？　わたしはママが尼さんのふりをした結果ってこと？　わたし、地獄に堕ちるわ」

「何をバカな。あたしたちは夫婦だったんだもの。男女というのはいろんな役を演じることが大切なの」

　意外な新事実はもうたくさんだった。ただでさえ気が滅入っているというのに、今度は宗教と性愛が入り交じった心理的脅迫に自分がどれだけ動揺しているか分析しなければならないなんて。テーブルを見まわすと、ノイと母ノイが〈テスコ〉の鮮魚売り場で氷の上に並んだ魚みたいに口をぽかんと開けてすわっていた。そして、ママがなんの脈絡もなく「友人交流のアイスクリームはいかが？」と言ったときだった。数秒後、すさまじい音が鳴り響いた。

最初、わたしは脳みその負担過剰で頭のなかの何かが破裂したのかと思ったが、全員がきょろきょろしているので彼らにも音が聞こえたのだとわかった。わたしたちはいっせいに外へ飛びだした。迫撃砲の攻撃を受けた場合にふさわしい反応だ。しかし、しょっちゅう壊れる配電盤がまた吹き飛んだのだろうと、わたしも含めてみんなが思いこんだ。だが、わたしたちの目に入ったのは、ママの店舗から噴きあがり、すぐに風に乗って流れていく灰色の噴煙だった。

ジャーお祖父ちゃんとアーニーが女たちを後ろにさがらせた。わたしたちはひ弱で保護が必要だから。ふたりは煙を突っ切って店舗へと入っていき、アーニーは入り口の脇で一年間も注目されずに置かれていた赤い消火器をつかんだ。中国語で書かれた使用法を彼は解読しようとしていた。

「アーニー、必要ないわ」わたしは弟を押しのけた。「火は出てないから」

爆風で缶詰や箱などが奥の壁まで吹っ飛び、ふたつの棚がずたずたになっていた。爆発の中心部は冷蔵庫で、今では風洞実験後の提灯《ちょうちん》に似たありさまになっていた。何か強力な力で引き裂かれた感じだ。この店舗は正面が入り口で、金属製のシャッターが付いている。しかし、わたしたちが引っ越してきたところは各家が戸締まりをしないような土地柄で、わたしたちも食事中はシャッターを開けたままにする習慣が身についていた。めったに客は来ないが、たまたま現われた客は屋根の垂木《たるき》からぶらさがっている亜鉛のじょうろを棒でたたいてわたしたちに知らせるか、あるいは、単にカウンターに代金を置いて品物を持っていく。

ここはそういうところなのだ。何を言いたいかというと、店は開けっ放しで、車を徐行すらしなくても誰でも爆発物を投げこめる……黒いSUVのあいつらでも。プーマプラーオのような場所では公共ラジオで流れる夕方のニュースを待つ必要はない。プールで洩らしたおしっこみたいにニュースが広がる。例のごとく真っ先に現場へ到着したのはコウ船長だった。決して脱がない汚れた灰色の野球帽になんらかのレーダーが仕込まれているにちがいない。次に来たのはお粥屋台のジアップおばさん、中古自転車屋のチャット、ココナッツパルプを削るルーン、猿使いのアリ、それに、サコーンおばさんと十四歳で妊娠中の姪っ子。まもなく村人全員が周囲に集まり、爆破された店を見つめていた。親切にも誰かがバイクのサイドカーに乗せてタウィー巡査を連れてきた。村のボランティア警官たちはいわばセミプロで、その主な職務はカードゲームで賭け事をしている地元民に罰金を科すことだった。漁師の妻たちの一部が賭博に熱中して夫の収入を使い切ってしまうのは日常茶飯事だ。しかし、タウィーはほとんど派出所に詰めっぱなしだから、おそらく、良心の呵責《かしゃく》で自首してくる連中を当てにしているにちがいない。彼には正規の捜査権はないが、携帯電話を持っているし、すでに彼は本物の警察に連絡しているだろう。本物と言ってもどこまで本物かは推して知るべしだが。

警察が出動してくるとなるとわたしたちには問題がふたつあった。わたしはジャーお祖父ちゃんを傍らへ呼び寄せた。

「例の銃だけど」

「あれがどうかしたか？」

「処分しないとだめよ」

「その必要はない」

「こんな真似をしたのが誰か、わかってるわよね？」

「ああ」

「あのふたりを名指しで追及すれば拳銃の話もばれちゃうわ。わたしたちの言い分を通さないと。ふたりがナイフを抜いたところは全員が見てるけど、でも、もし拳銃が見つかれば……」

「見つかりっこない」

わたしは祖父をにらみつけた。

「見つかりっこない」祖父は繰り返した。

地元警察署でただひとり有能な警察官はチョムプー中尉だが、彼の扱いならわたしが心得ている。わけはない。ほかに誰が捜査に来ようともマニュアルどおりの事情聴取をするだけでおしまいだろう。だから、目撃者全員が同じ嘘をつくように口裏を合わせればいいだけだ。ただし、いちばんの弱点がアーニー。彼の口を割らせるには取調室での暴力なんて必要ない。声を荒げただけで自白する。たとえ、罪を犯していなくても。そのアーニーはひしゃげたイワシの缶詰を力ずくで元の形に戻していたので、犯罪現場を荒らす行為だとわたしは注意した。彼は不満そうに口をとがらせた。わたしは弟の太い腕をつかんで店の外へ連れだした。

「アーニー、いいこと、ジャーお祖父ちゃんはあの死体搬送業者たちに向かって発砲はしなかった」

「しなかった？」

「そう」

「おれ、そういうことはあんまり得意じゃないんだけど」

「わかってるわ。でもね、これは家族としての問題だし、全員が一致団結しなきゃいけないの。お祖父ちゃんがランスワンの刑務所に拘禁されてもいいと思う？　年取って萎《しな》びた手首に手錠をはめられてもいいの？　共有の寝床でネズミやノミに咬《か》まれて体は傷だらけ。シャワー室では妙な連中に襲われちゃうのよ。やせこけた世間知らずの老人が好みの変態にね。それでもいいわけ？」

弟はしばらく考えていた。

「いいや、よくない」とようやく答えた。

「だったら、お祖父ちゃんが死体搬送業者に向かって発砲するところをあなたは見なかった」

「うん」

さらに無理を承知でわたしは小さな嘘をもうひとつ、弟に求めた。これはわたしのための嘘だった。

「それから、ノイと母ノイのことだけど。あのふたりは存在しないの」

「ええ。今日、わたしたちは彼女たちと昼食を食べなかった。このホテルに宿泊客は今もいない。そう、そう、あなたがうちのピックアップトラックを移してくれれば、彼女たちの車を屋根付きの車庫に入れられる。シルバーグレーのカバーで覆えば誰も気づきっこないわ」

弟は不安そうな顔つきになった。そして、声を低く落とした。

「つまり、あのふたりには何か疑わしい点があるってことだよね？」

「ええ、そうよ。でも、パックナム署の警官が大挙してやってきたら、ふたりは驚いて逃げてしまうかもしれないし、そうなれば、ノイ母娘の狙いが永久にわからなくなってしまう。今ごろふたりが部屋で荷造りしていても驚かないわ。それに、どんな厄介なことに首を突っこんでいるにせよ、ナンバープレートの付いていない車でマプラーオじゅうを逃げてまわれば事態は悪くなるだけだしね」

「あわてないようにふたりに話したほうがいいな」

「それがいいわ。ゴミだらけのビーチをまっとうな観光客らしく大騒ぎしながら散歩して、この爆破騒ぎが収まるまで戻ってこないように、彼女たちに伝えてちょうだい。それから……どう言えばいいのかしらね。そうよ、今月はあなたたちしかホテルのお客がいないから、ぜひこのまま泊まっていてほしいと言いなさい。それとね、わたしたちがふたりに不審を抱いていることは絶対に話しちゃだめよ」

最後にもうひとり、話をつけておかねばならないのがママだった。あの特定の瞬間、心のなかで彼女がどんな人間になっていたか、どんな時空間にいたか、すべてはそれ次第なのだが、実は母のほうがわたしよりもずっと先を進んでいた……というか、ほかの誰よりも。

「ねえ、シシー」とママが言った。「あたしは、五人の子供たちの誰に対しても嘘をついてはいけないと言い聞かせてきたわよね」

「ええ、ママ」

「でもね、今度ばかりは家族の問題なの。あたしのお父さんの命がかかってるの」

「お祖父ちゃんが銃を撃ったところなんて見ていないわ」とわたしは答えた。

「なんですって？　だって、あんた、すぐそばにいたじゃないの」

「つまり、ほら、見て見ぬふりってやつ。わたしは見なかった」

「ああ、なるほどね。あんたは見なかった。あれはアジサシだったのよ」

「え？」

「だから、アジサシよ。北東風で方向感覚がおかしくなった鳥があの黒い大型車のサイドウインドーに突っこんだせいで、ガラスが粉々に割れちゃったの。飛ぶスピードがとても速かったから、鳥と銃弾の区別がつかなかったわけ。高速で飛ぶアジサシは四一口径の銃撃音と似たような音を出すのよ」

「そのアジサシ説か、あるいは、壊れた車の窓についてわたしたちは何も知らないか、どちらかだわね」

母はかなり考えこんだ。

たとえ起きたのだとしてもここではない。いいわ。それから、あのノイ母娘も面倒の種ね」

「ノイなんて人たち、初めて聞く名前だわ」

「それも見て見ぬふり？」

「そうね」と彼女は言った。「それもよさそうだわ。そんなことが起きたとは思わないけど、

パックナム署に所属する不動の署員は十一名いる。そのうちの九名が爆破現場の捜査にやってきた。この地方の警察官にとって人生は実に味気ないのだろう。指揮を執るのはマナ少佐で、この日は〈アムウェイ〉の直販店がひまだったためにようやく犯罪捜査に参加する時間ができたらしい。彼とともにピックアップトラックから降りてきたのは、マーヤイ巡査、マーレック巡査、それに、〈ニコン〉のカメラを持った細身の警官で、その全員とわたしは顔見知りだった。安っぽいかつらをかぶり、でっぷり太った警官も現われたが、この男とはなじみがなく、知り合っておかねばとわたしは思った。

ピックアップトラックのすぐ後ろに、それぞれ制服警官二名を乗せたバイクが二台、付き従っていた。見知った顔はチョムプー中尉だけだった。彼はバイクを運転するハンサムな若者の後ろに相乗りし、若者の体に両腕をまわしてがっちり抱きついていた。

「やあ、ジム」マナ少佐が全員に聞こえる声で言った。彼は中年で、つやのある褐色の肌、背は低い。そう、わたしを誘惑しようとする不器用な誘いをかつて拒絶したが、数カ月前にある事件で彼に手柄をあげさせてやったこともある。わたしに借りがあるのだ。しかし、彼

は忘れっぽく、しかも、その手はさりげなく動く。「なあ、いいかい？　君ら一家が引っ越してくるまでこの小さな地区は実に平穏だったんだ」

マナ少佐の手はすでにわたしの腰を撫でまわしていた。

「わかったわ。じゃあ、ご覧なさい。あなたがたの統計値を乱すためだけにわたしたちは自分の店を爆破しているってことかしら」

「それを判断するのはおれだ」ぬめっとした皮肉っぽい口ぶりだ。

警官隊は職務に取りかかったが、その大半は役にも立たない任務を割り当てられているようだった。事情聴取の担当はチョムプーだった。わたしたちはポーチに並んですわった。

「やってくれるわね、ジム」

「犯人はわかってるわ」

「あら、すごい。捜査の手間が省ける。誰なの？」

「SRMのごろつきふたり。誰も捜査しない生首を回収に来た連中」

「そいつらがどうしてあんたの店を壊さなきゃならないわけ？」

「あのふたりはナイフを持った野蛮な能なしよ。わたしたち、脅迫されたの」

「で、脅迫について警察に被害届は出した？」

わたしが声をあげて笑うと彼も笑った。パックナム署に脅迫の被害届を出すのは、蚊に刺されたと言って県の保健局に報告するようなものだ。

「わたしたちに追い払われたから、その腹いせじゃないかしらね」

「どうやって?」

「え?」

「どうやって追い払った?」

「だって、わたしとアーニー、ジャーお祖父ちゃん、それに、ママがいたんだもの。こっちのほうが数で勝ってた」

「なるほど、げに恐ろしき四人組ってわけか。あんたたちを主人公にしたコミック本がまだ出版されてないなんて意外だわね」

「茶化さないで。わたしたちだって人を怖がらせることぐらいできるわ。アーニーを見なさい」

「ええ、よく知ってるわよ」

「でしょ。彼の心臓がハムスターみたいに小さいと知らなければ……」

ちょうど動物にたとえたとき、なにやら大きく汚いものをくわえたスティッキーが目に入った。この犬は犯罪現場へと進んでいく。いやな予感がした。大声で名前を呼んだが、彼はいまだに自分の名前がよくわかっていない。

「ちょっと失礼」わたしはチョムプーに言った。「ママから事情を聞いてちょうだい」

わたしは犬を追いかけたが、振り向いたスティッキーは走りだした。この犬にしつけは不可能だし、尻尾を振ってわたしに駆け寄ってくることもない。だが、しつける必要があると感じた。スティッキーがくわえているのは、その形から見てぼろ布にくるんだ拳銃にちがいなかった。スティッキーはマナ少佐のほうへ一目散に走っていく。そして、少佐のすぐそばで止まると、戦利品を地面に落とし、得意げに吠えた。振り返った少佐は、よだれを垂らして彼を見あげるスティッキーに気づいた。南部人はたいていそうだが、少佐も見知らぬ犬には用心深い。彼は後ろにさがった。スティッキーは包みを小突いてさらに近づけた。

「誰かこの汚い犬を追っ払ってくれないか？」

「少佐、そいつはプレゼントを持ってきたみたいですよ」とマーヤイ巡査が言った。「おい、ワン公、これはなんなんだ？」

巡査が包みを取ろうと身をかがめたとき、スティッキーが咬みついた。マーヤイ巡査がたじろいだ。わたしがたどりついたのはちょうどそのときだった。わたしの走りはスローモーション並みにのろい。わたしは両膝から倒れこみ、銃と犬をつかんだ。スティッキーの甲高い鳴き声が響くなかでマナ少佐が問いかけた。

「なんだ、それは？」

「ヘアドライヤーよ。犬を遊ばせるおもちゃ代わりなの」

わたしは笑った。警官たちも笑った。スティッキーは吠えた。この犬の前世がエリオット・ネスだったことは明らかだ。現世では言葉が話せないのでさぞかし腹を立てていることだろう。

「埋めたの？」

「そうだ」

「銃を隠すのにそんな方法しか思い浮かばなかったわけ？」

警察はすでに引きあげ、わたしはジャーお祖父ちゃんを屋外トイレの一角に追いこんでいた。祖父は詰まった排水管を直しているところだった。祖父のへまを非難するのは気分がよかった。こういうチャンスはめったにないのだから。祖父はうなずいた。自信過剰の祖父だが、ようやく謙虚さを知ったようだ。急に祖父が四十五キロ分の朽ちかけた破骨細胞の塊に見え、わたしはいじめっ子の気分になった。

「とにかく、地元警察がマグナム銃とドライヤーの区別がつかなくてラッキーだったわ。美容院の強制捜索をたくさんやってるんでしょうね」

「バカな連中だ」

いくら期待したところで、この老人から謝罪の言葉は引きだせない。わたしは流し台に腰かけたが、とたんにひび割れの音が聞こえた。そろそろダイエットなるものを真剣に考えねば。モンスーンの季節が来るたびにわたしはサイクリングをやめるし、すべての食事、すべてのチリ産赤ワインの大瓶、すべてのチョコバーがわたしのお尻の贅肉になっているのだ。

「で、これからどうなると思う？」

「警察はふたりのごろつきを呼んで聴取する。やつらは脅迫の事実は否定するだろう。拳銃については言うかもしれないし言わないかもしれないが、たぶん、話さないいな」

「どうして？」

「おれたちが銃器を携帯する犯罪者に見えるわけはないから、警察は一笑に付すだけだ。それに、なんの証拠もない」

「わたしのおかげでね」

祖父は無視した。

「あのふたりはアリバイをでっちあげるだろうし、警察は建て前としてその裏づけを取る。だが、うちの立場はわかってるから、警察もそのアリバイを認めたあげく、貴重な時間を使わせて悪かったとごろつきどもに謝罪するのがおちだな」

「チョムプーは違うわ」

「たしかに、あのゲイのやつは腕は確かだ。しかし、警察本部が彼をこの事件の担当にするかどうかはわからん」

「ここの警察に事件なんてないのよ、お祖父ちゃん。過去数カ月のあいだにこの地方でほかに何があった？　彼らは署の花壇の雑草を取り、割り当てのガソリンを消費するために車を走らせて女の子たちに笑顔を振りまき、適当に検問を張って、シートベルトはお尻の下に敷くクッションだと思ってるトラック運転手からお金を巻きあげるだけ。ああ、それから、行進の練習。きっと、チョムプーに事件を担当させるわ。まともに字が書けるのは彼だけだから」

「あんな悪党どもの扱いなんて、警察にはわからないんだ。方法はひとつしかない」祖父がうなった。

彼は拳の関節を鳴らした。麻雀卓で牌《パイ》をかきまわす音に似ていた。

「ちょっと、お祖父ちゃん、だめよ」

「ああいう連中に理解できる方法はひとつしかないんだ」

「お願いだから」

「思い知らせてやるしかない」

こうなることをずっと心配していたのだ。この地方担当のドレッドという実直な老判事は、同じように実直だがいわれなき中傷を受けた南部出身の元警察官ウェーウと、最近になって手を結んだ。悪事を働く者たちにふたりは協力して復讐を加え、罰を受けずにまんまとやってのけている。復讐とは、バイアグラがただのアスピリンに思えてしまうような強烈な麻薬と同じだ。わたしは祖父を説得し、あのネズミ兄弟みたいなならず者と関わるのは危険きわまりないと話すべきだったが、祖父の賞味期限はとっくの昔に切れている。人間、七十歳を過ぎれば、たとえカーオパット(タイ風炒飯)に顔を突っこんでいても誰も驚きはしない。たぶん、喉を掻き切られ、山ほどの言い分を携えて涅槃《ねはん》に至るほうがいいのだろう。

「好きにすれば」とわたしは答えた。

エッグ中尉がつかみそこねた見つけづらいミャンマー人コミュニティを探すために、わたしはピックアップトラックに乗ってパックナムへ向かうところだった。車庫からバックで車を出し、ギアを一速に入れた。古い車だ。しかし、サイドミラーに興奮気味の美人の顔が映った。わたしは耳障りな音を立てて窓を開け、ノイに挨拶した。

「浜にはもう誰もいないわ」とわたしは言った。

この母娘は特にこれといった理由もないのに、湾のいちばんはずれにある森のなかで一時間も身を隠していたのだ。ホテルに宿泊客がいるかどうか質問した警官はひとりもいなかった。

「ジム、実はちょっと……あなたに話したいことが……」

彼女は息を切らしていた。風のせいだ。風のせいで大量の空気が体内に取りこまれるため、いっぺんには吐ききれない。わたしはその話とやらをずっと楽しみに待っていた。気の利いた作り話を思いつくだけの時間はたっぷりあったのだから。わたしなりに考えてもみたが……たとえば……復讐心に燃える夫か、ボーイフレンドとか？　これでも理屈は通るだろう。わたしたちは女家長が支配する一家だから、そういう話は琴線がビーンと鳴るほど心を揺さぶるだろう。だが、ふたりが考えだした話は期待はずれだった。ノイはトラックの前をまわって助手席に乗りこんだ。これで彼女は閉じこめられた。内側にはドアの取っ手がないのだ。

「かまわないかしら？」と彼女が言った。

「ええ、全然」

わたしはエンジンを切り、トラックは小刻みに震えてから停止した。

「わたしたちのような女ふたりがどうしてここへ来たのか、あなたやご家族が不思議に思っているることでしょうね」

「休暇旅行じゃないの？」

　ノイはくすくすと笑った。

「本気で信じているわけじゃないでしょ」

「首相が国営テレビで春巻を作るくらいだから、何があっても驚かないわ」

「実はね……」と彼女は切りだした。

　これはわたしが体験的に気づいたことだが、〝実は〟と言って巧妙な嘘をでっちあげるケースが非常に多い。

「実は、わたしの父は黄シャツ組に対立する赤シャツ組を指導する活動家のひとりなの。バンコクの状況は知っているわよね？」

　わたしが全国向けの刊行物で賞を獲得しそうになったジャーナリストだったことを、誰も彼女に話していないらしい。衛星通信事業の帝王とその大富豪一族の援助で、黄シャツ組と対抗するために軍が立ちあがっているところだった。

「それらしいことはテレビで見たと思うわ」とわたしは答えた。

「父は……黄シャツ組を鋭く批判していた。わたしたちは公表しないように説得したんだけど、父は信念のある人なの。黄シャツ組は民主主義を踏みにじっていると、公然と非難してしまった。それで……」

「で？」

「脅迫されたわ。父ではなくわたしたちに対する脅迫。狙いは父の家族。わたしたちを殺すと威したの」

「黄シャツ組がそう言ったの？」

「ええ。父はわたしたちを愛しているし、わたしが父の名前を明らかにできない理由もこれでわかってもらえると思うけど、とにかく、父は母とわたしをバンコクから避難させた。だから、ここへ来たの。だから、ナンバープレートをはずしたの。だから、警察を避けているの。これまで黙っていてごめんなさい。でも、わたしたちはまだ慎重に行動しなければならない。黄シャツ組の連中はどんなひどいことだってするもの」

「なるほど」

状況を想像してみよう。カノムバービン（ココナッツと餅粉を使った焼き菓子）の輸出業者マレーおばさんが、ブレーキライニングの納入業者バートとバリスタのルールーを呼び集め、黄シャツ組が首相官邸に乱入して以来、国民の半数が公の場で不満を訴えている内容をあえて発言した父親の娘ノイに一撃を加えろと命令する。そこで、ノイ母娘は逃げる。しかも、その逃亡先はまったくの逆方向。黄シャツ組の本拠地南部。あんた、いいかげんにしなさいよ。

「さぞかし怖いでしょうね」と言ってわたしはノイの手に自分の手を重ねた。

「ええ、本当に」と彼女は言いつつ、砂浜から吹き飛ばされてワイパーにからみついた細いクサトベラを見ていた。「でも、警察が来ることを教えてくれたとき、あなたがたがわたしたちの苦悩を感じ取ってくれたんだと思ったわ。だから、信頼できる人たちだと判断して、こうして真実を伝えたかったの」

「そう、正直に話してくれてありがとう。家族全員が感謝するわ」

「母とわたしが何も悪いことをしていないのだとわかってほしかった。法に触れるようなことは何もしていないの。わたしたちは被害者なのよ」

「本当に気の毒に」

　彼女は手を引っこめて、両の手のひらを合わせた。そして、窮屈な場所で皿洗いの女が王族にひれ伏すように、わたしの左脇に向けて体を低く折り曲げた。彼女は微笑を見せ、トラックから降りようとしたが、ドアハンドルがないことに気づいた。わたしは外に出て助手席から彼女を降ろし、客室キャビンのほうへ歩いていく後ろ姿を目で追った。まさにブーイングに値する下手くそな演技だった。しかし、ひとつだけ確かなことがある。あのふたりはペテン師ではない。あんな大根役者ではカーウグリップグン(タイ風《ふう》えびせん)すらだまし取ることはできないだろう。シシーがどんなスキャンダルをあぶりだしたか、そろそろわかるころだ。ノイ母娘はなんらかの悪事をやらかした。とてもとても悪いことを。それが何かわたしは知りたかった。

5

いちばん最寄りの町をどのように説明すべきかよくわからないし、そもそもそこを町と呼べばつい噴きだしそうになる。たとえば、どこかの交差点を思い浮かべ、それをギュッと縮ませて、二台の車がすれ違うにはほぼ必ずサイドミラーが接触するほど狭い四つ角を想像してほしい。信号も一時停止の標識も取っ払うこと。そこに手押し車やサイドカー、ついでに、歩道には車がぎっしり駐車しているために車道を歩く人間を加える。そして、その交差点の真ん中に立っている自分を想像する。北側を見れば、客が寄りつきそうにない商品を扱うちっぽけな木造の店舗が数軒。南側も同様。南東は行き止まりで、道路の先は川。この地区に不案内で、たとえスピードを出していなくてもそちら側へ車を走らせればお気の毒な結果になる。パックナムのシャンゼリゼ通り、ルート４００２は西側にある。そこには〈セブン－イレブン〉や郵便局、銀行、市場、出張所、クルアイナムワーと呼ばれる小ぶりの太いバナナを売る店がある。しかし、まともなカプチーノ、ピザ、ワイン、チーズ、アイスクリーム、ブラックフォレストケーキ、サクランボ、こうした文明社会にふさわしい品物はどこを探しても見当たらない。多文化の大都市で育った女にとっては厳しい環境だ。

わたしは波止場にある古びた製氷工場の前に車を駐めた。氷を粉砕する音がやかましく鳴り響いている。わたしはここにたどりつくまでに道を訊かねばならなかった。袋小路の手前にある人目につきにくい脇道に工場はあった。車で町に入ってくると、道路橋から港が見える。いい写真が撮れるところだ。陽の光が海面にきらめき、漁を終えた船が意気揚々と戻ってくる。わずかな観光客はこの場所で足を止める。ここと、コンクリート製の軍艦記念碑がこのあたりで唯一の撮影スポットだ。だが、このあたりまで来ると様相は一変する。周囲に林立する粗造りのみすぼらしい家々が物語るのは貧困と無秩序と放置だ。一時的な居住者のための仮の住まい。二、三本のコンクリートの桟橋に群がるちゃちな木造の漁船は、餌箱の前でじっと待つブタを連想させる。桟橋で人びとは仕事をする。終業時刻を気にして時計をちらちら見ながら働くふりをするわけではない。彼らは精を出してあくせくと働くのだ。魚を切り、内臓を取り、袋に詰め、苦労して運ぶ。生きるにはそれぞれ異なるペースがある。ここは切迫感に満ちた場所だ。いささか不気味と言ってもいい。

わたしは舗装されていない駐車場に入っていった。周囲に人はあふれているが、誰もわたしを見ない。振り向こうとすらしない。そうね、たしかにわたしは振り向くほどの美人じゃないけど、好奇心とか野次馬根性というのは世界共通なんじゃないの？「この腰回りの大きなショートヘアの女は何者だ？」とか「いったいなんの用でやってきたんだ？」と思うのが普通じゃないかしら？　でも、この波止場では誰も気にかけない。わたしは運転中に透明人間になってしまったのではないかと思い、片方の手に目をやった。

音楽が聞こえる。冗談口をたたき合う女たち。男たちの怒鳴り声。ただし、ひとことも言葉がわからない。オズの国に迷いこんだドロシーの気持ちが突如として理解できた。ここはもうタイではないのだ。トヨタ・マイティXに運ばれてわたしはマンチキンの国に運ばれてしまった。町の郵便局、すなわち、郵便番号８６１５０の地点からたった五分のところなのに、完全な異国。ミャンマー人の大多数が登録しないため、パックナム周辺にミャンマー人が何人いるのか正確な数字は誰も把握していなかった。しかし、わたしがいるのはまさにその中心地だった。ガイドが必要だった。事前にチョムプーからひとりの名前を聞いていた。露天の製氷工場でアウンを探せばいいと言われたのだ。

わたしは顔に黄褐色の練り粉を分厚く塗りつけた骨太な女に歩み寄った。よく見かける光景だが、わたしにはその趣旨がまったく理解できない。紫外線防止のためにこのべとべとしたものをそこらじゅうに塗りたくる。承知のように紫外線で老化が進み、女としての魅力が失われ、結婚がむずかしくなる。しかし、この不愉快な紫外線の悪影響が三十歳の誕生日を迎える前までに顕著になるとは思えない。そして、三十歳までには結婚しているはずだ。二十二歳を過ぎると状況が少しずつ不利になってくる。だからこそ、いちばん魅惑的な年月なのに、そのせっかくの魅力をなぜ覆い隠してしまうのか、不思議でならない。わたしは〝愛想がよければ男性からもてる〟というありふれた手口を試したことはあるが、残念ながらこれは男というものを高く評価しすぎている。彼らは仲間に自慢できるものを求める。最低でもひとつはセールスポイントがなければならない。わたしにはママがしばしば褒めてくれる肉感的な唇がある。巨大な氷の塊を粉砕機に放りこんでいるミャンマー人には豊かな胸があった。顔よりもその胸が関心を引きつける。こんなことを言うのは少し意地悪だが、この女の場合、陽灼け止めが乾いて粉っぽくなっている顔のおかげでいっそう胸が目立つのだ。

「失礼」とわたしは声をかけた。「ミスター・アウンを探してるんですけど」

彼女は顔すらあげなかった。わたしは自分が透明になっていないことをふたたび確認した。ちゃんと実体が見える。

「ミスター・アウンだけど？」

わたしは二度も無視されたくなかったので、コンベヤーから流れてくる次の氷塊に片手を置いた。そして、目を合わせようとした。彼女は肩をすくめ、顔をそむけた。

「タイ語は話せます？」と尋ねた。次々と出てくる氷塊はわたしのところで流れが止まるし、わたしの手は凍傷になりかけていたが、それでもあきらめるつもりはなかった。

「ねえ……あなたは……？」

「タイ語、だめ」と彼女が言った。

よかった。少なくとも、交流は成立。

「ミスター……アウン」

彼女はいちばん近くの桟橋を指さした。

「二……一……七……一」そう言ったように聞こえた。

「二一七一？」

女がうなずいた。わたしは礼を言って立ち去ろうとしたが、手が氷塊にくっついて離れなかった。小さく悲鳴をあげたかもしれない。氷の塊を胸もとにしっかりかかえたままミスター・アウンに会えば、第一印象はかなり悪いだろう。どうやら巨大な角氷に自分を貼りつけたのはわたしが最初ではなかったようだ。女が傍らのペットボトルからぬるま湯をわたしの手にかけると、まるで魔法のようにわたしは氷から解放された。

二一七一というのは船の番号だろうと思った。船の前方にはそれぞれ白い塗料で四桁の番号が書かれている。船の前方とは船首か調理室かどちらかだ。わたしは船に関する用語がどうしても覚えられない。接近する船のスターボード艇優先の原則は知っているが、それが右舷を指すのか左舷なのかわからない。どんな船舶であれ海に出るつもりはさらさらないので、知る必要がないのは幸いだ。高校時代、わたしは水泳の授業に参加しなかった。ママがわたしの水着を編んだからだった。冗談で言っているのではない。手編みの水着。鎧《よろい》のようだった。水に浸かっただけでそのまま沈んでいただろう。それでも最終的に泳ぎは覚えたが、おかげでトラウマになりそうな水難をさんざん体験するはめになった。そこでついに断念し、泳げない人間として船には乗らないことを心がけた。

わたしは手近のミャンマー人にタイ人はいないかと尋ねた。その男は「いる」と言って立ち去った。水泳を習わなかった同じ高校でわたしはビルマ語も学ばなかった。ごく短期間の選択科目しかなかったからだ。代わりに、英語の集中クラスを受講し、何百というポップソングを暗記し、交換学生としてオーストラリアへ行き、ひたすらアメリカ映画を見てクリント・イーストウッドに恋をした。で、それが何かの役に立ったか？　このマプラーオではわたしのタイ語すらあやしい。タイ南部の方言は鉄板で焼くソーセージのポンと弾けるような音に聞こえるし、しかも、ここではタイの標準語よりビルマ語を話す人間のほうが多いのだ。わたしはマイノリティだった。

「何かご用ですか？」と話しかける声が聞こえた。

振り返ると、浅黒い肌の短パン姿の男がいた。短パン一枚。上半身はあちこちがグリースで汚れていたが、脂肪のかけらもない引き締まった肉体だった。労働者の肉体。しかも、頭もぼさぼさだ。無造作に切って櫛《くし》も通していない髪。薄いまばらな顎ひげ。左肩をふたつに裂いた最近の傷跡。それでも、ほれぼれするほど魅力的だった。彼の微笑がわたしの子宮に突き刺さった。

「おれがアウンだが」と男は言った。

彼はスパナを置いてワイをした。わたしもワイを返した。

わたしは「ミンガラーバー」と言った。唯一知っているビルマ語。〝こんにちは〟を意味していればいいがと思った。しかし、彼にはわたしがビルマ語を話したことすらわからなかったようだ。彼はタイ語で話を続けた。

「どんなご用でしょう？」

「タイ語がとてもお上手ですね」

西欧人に対してよく使う褒め言葉だが、誰も本気で言うわけではない。裕福な白人たちにそこまでのことは期待していないのだ。しかし、隣国から出稼ぎに来る単純労働者が相手だと、たとえ流暢《りゅうちょう》でもほとんど褒めない。だが、アウンは本当に流暢だったし、男としても魅力にあふれていた。

「ここに二十四年も住んでるんでね」と言って彼はふたたび微笑んだ。「自然に身についたんでしょう」

明らかにわたしの人生は、出会う男のふたりにひとりがセックスの対象になるというホルモンの分岐点に達したにちがいない。大学以来感じたことのない感情のうねりをアウンが呼び起こした。胸の筋肉を見つめなくてすむようにシャツを着ていてくれればいいのに、と思った。しかし、彼はうっとりするほど汗をかきながらその場に立ちつづけていた。

「あの……わたし……」

「はい？」彼が微笑を浮かべた。

「わたし、ジャーナリストなんです。パックナムでミャンマー人コミュニティがかかえる問題について、あなたにインタビューできればと思うんですけど」

「いいですよ」あっさり承諾されてわたしはいささか驚いた。

「本当に？　都合のつくお時間は？」

「仕事は七時までですね。そのあとならいつでも」

「今夜じゃ早すぎます？」

「いや、まったく」

「シシー、彼ってね、ものすごく……」

「なんなの？」

「ものすごく自然なの」

「ジム、あたしたちみんなが母なる大地の芽吹きなのよ」

「いいえ、みんながみんな、そうじゃないわ。初めこそ自然だけど、そのうちに見栄とか欺《ぎ》瞞《まん》という垢《あか》が身についてしまうものでしょ」

沈黙が漂い、回線が切れたのかとわたしは思った。

「今の言葉、ひょっとして、あたしへの当てつけじゃないわよね？」

まったく。どうしてなんでもかんでも彼女の話になっちゃうのかしら？

「いいかげんにしてよ、シシー。違うわ。彼の話よ。自然のままなの。もしスパナで頭を殴られて洞窟《どうくつ》に引きずりこまれても、わたしは泣き声ひとつ洩らさなかったでしょうね」

「なるほど。つまり、あんたはミャンマー人に惚れちゃったわけだ。底辺層へようこそ。よかったわね」

いつからミャンマー人は平等を放棄したのか、とわたしは思った。誰もが彼らを憎んでいる。愚劣な軍事政権のおかげで国民までが丸ごと評価を落としたようだ。

「彼と結婚するわ」単に口論を吹っかけるためにわたしは言った。

「あら、そう。じゃあ、例のホンダ・シティに関する情報はいらないわけ？　出稼ぎ労働者の性欲話をひと晩じゅう聞いてなきゃいけないのかしら?」

「もう見つけたの?」

「大したことじゃないもの」

「で、何がわかった?」

「車の登録者はアナンド・パニュラチャイ。この男についても調べたわ。この一家はまったくネットと無縁なのよ。フェイスブックもツイッターもやってないし、確認できるかぎりではEメールのアカウントすら持ってない。インターネット時代に生きる若い娘としては実に不思議。だから、アナログに頼るしかなかった。時代遅れもいいところだわ。国の記録よ。オランウータンがまとめたプログラム。まず国勢調査から始めて住所をつきとめ、それを手がかりに先へ進んだ。アラインメントとクロスレファレンスが可能なプログラムがあって、そこで……」

「シシー。十分後にわたしのミャンマー人と会わなきゃいけないのよ。こむずかしい説明は省いて、要点だけ話してくれない?」これは以前から言いたくてうずうずしていたことだ。

「わかってるわよ。ただね、あたしはこの調査にありったけの愛情を注ぎこんだんだから、あんたにも感謝してほしいのよ」

「感謝してるわ」

「父親、アナンド。小さなエンジニアリング会社の経営者。ギャンブルでいくつか問題あり。噂では、分不相応な生活をしていたみたい。それを清算したようね。未払いの負債はゼロ。

母親はプンニカ。中学校の校長」

「政治的な関連は？」

「父親は民主党員。選挙運動を手伝ってきた。熱烈な信奉者みたいな点はないわね。奥さんのほうは何も見つからなかった」

「娘は？」

「そうなの。クロスレファレンスで興奮するのはこういうときなのよ。名前を入れたとたんに一気に出てきたわ。娘、タナワン、二十四歳。ニックネームはプーク。二〇〇三年、高校の数学で全国二位。化学で全国十四位。英語、歴史、タイ語、物理、地理、どの科目もトップ一五パーセントに入ってる。この娘は天才よ」

想像もつかない話だった。

「高校の優等生って、太ってて野暮ったいものなんじゃなかった？」

「彼女は二〇〇四年にアメリカに留学する奨学金を獲得したの。ワシントンDCにある私立の名門ジョージタウン大学よ。それも、科学専攻。ものすごく優秀でないと無理」

「で、彼女は学業をやり遂げたの？」

「どうにか」

「え？」

「奇妙な話よ。CやDの成績でなんとか落第をまぬがれるのがやっとだった。大学側は四年間も彼女に我慢していたようなものね。毎年、教授陣は彼女を退学処分にすべきかどうか話し合った。ひどい劣等生だったわけだから。お金を貯めて国に帰れと説得しようとした教授も何人かいたみたい。卒業試験で落第するとみんなが確信していた」

「落第したの？」

「いいえ、オールAの成績。四つの科目ではAプラス。いちばん悪い科目でもAマイナス。このカリキュラムを専攻した同学年のなかで最高の成績。この結果、彼女の学業成績平均点《GPA》がまずまずの点数にまで引きあがったのよ」

「でも、どうやって？」

「それを教授陣も知りたがった。四年間ずっと無能だったのに、突如として優等生だもの。大学側は不審に思った。評議会を招集し、当人の面接を行なったわ。私立探偵を雇って調査までした」

「ちょっとやりすぎなんじゃない？」

「大学には守るべき評判があった。教育現場での不正は断じて許されない。彼女がカンニングやなんらかの不正を行なったにちがいないと大学側は考えたけど、それを証明する必要があった。彼女は尋問を受けたわ。ポリグラフ検査までやった気配があるわね。あたし、探偵の個人ファイルにアクセスしたの。結局、彼女が優秀な成績を収めた科目すべてについて口述試験が行なわれることになった。筆記試験や論文テーマに関する再試験みたいなものだけど、委員会の面々がじかに質問をした。隠しマイクや送信機を持っていないか確認したうえで、防音スタジオに彼女を入れ、三時間、質問攻めにしたの」

「で？」

「全問正解。誰にも理解できなかったわ。高校時代は好成績だったわけだし、おそらく、在籍中の四年間に心を病んだあげく、いきなりそれが治った、と大学は推測するしかなかった。でも、どんな理由があったにせよ、本人は固く口を閉ざしたままだった。結局、大学側は彼女に学位を与えざるをえなかった」

「ハッピーエンドね」

「でも……」

「何？」

「彼女は卒業証書を受け取りには来なかった。消えたのよ。アメリカから出国した記録もないわ」

「でも、出国してるわよ。ここにいるんだから」

「ワシントンDCからランスワン郡パックナムへ。若い女の子全員が夢見る旅かしらね。でも、そっちにいるのが彼女本人か確認するために写真を携帯に送るわ。高校の卒業アルバムの写真だけどね」

「何か肝心な情報が欠けているような気がする」

「あいにく、それをネットで補うことは無理ね。彼女について入手できた最後の材料は、卒業証書を受け取らなかった学生の一覧表が載った大学の会報。それに、航空名簿の管理センターに軽くハッキングしたけど、どの航空便にもアメリカから出国した旅客のなかに彼女の名前はなかった。目下のところ、その本人はあんたのホテルにしか存在しないの。追跡は不可能。ただし、母親も父親も唐突に仕事を辞めたことはわかってる」

「どうやってつきとめたの？」

「電話という便利な発明品を使ったまでよ。ふたりの職場に電話したの。現在のふたりの所在を知る者は誰もいなかったわ」

「つまり、父親も消えたってこと？　信じられない。いったいどこへ行ったのかしら？」

「車のトランクは調べてみた？」

「ええ。お祖父ちゃんが徹底的に調べたわ。空っぽ。血痕もなかった」

「こんな謎めいた話、最高だわ。あんたのために謎解きの手伝いをしてやれないのが残念ね。豪華船シシー号は木曜に海外に向けて出港よ」

「よかった。あと二日間はリサーチアシスタントを無料で使えるということね」

　わたしがアウンと待ち合わせをしたのは地区電気局のそばにある街灯の下だった。彼の住んでいるところには正規の番地がないため、住所を伝えることができないのだと彼は言った。だから、自分で家まで案内する、と。わたしが車で近づくと、街灯の陰に立っていたアウンがセクシーなキャバレーの歌手みたいに光のなかへ進みでてきた。残念ながら服を着ていたが、髪はあいかわらずぼさぼさのままだった。野獣のイメージ。わたしの体内が栓を開けたばかりの炭酸水のように弾けた。わたしは柄物のワンピースを着ていて、腰まわりは目立たないが脚の美しさを大いに引き立てていた。靴はアウンとの身長差を埋めるために中ヒールのパンプス。

アウンが微笑み、わたしの官能的な唇はキスできる距離にあった。わたしは身を投げだして電気局の看板に彼を押しつけたくなった。だが、彼のほうがすばやかった。さっさと表通りを歩きだしたのだ。午後八時。車は一台も走っていない。快楽都市にはほど遠い。市庁舎を通りすぎたあと、アウンは一本の路地に入り、小さな住居が並び立つ迷路の奥へとわたしを案内した。パックナムの下層部。狭苦しいコンクリート造りの家が窮屈そうに並び、どの家もドアを開け放しているため、テレビを見ている家族や床にあぐらをかいてビールを飲む小柄な太った人びと、バイクのタイヤに継ぎを当てる十代の若者たちが丸見えだった。奥へ行くにつれて路地はますます細く暗くなり、女なら危険を感じるだろう。いつ荒っぽい男が飛びだしてきて抱きすくめられてもおかしくないのだ。

しかし、最後の角を曲がったところでアウンは足を止め、やはり開け放した戸口から洩れる陰気くさい黄色い光を浴びて立った。彼が微笑して靴を蹴り脱いだ。わたしも入り口に近づいたが、そのとき、二歳ぐらいの少女がどこからともなく現われ、わたしのワンピースの裾を彼女の頭の上まで持ちあげた。下着を着ていてよかったと心から思った。なにしろ、室内にいた十数人がいっせいにわたしに目を向けたのだから。全員がこの思いがけない露出を滑稽《こっけい》だと思ったようだし、あるいは、タイ人と同様にミャンマー人も笑うことで当惑をごまかしたのかもしれない。わたしは少女の顔を殴りつけてやりたかったが、実力行使におよぶには今は都合が悪いと感じた。この落とし前は後まわしにしよう。靴を脱いでなかに入ると、わたしの訪問に敬意を表して集まっていたミャンマー人コミュニティの面々にアウンが紹介してくれた。それから、アウンの美人の奥さんオーにも。そう、それに五人の子供たちにも。「もう食事はすみましたか？」とオーが問いかけた。彼女のタイ語は夫と同じように流暢だった。わたしはしきたりに詳しくなかった。この場合、「はい」と言うべきか、「いいえ」と言うべきか？　わたしは「いいえ」と言ってみた。大正解。台所があるとおぼしき奥のほうへ女たちがいそいそと引っこんでいった。二部屋しかなく、それも天井まで届かない一枚の壁で仕切られているだけだ。最小限に抑えたガレージの長屋版のような住居だった。壁の塗料は水で薄めたピンクの下塗り剤で、電気の配線はすべてむきだしだった。アウンサンスーチーの大きなポスターと、休暇でスキーにでかけたタイ王家の人びとの小さなポスター。床の四角いタイルは大きさが不ぞろいで、片隅におそらく七組と思われる寝具の山が積み重ねられている。

ガスレンジの点火音と、鍋や皿を動かす音が聞こえてきた。

「われわれコミュニティの委員会のメンバーにも何人か来てもらったんですよ」とアウンが言った。男たちは全員が無言で、床に車座になってすわっていた。ジーンズやショートパンツであれば地面にすわってもかまわない。でも、わたしはワンピースを着ているのだ。間の抜けた感じがした。しかし、今さらどうでもいいことだ。なにしろ、ウサギ柄のビキニショーツをすでに見られてしまっているのだから。

「助かります」とわたしは答えたが、慎み深く、なおかつ、非常にすわり心地の悪い格好で我慢するしかなかった。三十分後には全身が麻痺《まひ》し、ピックアップトラックまでかかえて運んでもらうはめになるだろう。

落胆を別にすればすばらしい夜だった。アルコールがなくてもこれだけ楽しめることがうれしかった。アウンとオーはふたりともくつろいでいる様子だった。ふたりを見ていると、中途はんぱに仕切られた煉瓦《れんが》造りの犬小屋での暮らしでも夢が叶ったように思えてくる。しばらくすると、隣室でテレビのチャンネルを次々に替える音や、奥からやかましく響いてくる民族音楽モーラムのテープの音、犬の吠え声、甲高い赤ん坊の泣き声、酔っぱらい同士の口論、こういった雑音を無視できるようになった。わたしは二十一世紀のスラム文化を研究する人類学者の気分になっていた。だが、前にも言ったとおり、素敵な一夜だった。委員会のメンバーたちは面白い人たちで、頭も切れ、わたしたちはいろいろ話し、大いに笑った。わたしは細かくメモを取った。

パックナムとその周辺には約五千四百人のミャンマー人がいる。正規の在住者はその半数。つまり、彼らには身元引受人と身分証があるということだ。残りの滞在者は一斉検挙されるたびに警察に罰金を払い、携帯電話や愚かにも身につけている宝石類を没収される。雇用条件のひとつとして、ミャンマー人は携帯電話を持ってはいけないことになっている。車やバイクは所有してもいけないし運転も許されない。合法滞在のミャンマー人は三十バーツ分の医療サービスを受けられるが、子供たちは地元の学校には受けいれられない。法的には学校側は彼らを入学させる義務があるのだが、現実にはミャンマー人の子供を収容する施設がないし、教えられる教師もいない。したがって、学校は法を無視する。

本気でこの問題を記事にしようかと考えるほどたくさんの興味深い事実が集まった。しかし、ミャンマー人の苛酷《かこく》な生活環境についてタイのマスコミがはたして関心を示すだろうか？　誰もそんな記事は読まないだろう。世界の報道の目に留まるほど大きなネタでもない。ここに集まったミャンマー人から聞かされたのは、屈辱、不名誉、汚職、人種差別だ。だが、世界が求めるのは大規模な暴力である。最近では『ニューズウィーク』の記事になるにはセレブの破局か大虐殺が必要なのだ。でも、今のわたしにはチャンスがある。子供たちはタイル張りの床で眠っている。わたしが見つけた生首について話そうと決意した。わたしは発見時の状況や回収作業、適当な名前をでっちあげたわたしの叔父さんが冷蔵保管庫に収まっていることを詳しく説明した。話すそばからアウンとオーが通訳し、ざわめくミャンマー人たちに伝えられたが、やがて動揺らしきものが広がっていくことに気づいた。飛び交う視線。後ろめたそうな表情。明らかにわたしは何か神聖な領域に踏みこんでしまったらしい。しかし、話が終わっても誰ひとり口を開かなかった。「どうして警察や死体回収業者はその生首がミャンマー人のものだと決めてかかるのか？」というわかりきった質問すら出なかった。髪、肌の色、ピアス。それらはミャンマー人の漁師を指し示してはいるが、タイ人の可能性を排除するものではない。それとも、わたしは何かを見落としているのか？

「ほかにミャンマー人の遺体とか遺体の一部が浜に打ちあげられたという噂を聞いたことは

ありませんか?」とわたしは尋ねた。

またもやわたしに向けられる凝視。ふたたび境界線を踏み越えてしまった感覚。人びとが首を振る。七〇年代のフォークシンガーみたいに長髪で口ひげを生やしたシュエなんとかという男が、まっすぐわたしの目を見つめて言った……ビルマ語で。彼の妻がさえぎろうとしたが、彼は無視した。ほかの男たちが叫んだ。だが、彼はわたしに話しつづけ、誰も通訳はしなかった。初めてオーストラリアンフットボールの試合を見る観客のように、わたしはただ困惑顔でながめるしかなかった。どうなっているのかさっぱりわからない。やがて全員が口を閉ざし、聞こえるのは周囲の耳障りなスラム生活の騒音だけになった。わたしたちがいる部屋は静まりかえっていた。

「何があったの?」とわたしは訊いた。

「何も」とアウンが答えた。

「でも、アウン、何もないにしてはずいぶん騒がしかったわ」

彼はわたしに微笑みを向けたが、今度ばかりは少しも官能的ではなかった。

「ちょっとした夫婦のあいだの内輪もめですよ。夫があなたに色目を使っていると彼女は思った。よくあることだ」

わたしにはないけど、と思った。その夜の調査はこれで終わったが、わたしは嘘をつかれることにうんざりしていた。シュエひとりを狙い打ちにする必要がある。わたしがシュエとふたりきりになれば、はたして彼の妻は騒ぐだろうか?

6

モンスーンについて知っておくべきことがある。モンスーンは来る。そして、爆発する。そして、去る。ロバート・ルイス・スティーヴンソンの物語みたいに、一度に三カ月間も、血が凍えるような身を切る寒風やみぞれが吹き荒れるわけではない。南国のモンスーンシーズンは、金のネックレスを扱う店の警備員にたとえたほうが近い。毎日毎日何も起こらない。ところが、ある日突然、二人組の覆面強盗が押し入って銃を乱射し、警備員の頭を強打する。強盗はネックレスを根こそぎ奪って姿を消す。そして、ふたたび何ごともない状態に戻る。このたとえはママの受け売りだが、わたしは気に入っている。

その夜、寝たときにはまったくの無風状態だったし、波もいたって穏やかだった。最初のモンスーンが去って元の何もない状態に戻ったのだ。ただし、何か気をそらすものが必要なわたしには不都合だった。さまざまな物思いを押し流す怒濤《どとう》の大波が欲しかった。わたしの脳はもう盛りが過ぎたのだと肉体を説き伏せようとしていた。恋人の腕に抱きすくめられることは二度とないのだ、と。耳もとで男のいびきを聞くことはもうありえない。永遠の処女のように、わたしの膣はこのままふさがって化石になってしまうのだ、と。例の抗鬱剤はいっこうに効かない。あるいは、わたしの壮絶なミドルエイジクライシスに対処するには効きめが足りないのかもしれない。わたしはさらに二錠をチリ産の赤ワインで喉に流しこみ、頭を枕に置いた。また歯を磨く気になれなかったので、明日の朝には歯が薄い赤紫に染まっているることだろう。切実に男が欲しい。賛美され、望まれ、褒められ、男女の関係を求められ……そして、愛されたい。そんなにむずかしいことなのだろうか？　村長のビッグマン・ブーンはわたしを強く求めているし、マナ警察少佐もそうだ。だから、前例はある。声ひとつかからないほど嫌われる女、というわけではない。ただし、うろこではなく皮膚を持った男にこの欲望が伝わらなければ意味がないのだ。

タイの女である以上、自分から動きを起こすことには文化的な躊躇がある。しかし、わたしの文化的価値観はタイランド湾の海岸線と同じぐらいにどんどん蝕《むしば》まれていた。しかも、リベラルで自由な発想をするヒッピーの母親に育てられたタイの女だ。大半のタイ人と違ってわたしは集団になじめない。タイ人らしくないわたしに慎重な眼差しを向けていた友人たちとの関係は、高校の最終日に消滅したし、大学の卒業式の翌日にもふたたび同じことが起きた。わたしは現代の世界を受けいれ、直感に従うように励まされてきた。ママがわたしの年齢のときにはなんのためらいもなく自分から果敢に行動したことだろう。ダニみたいに草の葉にくっついて毛深い生き物が通りかかるのを期待するなんてもうたくさん。わたしはけっこうよ。明日は獲物を狙ってやるわ。これはいい計画だし、自信も感じた。おかげで眠りに落ちていたかもしれないのだが、あいにく、ママのキャビンの壁を打ちつけるベッドのへッドボードがやかましすぎた。

わたしはパックナム警察署のほとんど使っていない新しい会議室にいた。椅子を包むビニールカバーすらまだ剝《は》がしていなかった。二階にたどりつくまで多少の時間を要した。バトンみたいに人から人へとまわされたあげく、会議室が終点となった。当てもなく過ごすのがここでは一般的な活動だった。老若を問わず警官たちが角という角で寄りかかったりすわったり立ったりしていて、まるで古風な豪邸の彫刻みたいだった。誰も仕事がないようだ。たとえば内勤のプーム一等巡査のように顔見知りの警官が、顔見知りではない警官にわたしを手短かに紹介するが、わたしの生涯を二十秒で要約し、最後に「彼女、独身なんだ」というおなじみの台詞で締めくくる。しかし、わたしが記者で、したがって教育があることはみんなが知っているので、「彼女、独身なんだ」はデートへの誘いを意図したものではなく、「彼女、余命がたった二カ月なんだ」という文脈での痛ましい追悼に近い。

爪切りばさみでこっそり椅子のカバーをはずしていたとき、チョムプーが会議室のドアを大きく開けた。彼は手の甲を額に当てながらプリマドンナのように入ってくると、ドアを荒っぽく閉めた。警察に入るためにチョムプーは面接でゲイではないふりをした。これまでもゲイの警察官が同じ手を使って大勢入っているし、出世もしているのだ。なかには結婚し、子供まで作ってさらに信憑《しんぴょう》性を高める連中もいる。しかし、わたしのチョムプーは同じゲイ仲間のために闘いたかった。現代のタイ警察には女っぽさを隠し立てしない男にも役割があるし、自然が与えたものを偽るべきではない、と彼は信じているのだ。その結果、警察に奉職してから三十八回異動になり、あげく、このどん底まで落ちてきた。ほかに異動先はもうない。そのため、チョムプーはありのままの自分でいられるし、誰も気にしなかった。

「職場でいやなことでも？」とわたしは尋ねた。まだ午前九時だ。

「まるで雑巾みたいな扱いよ」と彼は言った。「まったく、ここでまともに仕事をしてるのはあたしだけだっていうのに、誰からも感謝すらされないの。ナマズの釣り堀だの、〈ファイブスター・フライドチキン〉の販売だの、〈アムウェイ〉だの、みんな、副業に忙しくてさ。それにしても、人前で鼻毛を抜くようなやつから下地クリームを買うおめでたい人間なんているわけないじゃないね？　とにかく、そういうやつらにとって実際の警察活動は商売のじゃまでしかないのよ」

　すでにわたしがビニールを剝がした椅子に彼がドスンと腰をおろした。

「あなたのオフィスで会いたくない理由でもあったの？」

「もうオフィスはなくなったの。つまり、あたし専用の部屋はね。あの男が入ってきたから。エッグよ。頭に猫の死骸を載せてるデブ」

「どうして彼がここへ？」

「異動願いを出したそうよ。でも、こんなところへ異動したい理由を教えてもらいたいわね。あいつ、以前はパッターニーにいたのにさ」

「あら、でも、それって、ここへ異動したいだけの理由になるんじゃないの？　だって、冗談じゃないわよ。パッターニー？　バイクに乗ったイスラム教徒が罪もない仏教徒を銃撃する。バイクに乗った仏教徒が罪もないイスラム教徒を銃撃する。五人やられたら六人をやり返す。学校の放火。小学校の教師の暗殺。武器を持った臆病者たちの中心地よ。自分が傷つく危険がないかぎりは誰でも見境なく殺す。まさに象徴的。あそこの連中はもはや人間の命をなんとも思っていないということよ」

「演説はおしまい？」

「ええ」

実は終わっていなかった。タイの深南部については言いたいことが山ほどある。

「そう、じゃ、いいかしら、ジム・ジュリー。あんたがきちんと聞いていれば、あいつがパッターニーを離れた理由なんてあたしにはどうでもいいことくらい、気づいたでしょうにね。あたしが訊いたのは、もっといい異動先がほかにいくらでもあるのに、よりにもよってどうしてこんなタイの最果ての地を選んだのか、ってこと。あいつの異動申請書をこっそり見たんだけどね。パックナムを指定してた。ここには身内なんてひとりもいないのに」

「ガールフレンドは？」

「あたしを前にしてよくそんなことが言えるわね」

「あら、べつに深い意味なんて。わたしはただ……」

「わかってるわよ。ちょっと意地悪しただけ。ごめん」

「あの男が嫌いなのね」

「そうね、短波ラジオを四六時中付けっぱなしということもあるけど、ほかに何をやったと思う？　ほら、あたしのデスクにあった愛らしいシダの鉢植え、覚えてる？　あいつ、二階の窓から土も何もかも鉢の中身を捨てたのよ」

「まさか！」

「信じられる？　ジャングルにいたけりゃ国境警備の仕事に就いただろう、って言ったのよ。あたしはあの鉢植えたちを大切に育ててきたのに。わが子同然だったのに。もちろん、すぐに枯れてしまったわ。あの子たちは外の厳しい世界に慣れていなかったから」

わたしはバッグからティッシュを出して彼に渡した。ぎりぎりで間に合った。

「あの男、弱い者いじめが得意なのね」とわたしは言った。

チョムプーがうなずき、目の涙をぬぐった。

「あいつが怖いわ。ものすごく乱暴な口の利きかたをする。もうオフィスには入らないようにしてるの」

「あなたには銃があるじゃないの」

「携帯しているべきだと思う？」

「実害があるわけじゃなし。弱い者いじめをするやつは友達のいない臆病者よ。あの男がいなくなっても誰も寂しいとは思わないわ」

「あら、でも、友達ならいるわよ」

「どうして知ってるの？」

「昨日の十一時半にあいつが仲間たちと昼食を取っていたという供述書で」

「あなた、彼をずっと監視して……ちょっと待って！　供述書って、なんの？」

「あんたのところの爆破騒ぎの捜査に関する供述書よ。ところで、投げこまれたのはたしかに手榴弾だった」

「いったい、どうして……？　まさかエッグがあのネズミ兄弟のアリバイ提供者じゃないでしょうね？」

「そう、ふたりの容疑は晴れたわ」

「彼らが生首の回収に来たときにエッグもうちに姿を見せたけど、お互い、仲が良さそうだった。でも、どうして彼があのふたりのアリバイを……」

いきなりドアが開き、マーレック巡査がコーヒーカップと氷入りの水のトレイを持ってのんびり入ってきた。

「失礼。お湯が沸くまで時間がかかったので。古いヤカンですから。砂糖はここに。ココナッツクッキーもありますが、これもちょっと古いんですよ」

彼はトレイをテーブルに置いた。

「ほかに何か？」

「わたしの知ってる犯罪者全員にこのサービスをお願いしたいわ」とわたしは言った。

マーレック巡査は笑って出ていった。

「三人はどこで昼食を取っていたことになってるの？　それを裏づける証人が必要でしょ」

「無理よ。エッグの家にいたんだもの。三人だけでね」

わかりやすい。エッグとネズミたちの三人だけなんて。

「エッグは家を持ってるの？」

「病院へ行くまでの途中にある」

「つまり、彼には別の収入源があるということね。わたしが知ってる誰かさんみたいに」

「あんな男と一緒くたにしないでちょうだい。あたしの収入は家族からの相続財産なんだから」

「庶民との真っ正直な商売を何百年も続けた結果、莫大な資産にふくらんだというわけか」

「金持ちをバカにしなさんな。あんたの家族とあたしの家族との唯一の違いは、うちは事業に成功したってこと。有能だったのよ」

「それに関しては反論のしようがないわ」

わたしたちは運ばれてきたものを飲んだが、なぜインスタントコーヒーが飲み物の範疇《はんちゅう》に入るのか疑問だった。

「とにかく」わたしは口を開いた。「その供述を覆すためには、爆破があったときに彼らをマプラーオで目撃している証人が必要だわ。あなた、野次馬たちから聴取していたわよね。誰かSUVを見かけた人はいなかった？」

「いいえ」

「ちょっと。一日に通る車やピックアップトラックは二十台よ。大きな黒いワゴン車を誰かが見ているはずだわ」

「ひとりも」

「わかった。じゃあ、あいつらは自分の車を使ったのね。村内をゆっくり走る不審車を見た人は？」

「いないわね」

「ヘルメットをかぶった男ふたりが乗ったバイクは？」

「なし」

「いいかげんにして、チョムプー。あなたたち警官隊は一時間も野次馬と話をしてたのよ。あそこには五十人以上が集まっていた。絶対に誰かが何かを目撃していたんじゃない？　マーヤイ巡査が調書に何か書いているところを見たわ。供述する人がいたということでしょう」

「爆破とは関係ないことでね」

「関係ないこと？　なんなの？」

「アリは知ってるよね？」

「猿遣いの？　みんなが知ってるわ」

「彼が被害届を出したのよ」

「きっと、うちの事件とは無関係ね」

「そう、彼の猿が誘拐されたんですって」

もしわたしが国連職員なら電話一本でタイ語とビルマ語の同時通訳者の派遣を要請する。二十分後には両方の言語で博士号を持つ女性がオフィスに現われるだろう。しかし、わたしは国連職員ではないので、イカの干物工場で働くシュエを内密に取材するにはどうすればいいか、見当がつかなかった。彼は、グラジョームファイでハタハタや小さなイカを竹製の棚に並べ、熱い太陽の下で天日干しする作業班の監督をしていた。モンスーンの到来で晴れの期間がほとんどなく、作業員たちは大急ぎで棚を並べ、雨が降ってきたらこれまた大急ぎで棚を戻す。些細なことに思えるだろうが、約二万匹の魚が毎日ここで天日干しされているのだ。この事業で誰かが大金を稼いでいるが、それはミャンマー人ではない。

パックナムにはＮＧＯがひとつだけあり、タイ孤児救済団体《ROT》という。世界孤児救済団体と呼ばれる国際組織の支部で、世評ではなんらかの善行を行なっているらしい……どこかで。その場所はまだ見つけていない。わたしのひねくれた見方だが、ＳＲＭを始め、慈善活動を自称するその他十数件の頭字語やイニシャルの組織とまったく同じで、ろくなことはしていないと思う。彼らはなんらかの活動をしているように見せかけつつ、ほかのプロジェクトを使いまわしして、関与してもいないさまざまな事柄の写真をたくさん撮り、それを何も知らない西欧の教会関係者に送るのだ。ＲＯＴはぬけぬけとクリスチャンを標榜《ひょうぼう》していた。偉大な白人の神がいなければ読み書きもできないし、飢えて死ぬだろうということを、ひと粒の薬、一冊の教科書で孤児たちに教えこむ。だから、讃美歌を歌ってはどうだろうか、と。

しかし、ROTはダウンタウンでエアコンのある三カ所のひとつでもあるので（残りの二カ所は〈セブン－イレブン〉と銀行）、わたしは彼らのオフィスに入っていった。英語を話せるミャンマー人がそこで働いていると耳にしたことがあった。内部には四つのデスクが並んでいたが、デスクには誰もいなかった。黄色いTシャツに黄色いズボン、黄色いハンチングをかぶった背の高い男が床にすわって、黄色い紙のチェーンを作っていた。今年は黄色が流行りのようだ。男は怯えた目をわたしに向けた。

「こんにちは」とわたしは英語で言った。

「サワディ」男は下手なタイ語で答えた。

彼は床にすわったままで、たぶん、わたしが場所を間違えたと思ったのだろう。

「英語は話せますか？」と訊いた。

「はい」

「ミャンマー人の労働者から話を聞きたいんです。通訳をしてもらえませんか？」

「はい」

よくあるギャグで、話している相手が「はい」しか知らないのかもしれない、と思った。

「英語はどこで学んだんですか？」

「ずっと昔にラングーン大学を卒業しました。英語が専攻だったんですよ。今の状況では大して役に立ちませんが」

なるほど、たしかにこの男は話せる。かつてのイギリス領インドの名残のような発音だったが、とにかく、彼は英語を話すことができた。オフィスを施錠し、わたしのトラックでグラジョームファイへと向かったが、それから十五分間の問題は彼を黙らせることだった。彼は自分の話しかしなかった。おかげで彼の人生をすべて知るはめになったが、それを紹介したところで膨大な量の無駄話になるだけだ。だから、彼の名前がクライヴということだけ知っていればいい。パックナムでの彼の職務は孤児とは無関係だった。彼はここでミャンマー人コミュニティに向けてエイズに対する啓蒙活動を始めている。エイズは今でも慈善事業の対象で、タイのミャンマー人にはもっと切実な緊急課題がいくつもあるとはいえ、それでもエイズと聞けばアイオワ州やインディアナ州の教会信徒が金を出す。クライヴには医学研修歴もないし、タイ語も話せないのだが、英語を使いこなせるためにROTのパックナム代表になった。黄色いROTの制服のおかげでミャンマー人たちは五百メートル先からでも彼の来訪に気づくのだが、はたして彼らの目にクライヴはどのように映るのだろう、とわたしは思った。教育があるため、ちょっとした部外者扱いになるのではなかろうか。それに、通訳としてクライヴを伴えばシュエは快く応対してくれるだろうか?

ハタハタの乾燥棚を並べた天日干し用の台が所狭しと置かれたところにシュエの姿があった。すべては順調に始まった。ふたりは知り合いだったのだ。彼らは笑顔で挨拶を交わした。シュエは好奇心のこもった顔つきでわたしに会釈し、クライヴに手短かに話をしたが、そのなかにわたしの下着の一件が含まれていたにちがいない。クライヴの褐色の頬が赤紫色に染まった。わたしたちは巨木の陰に入り、大きなプラスティック製のブイに腰かけた。

「何を知りたいんですか？」とクライヴが言ったが、まだ困惑しているのかわたしの目をまともに見なかった。

「ミャンマー人の遺体が海岸に打ちあげられた件について、昨日の夜何人かのグループに質問をしていたのよ。シュエは何か言いたそうだったけど、ほかの人たちが発言をさえぎった。彼が知っていることを話してほしいの」

クライヴが通訳し、そのあとビルマ語でしばらく会話が続き、わたしが疎外感を覚えだしたところ、クライヴがため息をついて膝に視線を落とした。

「まったく、なんてことだ」と彼は言った。「いくつになっても学ぶことはあるものですね。この現状を知って面食らうばかりだ。どうやらミャンマー人のなかから大勢の失踪者が出ているようです。なんの説明もなく突然に。ある男は農園の重労働から妻のもとへ帰ってこない。あるいは、同僚の宿舎に寄ってみるとドアは開けっ放しで寝具にも乱れはない。漁船の船長は、有能で忠実な船員が勤務日に現われなかったので途方に暮れる。彼の知るかぎり、この一年間だけで三十件の失踪事件が起きているそうです」

「警察には通報したの？」

クライヴがわたしの質問をシュエに伝えた。

「正式に登録されて、タイ人の保証人がいるミャンマー人の場合は、雇用主が警察に出向いて、従業員のひとりが謎の失踪を遂げたと報告します。警察の対応はいつも同じで、ミャンマー人の言うことは当てにならないし、その従業員はもっと給料のいい職場を見つけたのだろう、というものです。ただし、なぜ衣類や所持品、場合によってはミャンマーの身分証や現金まで置いていくのか、その点はまったく説明がつかない」

「行方不明の労働者たちの行き先に心当たりは？」

ふたたびビルマ語の会話。

「噂はあります」とクライヴが言った。「船乗りのほら話で、沖合の奴隷船。武装した見張りの監視下で働かされ、給料はゼロ。必要最低限の食料。拷問、残虐な待遇。一カ月、海に出たままで、水揚げした獲物は小型船に移す。苦境を訴えることは許されない。もしも反抗した場合には頭に銃弾」

「あるいは、首になた」とわたしは付け加えた。

「そのとおり。その航海から戻ってきた者はひとりもいない」

「じゃあ、誰も戻らないとすると……？」

「ふむ。訊いてみましょう」

ミャンマー人同士が話している。会話の途中でシュエの左脚がタイ国歌を奏ではじめた。シュエは笑い声を立て、ズボンの裾をまくりあげた。ふくらはぎにテープで留めたホルスターに携帯電話が収まっていた。彼は電源を切った。おとなしく警察に携帯電話を引き渡すつもりはまったくないのだろう。まさに必要は発明の母だ。

「確固たる証拠は皆無です」とクライヴが言った。「でも、断片を継ぎ合わせれば全体が見える。酔っぱらったタイ人船員の話。身動きできない状態でトラックに乗せられる男の目撃情報。失踪したミャンマー人。海岸で見つかる死体の一部……」

「つまり、ほかにも体の一部が発見されているということね？」

「これも噂ですよ」

ジャーナリストなら絶対に関わりたくないたぐいの話だ。ネット上にはこの手のものがあふれている。証拠はかけらもない。

「どうしてアウンは今の話をわたしに聞かせたくなかったのかしら？」

「あなたがこの記事を書かない理由と同じでしょう」とクライヴ。

シュエが笑みを見せた。

クライヴの言うとおりだ。わたしは根っからのジャーナリストだ。統計資料や病院の記録など徹底的に追及できる事実はあるかもしれないが、ミャンマー人からの情報提供は期待できないだろう。自分で自分の首を絞めるような真似をしたいと思うか？　根拠も裏づけもないたわごとの調査に関わって、ただでさえ不安定な生活をこっぱみじんにたたきつぶそうとする物好きがどこにいる？　失踪者は失踪中。死者は死んだ。警察は無関心。自分と家族を守る、それが当然だ。わたしは浜辺の生首についてシュエが何か知らないか尋ねた。彼は知らないが、周囲で訊いてみよう、と言った。

わたしはクライヴを連れてパックナムに戻ったが、帰りの車中では幸いにもクライヴは静かだった。哀れな漁民たちの戦慄《せんりつ》の人生について初めて知ったのではないか、とわたしは思った。これは黄色い紙チェーンの世界でもなければ、セックスとは無縁の指人形に、お互いコンドームを使いましょうと言わせる世界でもない。これは人びとが抹殺される世界なのだ。証拠はないが、クライヴが自分の聞いた話を信じたことは間違いない。トヨタ・マイティXから彼が降りたとき、シュエと知り合った経緯を尋ねた。

「時々、診てもらってるんですよ」と彼は答えた。「あの人はイースト・ヤンゴン総合病院の泌尿器科長だったんです」

「じゃ、どうしてこんなところで魚を干してるの?」と訊いたが、その答えはすでにわかっていた。

「気の毒に、筋ジストロフィーの息子が故国にいましてね。病院の仕事じゃ息子の治療費が足りなかった。ここならその倍は稼げますから」


これだけ活動したのにまだ昼食どきですらなかった。昼食を作るのはわたしの役目だからべつにかまわないのだが。どうしてわたしが台所担当になってしまったのかわからないが、一家のなかではいちばん大変な仕事を引き受けているのだ。ママは店を担当しているが、目下のところ、閑散としている。アーニーの受け持ちは客室キャビンだが、一室以外はすべて空室だ。ジャーお祖父ちゃんは行き交う車を監視している。わたしは朝食と昼食と夕食を作り、なおかつ、世界の問題を解決する。わたしたち家族のなかで誰がいちばんの重圧を背負っているか、この役割分担を見ただけでもわかるだろう。

駐車場に車を入れると、屋外トイレの建物の周囲に人びとが群がっていた。何かをしているわけではない。ただコンクリートブロックのそばに立って、ピラミッドの観光客みたいにじっと見つめている。最初はわからなかったが、浜辺のほうに歩いていくとわがホテルの屋外トイレに幾何学的な異状があることに気づいた。建物全体が三十度傾いているのだ。その現場にたどりついたところで問題点が明らかになった。海が浜辺を凌駕《りようが》していた。波が打ち寄せるごとに海水がトイレの建物の土台をえぐっている。これは津波とは違う。一見、穏やかそうに見える高潮だった。左側から打ち寄せる波は海辺にいちばん近いキャビンの入り口まですでに届いている。プラスティックの鉢に入った植木はぷかぷかと浮き沈みを繰り返している。ピクニックテーブルは水中に沈んだ。わたしが外出してから四時間のあいだにこのリゾートホテルはヴェニスと化していた。コウ船長は正しかった。地球がその侵害者たちに復讐を始めているのだ。

海よ、わしに近づくな、と言ったカヌート王が打ち寄せる波で濡れたように、海を押し返すことはほとんど不可能だ。わたしたちは立ち尽くしてながめていた。浜辺から離れた台所は三十センチの浸水で、車庫は波止場になっていた。しかし、これは、わたしたちが途方もない量の海水のそばに住んでいることを忘れないように、母なる大自然が親切にも忠告してくれているのだ。もし大自然がわたしたちを求めているなら、とっくの昔に呑みこまれていただろうから。わたしはママのそばに近づいたが、屋外トイレはさらに四度ほど傾斜していた。

「バケツを取ってきたほうがいいかしら？」とママが言った。

わたしは笑い、母も微笑んだ。いつの日かこのリゾートホテルがアトランティス大陸のように海底に沈み、わたしたちのドキュメンタリーがテレビで放映されることもありえないとは言えないだろう。とはいえ、今日のところは、すでに波の下に沈んだトイレの排水管の詰まりを直しているジャーお祖父ちゃんのことしか考えられなかった。わたしが言ったとおり、モンスーンにはユーモアのセンスがあるのだ。

その日、わたしたちはわたしのキャビンのポーチにある竹製のテーブルに身を寄せ合って昼食を取った。ノイ母娘に関する調査結果を話すチャンスはなかった。天才娘ノイはアーニーにぴったり貼りついていた。未来のノーベル賞科学者がお尻の毛を剃るような男になぜ惹かれるのか、わたしにはさっぱりわからない。彼女はあまりにもアーニーにのぼせあがっているため、翌日には彼の婚約者が香港から戻ってくることを口にする勇気はなかった。全国ボディビルダーチャンピオンの座に三度も輝いたゲーウことカンチャナー・アロムディーなら、ノイのか細い腕を付け根からもぎ取ることくらいわけもないのだ、と彼女に話したくはない。それに、ノイがアーニーの眼中にすら入っていないことを指摘するのもいやだった。そもそもどうしてこんなことになってしまったのか？　弟は本来の優しく誠実な人間性を示しているだけなのに。だが、やはりきちんと話しておかねばならない。なにしろ、ノイことタナワンは充分すぎるほどの問題をかかえているのだし、これに失恋の痛手まで加わっては気の毒だ。適当な時機を見計らおうとわたしは思った。

「あの屋外トイレはどうなさるつもり？」と母ノイが尋ねた。

「洗面所を使うお客さまにはシュノーケルとゴーグルをお貸ししようかと考えていたんですよ」とわたしは答えた。

「こう言ってはなんだけど、皆さん、驚くほど冷静に受けとめてらっしゃるのね」

「ほっぺたがどこにあるかわかっていても、時々、口の内側を嚙むのはやめられないわ」ママが海のほうを見ながら言った。

全員がうなずいた。それがどういう意味なのか誰にも見当がつかないが、ふたりの客はママの突拍子もない発言を愛想よく受け流すようになっていた。彼女たちは家族の一員になっている。わたしはふたりに滞在してほしかった。アメリカでの不可思議な出来事を知ってしまった以上、その謎を解明しないことには二度と眠れそうにない。じかに問いただしてふたりに逃げられたくなかった。それと気づかせないように若いノイからほんの少しずつ情報を引きだすための策略が必要だ。

ふたりの信用を得るためにわたしはミャンマー人に関する調査について打ち明けることにした。切り落とされた生首の話は料理の最高の付け合わせとは言いがたいが、ノイ母娘はそれを美味と感じたようだ。わたしはこの微笑みの国で隣国のミャンマー人たちが来る日も来る日も冷遇や屈辱に耐えていることを話した。そして、奴隷船や反抗者の処刑の噂まで付け加えた。話し終えるころには全員の目がわたしに注がれ、わたしの料理だけが手つかずで残っていた。

「当然の報いだ」とジャーお祖父ちゃんが言った。

「どうして？」

「イギリスに敵対した」

祖父が地域の歴史の基本を知っていることにわたしは驚いた。

「イギリスにくっついていればいい」と彼は話を続けた。「そうすれば、王室という後ろ盾ができる。政治の安定のために王族は必要なんだ」

タイには国王がいるが、一九三二年以来、少なくとも三十九人の首相が入れ替わり立ち替わり登場し、そのうちの十七名は軍事クーデター後に擁立されている。しかし、いくらこちらが正論でも祖父を相手の議論には誰も勝てない。

「マレーシアはイギリスから離れなかった」祖父はさらに言った。「インドも。オーストラリアも。彼らを見るがいい。民主主義とは人民による統治だ。これらの国々を治めているのは、自国の天然資源を搾取し、市民を無給の労働者みたいに扱うヘルメットをかぶったバカどもじゃない。もしやつらがイギリスとの関係を続けていれば、ビルマ人がタイの国土を踏むことはなかった。ひとりも。むしろタイが労働者を送りこんで高層ビルや道路を造っていただろうよ」

祖父はふだんは口が重く、ぽつりぽつりと水が滴るように話す。だが、たまに水門が開いて言葉がどっと流れだすことがあり、言葉少なに話すときのありがたみを大いに認識させられるのだ。

「本当に悲しいわね」とママが言った。

「歴史から学ぶ教訓を忘れてはいけないんだ」と祖父。

「あの人たち、数も数えられないの」とママ。

　全員が黙りこむ。

「数を数えられないって、誰がだい、ママ？」アーニーが尋ねた。

「ミャンマーの子供たちよ」母が答えた。「ちっちゃな服に粉《こ》を吹いたようなほっぺで、とても愛らしいわ。あの子たちが学校に行っていないなんて、思ってもみなかった。あたしが学校を作りましょう」

「ねえ、ママにはノーベル賞をもらえるだけのコネはこれっぽっちもないんだし、わが家にありもしないお金を使うのはやめてくれない？」わたしは懇願した。「店の後片づけや大海の底からトイレを引きあげるためのお金すらないのに、まして学校を作るなんて無理に決まってるでしょ」

「大したお金はかからないはずよ」母の脳裏には、最前列にすわって微笑む顔や挙手する手、鉛筆削りに並ぶ子供たちの姿がすでに浮かんでいるのだ。「ちょっとした先生ぐらいなら雇えるわよ。ミャンマー人の教師は大してお金がかからないだろうし。ラノーン県（ミャンマーとの国境を有する）まで車で行けるし、教科書を買って、週に一度、あたしがタイ語か裁縫を教えてもいいわね」

　こうして母は自分が作るミャンマーの学校について話しつづけ、ノイ母娘は微笑を浮かべつついくつか提案し、ジャーお祖父ちゃんは誰も耳を貸さない不平を口にしながら皿をまとめ、アーニーは父親のいない三人の幼児に夢物語を語る母親に笑顔で応える少年のようだった。そして、このわたしは誰にも評価されないまま、憂慮すべき世界の諸問題をかかえこんでいた。わたしはポケットから抗鬱剤を出して二錠をコーラの残りで飲みくだした。そのとき、母はわたしの左横で黒板塗料についてしゃべりまくっているというのに、例の耳慣れた音が隣の母のキャビンから聞こえ、仰天した。木の壁にベッドのヘッドボードがぶつかるあの音だ。

7

「どうかしちゃったの？」とわたしは言ったが、ばかげた質問だったとすぐに気づいた。もちろん、母は普通ではないのだ。

ジャーお祖父ちゃんとわたしはママの向かい側にすわり、ママはベッドに腰かけて膝に猿を抱いていた。

「猿を誘拐するなんて、どうしてそんなバカなことを？」祖父が問いただした。

「この子にはあたしが必要だったの」とママ。

「猿がそう言ったのか？」

「言葉で話したわけじゃないけど」

「そうか、それを聞いて安心した」

「この子はこれで話しかけたのよ」ママは猿の左脚を持ちあげてくるりと転がした。猿の背中はみみず腫れの跡だらけで、なかには新しい傷跡もあった。被毛は抜けて斑《まだら》になり、そこらじゅうに擦《す》り傷がある。かつて猿使いのアリは月に一度この猿を連れてうちの木からココナッツの採取に来ていた。初めてアリと猿が訪れたときは、高い木から器用にココナッツを落とす猿の技術を興味深くながめたものだ。だが、それからあとは単につながれた猿で、大した関心も持たなかった。作業が終わるとわたしはアリのトラックへ行き、採ったココナッツを数え、うちの取り分を受け取る。猿の状態に目を留めたのはママだけだったようだ。

「ねえ、うちに九人も警官が来たというのに、ママは誘拐した猿をこの部屋にずっと置いていたってわけ？」

「誘拐したんじゃないわ。救出したのよ。だいいち、警察があたしのキャビンの捜索なんてするわけないでしょ？　あたしたちは被害者じゃないの」

「どうして話してくれなかったの？」

「この子をかくまうことに反対されると思ったから。でも、いつまでも内緒にしておけるとは思わなかったけど。なにしろ、この子ったら、大騒ぎするんだもの。音が聞こえたでしょ？」

「ええ。でも、わたしはてっきりママが……」

「何？」

「いいえ、なんでもない」

「そいつをどうするつもりなんだ？」と祖父が尋ねた。

「プーケットにテナガザルの保護センターがあるのよ。そこにこの子を送ろうと思ってた」

ジャーお祖父ちゃんが立ちあがり、そのひょうしに数カ所の骨が音を立てたが、そのまま猿に近づいて観察した。猿はお祖父ちゃんに歯をむきだした。ママが猿語で優しくささやくと、猿はとろけるように膝に横たわった。わたしがやかましくうなる二歳児だったころ、母は同じことをしていたのではないか、と想像した。

祖父が口を開いた。「まず、これはテナガザルじゃない。マカクだ。それに、プーケットまでは六時間かかる。おまえ、こいつをバスに乗せるつもりか？」

「まだそこまでじっくり考えてないのよ、お父さん。この子はまだ回復していないし、状態がよくなるまでどこにも送るつもりはないの。だから、がみがみ言うのはやめてちょうだい」

猿の件は母と祖父に任せることにした。わたしにできることはないのだから。うちに猿がいたなんて。あんな紛らわしい物音でわたしの性欲をかき立てた猿を心の内で罵《ののし》った。しかし、ヘッドボードの音が鳴り響いたあの最初の夜から明らかに体が変化し、今ではうずうずしてどうにもたまらなかった。わたしの〝タイプ〟になんとなく近い男はマプラーオにひとりしかいない。わたしはまったく〝タイプ〟ではない男と三年間結婚していたことがある。わたしはまったく〝タイプ〟ではない大勢の男たちとデートもしてきた。そして、〝タイプ〟と〝現実の選択肢〟があまりにもかけ離れているため、たぶん、妥協せざるをえないのだろう、という結論に達したのだ。

わたしの妥協リストでは、芝刈り業者のエドがトップ。わたしより年下で、決して認めはしないものの、その若さがわたしの空想を刺激するのかもしれない。夢見るような濃いチョコレート色の瞳で……ちょっと待って。わたしはロマンス小説作家を目指しているわけじゃないのよ。長身でやせた筋肉質の体なんてどうでもいい。わたしは必死なのだ。エドは離婚している。それに、あの官能的な夢のなかで一緒にいたのがエドだったのはただの偶然ではない。だから、いいじゃない？　彼を探しにでかけたが、こんな誘惑の仕方が性格にも文化にも常識にもまったく反していることなど思いつきもしなかった。頭脳よりもはるかに強い力に導かれていた。わたしは自転車に乗ってエドを探しにいった。必死にペダルをこぐことで彼が見つかるころには情熱が静まっているかもしれない、と思った。ひどく愛情に飢えている様子は変わらないかもしれないが。情欲で頭は混乱していたが、分別までは損なわれていなかった。バッグにはコンドームが入っている。それだけでものすごく淫《みだ》らな気分に襲われた。これは二度と忘れない出会いになるだろうが、これからの生涯でおむつ交換や学校の制服のかがり縫いや刑務所訪問をするたびに思いだすことはない。

彼の自宅にも漁船の保管所にもエドはいなかったし、芝を刈って自分の名前をこぎれいに刻んだ果樹園にもいなかった。しかし、誰もいない建設現場で備えつけの衣装戸棚を組み立てている彼を見つけた。エドは実に多才な若者だった。煉瓦職人、電気技師、セメントの下塗り工たちがそれぞれの仕事を終え、あとはエドが大工仕事をすれば完了だ。未来の寝室のなかでこうして彼がわたしの前にいるとは、まさに運命だ。

「エド？」と声をかけた。脳裏には、互いの腕に飛びこみ、ひしと抱き合う情熱的抱擁が浮かんでいた。唇と唇を重ねる熱い口づけ。のみを使っていたエドが顔をあげ、目に入った汗をぬぐった。

「ジム？」

思いどおりに事は運んでいる。わたしは金属研磨機の収納ケースに腰をおろして脚を組んだ。ショートパンツをはいていた。色っぽい格好ではないが、彼は男だ。肌を見ただけで理性を失うだろう。

「何か用？」

「ちょっと会いに来ただけよ」

「どうしてここにいるとわかったんだい？」

「漁船を係留してる桟橋で訊いてきたの。教えてくれるとき、みんな、いたずらっぽく笑ってたわ。まったく、男ってしょうがないわね」

長い沈黙が流れた。

「その衣装戸棚、いい感じ。あなたがこんなに器用な人だとは知らなかったわ」

彼はうなずいた。

「少し休憩する？」とわたしは問いかけた。

「さあ、どうかな。四時までにあの枠を仕上げなきゃいけないんだ。鏡張りのドアが組みこまれるんでね」

「短い休憩でいいのよ」わたしは官能的な上唇を舐めた。「ほんのひと休み……思いだすための」

　エドがようやくのみを置いた。

「思いだすって、何を？」

「ほら、そんな昔じゃないわ、あなたがわたしに求婚しに来たときのことを」

「つまり、もう少しであんたをデートに誘いそうになったときのことかい？」

「ええ、もう少しのところだったわね。不作法にもわたしがさえぎってしまった。ねえ、わかるでしょ？　いきなりだったから。あのころはあなたを知らなかったし。ま、わたしは自分のことすらろくにわかってないけど」

「あれは七週間も前だ」

「ガードをゆるめるにはそれくらいの時間が必要だったのよ。わたしに魅力を感じてくれたのはよくわかってた。ただ、心の準備ができていなかったの。でもね、エド……」

「なんだい？」

「今は準備ができてる」

「なんの？」

「あなたに対して」

　わたしは彼に両手を差し伸ばした。いよいよだ。指と指が触れ合ったとたんに互いの体に電流が走る。ぞくぞくする興奮がすでに感じられるわ。

　エドは突っ立ったままだった。

「おれ、婚約したんだ」と彼は言った。

「え？」

わたしの手が両脇に垂れた。

「見つかったんだ。その女性と婚約した」

足もとのセメントの床が崩れ、わたしは十五階下の核貯蔵庫まで落下した。落ちたところは戦略防衛システムの配線盤で、こうして戦争が始まった。

「え？」

「さっきも言ったよ」

「わかってるけど、でも……あれからまだ二カ月もたってないけど、あなたは奥さんがガラス工と駆け落ちして悩んでいて、わたしを求めたじゃないの」

「あんたは拒んだ」

「そんなにあっさりあきらめるの？　そんなのって、あまりに……見境がなさすぎるんじゃない？」

「ひとりきりになりたくなかったんだ」

「つまり、誰かが承諾するまで片っ端から訊いてまわったわけ？」

「もう少し込み入ってるんだが、まあ、そんなようなものだ。でも、気にかけてくれてありがとう」

「ありがとうって……？」

わたしは憂さを晴らすために精いっぱいペダルをこいで未完成の家から走り去ったが、それでも、香港や台湾の男性の映画スターたちが次々と目の前にちらついて離れなかった。年寄りの農夫がシャツを着ないまま牝牛を引いて道路沿いを歩いていたが、そんな男にまでわたしは流し目をくれた。『マンマ・ミーア』の派手な着信音が携帯電話から流れてこなかったら、自転車を止めて話しかけていたかもしれない。わたしは木陰に自転車を置いて画面に目をやった。シシーだった。

「まだでかけてなかったの?」とわたしは尋ねた。

「ジム、よく聞いて。あんたに送った例の治験用の抗鬱剤だけど、間違っても封を開けないでちょうだいね」

わたしはパックナムのインターネットカフェにたむろするティーンエージャーたち相手に喧嘩腰だった。いつものパソコンに近づくわたしのじゃまをすれば、誰であろうと私物のマウスで頭を殴りつけてやる、という気迫は彼らにも伝わっただろう。いかつい顔の店長でさえ、「うちには順番待ちの決まりがあるんだけどね」という説教じみた文句を呑みこんだ。前回、彼がそれを口にしたとき、わたしは教育委員会に電話して、少年たちが宿題をやるべき時間にネットサーフィンに興じ、瞳を大きく見せる縁取りコンタクトを装着したビキニ姿の日本のアイドルたちにうつつを抜かしていると報告する、と威した。それで彼は黙りこんだ。わたしがパソコンを必要とする場合、たいていはただのネットサーフィンではない。特に今夜はどうしてもネットに接続しなければならない重要な理由が二件あった。

まず最初にバンコクの友人アルブにメールを送った。彼は非公式のオーストラリア通信社のようなものを経営している。タイのリゾート地で逮捕されるオーストラリアのセレブのスキャンダルを売り物にして大金を稼いでいるのだ。専門は麻薬乱用だが、ありとあらゆる罪悪に鼻が利く。彼と初めて出会ったのは、チェンマイの五つ星ホテルで小児性愛にふけっていたポップシンガーを調べているときだった。わたしたちは協力して彼を張りこみ、その後の裁判と自殺まで互いに連絡を取りながら追跡した。いい友達になった。

〈アルブ、タイランド湾の奴隷船について何か知らない？〉とわたしは書いた。

送信ボタンを押した。彼はＥメール依存症だ。たとえデスクにいなくてもｉＰｈｏｎｅにスタンガンの着信音を設定している。いつも小袋に入れてベルトの中央からぶらさげているので、どことなく変態っぽいイメージがある。返信を待つあいだ、〝フリバンセリン〟について検索した。すぐさま八万件の検索結果が現われた。最初にクリックしたサイトには〝女性用バイアグラ〟と大きく書かれていた。わたしは英語で「ファック」と十一回、罵声を繰り返したが、この言葉は高校生でも知っているらしく、店内の全員がわたしを見た。わたしはかまわず先を読んだ。

第一相試験で治験を行なった結果、広く喧伝されていた抗鬱剤フリバンセリンには抗鬱作用が皆無であることに、べーリンガーインゲルハイム社は失望を示した。開発研究者はわずかな調整を加え、被験薬フリバンセリンⅡを治験の第二相試験に送った。ところが、フリバンセリンⅠを……。

アルブから返事が来た。彼は後まわしでいい。

フリバンセリンⅠを服用した女性たちから思いがけない反響が出てきたのである。彼女たちはこの被験薬を定期的に飲みはじめて以来、激しい性欲がわいたと訴えていた。

「なんてことなの」

七十六歳の女性ですら……。

もうこの先を読む気にはなれなかった。恥ずかしくてたまらなかった。わたしはセックスに取り憑かれた女だ。ゲイの警察官や幸せな既婚者の気を引こうとしたし、つい数時間前には芝刈り業者を強引に口説こうとした。今ごろは地区全体がこの噂で持ちきりだろう。公衆トイレの壁にわたしの陰口が書かれる。父親たちは十代の息子を初体験のために連れてくる。ゆくゆくは網タイツにバストアップブラを身につけて、通りかかる運転手をリゾートホテルに誘いこむ醜い老婆になるのがおちだ。いったいわたしの何がいけなかったの？

わたしはアルブからのメールをクリックした。

〈たくさんあるよ。具体的にどんなことを知りたいんだ？〉という返信。

わたしは〈全部〉とタイプして送信した。

店内を見まわした。数人の少年がきまり悪そうに目をそむけた。もうあの子たちの耳に入っているんだわ。なんという恥さらしな。

「昨日の夜、インターネットカフェに例のあばずれがいましたよ」明朝、彼らは教師に告げるだろう。

アルブからの返信。〈チャットに切り替えよう〉

それから三十分ほど、わたしたちはGメールでチャットした。アルブは同じ噂をすべて耳にしていた。彼によれば、西側のアンダマン海沿岸で誘拐や給与不払いを裏づける明白な証拠があるという。大勢のミャンマー人の漁民が脱出してきた島がある、と彼は言った。彼らはそこに半年間いた。この漁民たちをどのように扱えばいいのか誰にもわからなかった。彼らには身分証明書がない。不法滞在者だ。ミャンマーの軍事政権が遊覧船で迎えにくることは決してない。誰も責任を取りたくない。アルブは次のように書いてきた。〈もし彼らがスウェーデン人だったら記事になるだろう。ただし、スクープにはならない。二〇〇四年にタイを襲った大津波みたいなものさ。タイ人やバングラデシュ人が津波に呑まれても西欧で報道されるのは二、三日だ。「十万人も犠牲に？　恐ろしい悲劇だ。ところで、誰かクリケットの試合結果を知らないか?」って具合に。しかし、その同じ津波が五つ星のリゾートホテルを呑みこみ、ドイツ人のスポーツ選手や金髪のファッションモデル、イタリアの高官たちが犠牲になった。今度はすごい騒ぎだ。何百万ドルもの寄付が集まった。自分たちが犠牲になったかもしれないと言ってみんなが泣いた。神を訴えようとする者までいた。だからだな、島にいる五十人のミャンマー人?　沖合の奴隷船?　文化も宗教も身近じゃない褐色の男たちの無慈悲な殺害?　田舎者の苛酷な世界に悲劇が増えるだけだろう。その手の調査には金がかかるが、結果はどうなる?　『ジ・エイジ』紙(オーストラリアの日刊紙)で二回ぐらいコラムになるが、読者の八割はそんな記事はすっ飛ばして漫画を読むんだ。無理だな、ジム。表に出ない情報は山ほどあるが、正直なところ、興味を持つやつなんていないさ〉

そのとき、十二歳の少年がのぞきこんで順番を示す番号札を見せた。偽物のピンクの歯列矯正器をはめているが、なぜかこれがティーンエージャーたちのあいだで大流行しているのだ。わたしはひどく動揺していたので、彼に席を譲った。今では本当に落ちこんでしまい、しかも、まともな抗鬱剤すらない。それに、この問題の最悪の点は女性用バイアグラの影響がどんどん強まっていることだった。あとどれくらい待てば薬の効果が消えるのだろう?　それまでどんな男だろうと安全ではないのだ。

その夜の夕食には新しい客がふたり増えた。ふたたび台所に入れる程度まで水が引いたので、わたしはシーフード・スパゲッティを作った。竹製のピクニックテーブルがひとつ、海に流されてしまった。それほど遠くはない。波間で揺れているのが見える。アーニーが泳いでテーブルを回収しに行こうとしたが、ママが断じて許さなかった。またひとり甥っ子が溺死したらとうてい耐えられない、と彼女は言った。残る四つのテーブルは元の場所にまだ残っていた。ふたつめのテーブルからは、砂浜に引っくり返って水没した屋外トイレがよく見えた。ジャーお祖父ちゃんがスポットライトの光をそこに当てたので、その印象たるや、パックナムにあるコンクリート製の軍艦記念碑にひけを取らないほど強烈だった。この日の夜は穏やかだった。空には星がきらめいている。浜辺のゴミまでが濃い影となって一枚の絵のようだった。

はるばる香港からやってきたのはアーニーの婚約者ゲーウだった。ミス・タイランド・ワールドのスライドを煉瓦の窯に映しだせば、それがゲーウのイメージだ。今のところ、どんなハリケーンの風でも彼女が吹き飛んだことはない。でも、わたしたちはみんな、彼女の陽気な性格やユーモアのセンスが大好きだし、とりわけ母は気に入っている。ゲーウのほうもアーニーとの再会を喜びつつ、ママと会うこともひどく喜んでいるようだ。弟は恋煩《こいわずら》いのロバみたいに、ゲーウがひとこと言うたびににやにやと笑っている。ノイはこのふたりの関係に気づいたらしく、ずっとおとなしかった。一方のゲーウも彼女の敗北感に気づいたばかりか、その無垢《むく》の美しさや若さに目を留めたらしく、ひと晩じゅうアーニーの手を握り、フォークでイカのフライを口に運んでやるのは悪くないと判断したようだ。

もうひとりの客はウェーウ元警察大尉で、引退前はスラートターニー警察に奉職していた。

がりがりのジャーお祖父ちゃんとは正反対で丸まると太り、わたしのように背が低く、心配になるほど落ちつきがなかった。顔もやたらと痙攣《けいれん》するので常にじっとしていられないのではないかと不安になるくらいだ。食は細く、口数は少なく、何ごとにも微笑む。彼は祖父が呼んだ援軍だった。祖父を支援してくれる人がいるとわかってわたしは心から安堵《あんど》した。

冷蔵庫に投げつけられた手榴弾のせいで、冷凍した魚やビールの在庫がほとんどやられてしまった。瓶はこっぱみじんに砕け散ったが、缶のほうは室内に吹き飛ばされただけだった。そのため、シーフードはスーパーマーケットで買い、食事に添えたビールはサルバドール・ダリの絵のようにいびつにゆがんだ缶入りで、栓を開けるたびに泡が噴きあがった。一時間後、全員が〈リオ〉のにおいを発散させていた。そのころには空に黒雲の幕が広がっていたのだが、わたしたちはほとんど気づかなかった。みんなはかなり酔っぱらっていたが、わたしはいい記事を狙っているときにはアルコールの影響を受けないという超人的な能力を発揮していた。

膀胱《ぼうこう》はすぐにいっぱいになり、その持ち主たちは中身を出すためにそれぞれの部屋へ駆けこむので、そのたびにわたしは空いている席へとさりげなく移動し、ついに獲物の隣にすわった。ノイだ。

「楽しんでる？」とわたしは話しかけた。

「あのふたり、とても幸せそうね」ノイはアーニーとゲーウをじっと見ながら答えたが、すでにろれつが怪しかった。酔っている。

「愛。なんて言えばいいのかしら？　月並みに、愛は盲目？」

　ノイは笑わなかった。

「彼女……」

「あなたのお母さんより年上ってこと？」

「ええ」

　ノイはすわったままふらついていた。ゆがんだ缶ビールを彼女がどれだけ飲んだのかは知らないが、あとで後悔するようなことを口にする状態であるのは間違いなかった。わたしは彼女の耳もとに顔を寄せた。

「正直に言うとね、弟にはもっと若い人とつきあってもらいたいの。でも、あの女性は世慣れていてね。いろんなところに行ったことがあるのよ。彼女がアメリカで勉強しただなんて、信じられる？」

　これは嘘だった。わたしは嘘が好きなのだ。

「あら、わたしもアメリカで勉強したわ」とノイがろれつのまわらない舌で言った。

　やった！

「まあ、本当なの？　彼は海外経験のある女性が大好きなのよ」

「あるわ。わたしには海外経験がある。それも、大した経験よ。わかる？　わたしがどんな目にあったかわかる？」

　みごとなまでに彼女は酔っぱらっていた。今にも意識を失いそうだ。彼女が失神する前にもう少し手がかりをつかんでおきたかった。

「どういうこと？」とわたしは問いかけた。

「わたしは……」ノイは周囲を見まわしたが、何かに焦点を合わせているわけではなかった。おそらく、頭にあったのは思い出だけかもしれない。

「わたしはレンタルだったのよ」

「レンタルって、〈ハーツ〉のレンタカーみたいな？」

「そ……その……とおり、〈ハーツ〉と一緒。道を走ってボコボコになっておしまい。使い捨てよ。それがわたしだった」

彼女はわたしに腕をかけ、げっぷをした。

「あ、ごめんなさい」

「かまわないわよ」

「使えるだけ使われてぼろぼろ」ノイは今にも落ちそうだった。彼女の光が消えるまでわたしに残された時間はせいぜい二十秒だろう。「そ、それに……ガソリンタンクが空になってからわたしがどんな目にあったと思う？ 鉄くず置き場に捨てられておしまいよ。だから、ジム、そういうこと」

「どういうこと？」

ノイとわたしが話していることに母ノイが気づき、わたしたちのほうへ近づいてきた。

「どういうことって、何が？」とノイ。

「いえ、そうじゃなくて、あなたが『そういうこと』って言ったから」

「そうね。そういうこと」彼女はぎこちなく立ちあがり、拳を突きあげた。「だから、抵抗したのよ。だから、それは間違ってるって連中に言ったの。わ、わた……わたしはわたし自身であるべきだった」

そして、彼女は英語で言った。「あのオオトカゲは何もわかってなかった」

彼女が倒れこむ寸前で母親が支えた。

「この子はお酒にあまり強くなくて」と母ノイが言った。「ほんの少しビールを飲んだだけでわけのわからないことを口走るんですよ。部屋に連れて帰らないと」

ウェーウ元警察大尉は二十四歳の魅力的な娘に手を貸す好機と見たのか、ノイの片側を支え、母ノイがその反対側を支えた。やがて三人の姿は暗がりのなかへと消えていった。

「まったく、ずいぶんややこしいじゃない？」わたしは自問した。思考が働かない。ビールのせいで脳みそがたるんでしまった。チリ産赤ワインを飲んでいたら今ごろは真相が見抜けていただろうに。この赤ワインですさまじい二日酔いに苦しむことはあるが、わたしの想像力を驚くほどかき立てる。ノイは何か重要なことを口走ったのだが、それがなんなのかわたしにはわからなかった。

ノイのキャビンから戻ってきたウェーウ元警察大尉は別のテーブルでジャーお祖父ちゃんと合流した。ろくでもないことを企んでいるにちがいない。ただし、内容はわからない。わたしはふたりのテーブルに近づいて、老人たちのあいだに割りこんだ。

「ジム」と祖父が言った。「どこかよそで遊んでこい。これは大人の話だ」

わたしも充分に大人であることを祖父はたまに忘れるのだ。

「いいわ、元警察官のおふたりさん。取引しましょう」

「ジム！」祖父がうなった。

かつての同僚の前で祖父のメンツをつぶしたくはなかったが、わたしにはやるべきことがたくさんあったし、とりわけ、脇腹に当たるウェーウ元大尉の力強い腕の感触がたまらなかった。まったく、あの治験薬はどれだけ有害なのだろうか？

「ふたりが何を企んでいるかわかってるわ」

「ジム、呼ばれてもいないのに口をはさむのはやめろ」と祖父が言った。

「あのネズミ兄弟相手に何かやらかすつもりなら、本物の警察に行くわ。何もかも話すから。例の拳銃のことも全部ね」

ジャーお祖父ちゃんは申しわけなさそうな顔で友人に目を向けた。「この子は若いんだ」

「たしかに若いかもしれないけど、でも、バカじゃないわ。復讐の幇助《ほうじょ》者がここに来ている理由もわかる。でも、お祖父ちゃんたちふたりの専門知識を活かしてもっと大きな事件を解明してほしいの。浜辺で見つかった生首が誰のものか、知りたいのよ。あの被害者は奴隷船で首をはねられ、遺棄された可能性がある。おそらく、その連中は何度も同じことを繰り返してきたんでしょうね。あんなごろつきどもへの仕返しじゃなくて、もっと重要なことに意識を集中してほしいの。お祖父ちゃんたちがミャンマー人に好意を持っていないことは知ってるけど、彼らだって人間なのよ。立派な権利があるわ。奴隷扱いする連中は、タイでは誰もミャンマー人のことなんて気にも留めないと信じきっている。だからこそ、よけいに誰も気にしない。それって、不公平だと思う。この国で働く日雇い労働者のために正義を求めたい。でもね、ここが肝心なところ。あのどぶネズミどもはこの件になんらかの形で関係しているわ。それに、この事件の親玉が判明したら、お祖父ちゃんたちの好きにしていい。それとも、大規模な作戦行動には関わらないのかしら？」

ふたりの老人はしばらく黙りこんだ。雨を伴う突風が湾のほうから流れこんできた。大粒の雨がテーブルの上の藁屋根をたたき、ナプキンが吹き飛ばされる。ママとゲーウが大急ぎで夕食の後片づけを始めた。ウェーウ元警察大尉が祖父に笑みを見せた。

「ミット」と彼が言った。「この娘は間違いなくあんたの血を引いてるな」

「こいつの知ってることはすべておれが教えたんだ」と祖父。

こうして土砂降りの雨とともに特別部隊が結成された。

木曜日の朝、わたしは食料をかき集めるために市場へ行かねばならなかった。かつては町の中心であり、週末には恋人たちが集い、映画が上映される場所だったパックナム屋根付き市場も、今ではわずかな屋台が必死にしがみつくだけの荒れ果てた巨大倉庫のようになっていた。果物や野菜がいつでも手に入ると思ったら大間違いだ。前夜の沖合漁業の漁獲物と同様、豊富で新鮮な農作物は首都バンコクの大食漢たちの標的となり、わたしたちがまだ眠りから覚めないうちに大型冷蔵トラックでさっさと持ち去られる。わたしたちは寺院にたむろする犬たちのように残り物をあさるしかない。わたしがしばしば買って帰るのはもしかしたら雑草かもしれない小枝だったり、ビニール袋に詰まった泥まみれの地元の作物だ。

昨夜は破滅的な禁断症状と闘いつつほとんど眠れなかった。ビールのおかげで落ちついていたのだが、二時ごろに冷たい汗をかいていきなり起きあがった。映画でしか見かけないような急激な目覚め。例の抗鬱剤を探して手を伸ばしたが、とっくにトイレに全部流してしまったあとだった。ふたたび横になって、それからの四時間を意志の力で乗りきろうとした。やたらと考え事はしたが、睡眠はまったく取れなかった。トイレに沈んだ薬剤をゴム製の吸引プランジャーで救出できるか、と思った。誰が真っ先にわたしをモノにするか、エドの友人たちがくじ引きしているだろうか、と思った。コンクリート製の屋根をたたく雨音に耳を澄ませながら夜明けまでずっと起きていた。

粗末な食料を手に入れて土砂降りのなかを車で家に戻ったが、ホテルの裏手にある小さな溝が小川に姿を変えていた。まるで絵のような光景だった。橋がある理由もやっとわかった。今までその橋はなんの役にも立たなかったのだ。瞳を大きく見せる縁取りコンタクトを装着したビキニ姿の日本のアイドルが、傘をさしてそこに立っている姿を想像した。これなら観光の目玉になるだろう。観光客は何かしらの呼び物を好むものだ。焼け焦げた店舗の前に車を駐めると、驚いたことに村の女たちがママの周囲に集まっていた。生協の婦人たちが一心不乱にモップで掃除し、絶望的な商品群のなかから回収可能な品物を選り分けている。降りつづく雨にもかかわらず、コウ船長がたっぷりと広がる紫色のビニールポンチョを着てバイクにすわっていた。アサガオみたいに見える。ちょうど沖合漁業の力関係について説明してくれる漁業関係者を必要としているところだった。イカ釣り漁船の船長であるコウは、うちの店の前に駐めたバイクのサイドカーで魚のつみれを売っているが、その時間は途方もなく長い。船長という肩書きは単なる名前にすぎないのではないか、と思った。わたしが近づいていくと彼はびっくりしたようだ。もう少し歯があれば愛想のいい笑みになったかもしれない。鼻は一部折れているが、目はくすんだ灰色で、時の流れと風化が見栄えのある顔を作っていた。

「コウ船長」と声をかけ、わたしは気の利いた敬礼をしてみせた。

彼も彼なりの敬礼を返した。

「イルカにはいい天気だな」と彼は言った。

どういうわけかこれを聞いたとたんに、乾燥を経験することのないさまざまな生物たちに思いがおよんだ。永遠に濡れているなんて、すごい。そして、今度は浜辺に打ちあげられたクジラが思い浮かんだ。乾燥が死と結びつく生物たち。うちの浜辺にはたくさんの魚が漂着する。どの魚も「こんなところに浜辺を持ってきたのは誰だ？」という表情をしている。しかし、濡れた毛布と氷水を持ってサバの救出に駆けつける者はいない。〝サバを救え〟というバンパーステッカーなどない。これはわたしの信条だが、乾いた土地では泳げないことが理解できないほどバカなら、どれほど巨大であろうと絶滅の危機に瀕していようとどうでも

いい。母なる大自然は愚か者を愚か者として扱うのだ。ところで、コウ船長は天候について
あれこれしゃべりまくっていた。雨とか二週間とか鉄砲水とか。わたしは口をはさんだ。

「コウ船長？　どこかで漁船に関するお話をゆっくり聞けないかと思っていたんですけど」

彼の灰色の目が輝いた。

「喜んで」と彼は言った。

わたしのキャビンで十時に落ち合うことになった。


果物と野菜を車からおろしていたとき、背後に人の気配を感じた。振り返ると緑色の傘をさしたノイがいた。まるで殴られたみたいに顔がむくみ、目が赤く充血している。スーパーマーケットでパパラッチに写真を撮られ、ごく普通の庶民のように見える美しい女たちを見るのがわたしは大好きだ。ノイはビールには絶対に手を出してはいけないタイプだった。

「ピー・ジム」と彼女は言った。

ピー。年上の者に対する敬称だ。いいじゃない。気に入ったわ。

「はい？」

「あの……」

まだ先がありそうなのでわたしは待った。

「あの、お訊きしたかったんです……昨日の夜のことを」

「というと？」

「母に言われてしまって……わたしがあなたと話していたと……いろいろ」

「覚えてないの？」

「たくさんビールを飲んだから。わたし、ビールには慣れていなくて」

「よくわかるわ」

「わたし……何を言ったんですか？」

　タイでも有数の犯罪報道記者であるわたしの真価はこういうところで発揮されるのだ。絶好のチャンスが巡ってきた。

「あなた、たくさんしゃべったわよ」

「どんなことを？」

　雨で体が濡れてきていた。わたしはノイの腕をつかんでプラスティック製の日よけの下へ連れていった。

「全部」とわたしは言った。

「まさか」ノイの顔の筋肉がこわばった。「わ、わたしが……話すなんて」

「ジョージタウン。科学。試験」

　彼女は色白だった。生まれたときから有害な太陽光線を浴びないように守られてきたような娘。陽灼け止めクリームを塗り、外での遊びは禁じられる。だが、そんな色白の娘がわたしの目の前でさらに三段階ばかり顔色が白くなった。

「ありえないわ」と彼女は言った。

「だったら、わたしには霊能力があるんでしょうね。いいえ、あなたがその口ではっきりしゃべったの。でも、問題ないわ。あなたはこの国でいちばん安全な場所にたどりついたんだから。わたしたち全員があなたのことも好きなのよ。助けになりたい。いつまでだってここにいてかまわないわ。アメリカであったことなんて関係ない。どんなことでも修正できる」

「あなたにはわかってないのよ」

そのとおりだった。わかっていない。何があったかはつきとめたが、その理由はわからない。しかし、それを彼女に話すつもりはなかった。

「わかりきったことだと思うけど」

「いいえ、ジム。これは深刻なの。沈んだ屋外トイレとはわけが違う。危険な連中なのよ。あなたがたがわたしたちを助けているとわかったら、あいつらは……あなたたち全員を抹殺できるの。あなたたちが存在したという証拠がきれいに消えてしまうわ」

わたしはぞくぞくする興奮を覚えた。この一年間、自分が本当に存在していたかどうか確信はないが、しかし、これは途方もなくドラマティックだ。わたしは彼女の震える手を握りしめた。彼女は心から怯えていた。

「プーク」とわたしは呼びかけた。

「わたし、自分の名前を教えたの？」

「でも、それだけ。名字は言わなかったわ。実生活との関わりも。家族の身元はまだ守られている。でも、わたしが知りたいのは真実だけ。ほかの誰にも話してないわ。わたしとあなただけ……その連中とやらに対抗するのは。言っておくけど、わたしを味方にすれば強力よ」

彼女が知っているわたしとは、地の果てのうらぶれたリゾートホテルの炊事係でしかない。だが、彼女は死ぬほどに友を求めていた。ノイはわたしに抱きつくなり、肩に顔をうずめてすすり泣いた。現在の状況ではこれすら多少の興奮をもたらした。しかし、こうして彼女を抱きとめたまま立っているうちに、相手の苦悩がわたしにもじわじわと染みこんできた。それほど圧倒的だった。この哀れな若い娘にいったいどんなことが起きたというのだろうか？

「女同士の絆を見るのはいいもんだな」と言う声が聞こえた。

顔をあげると、やせこけたビッグマン・ブーンが腕組みをしてココナッツの木にもたれていた。制服がぐっしょり濡れている。古めかしい警察の制服に似た感じの服だ。ノイが体を離し、両手で涙をぬぐった。

「なんの用？」とわたしは訊いた。

「以前に見たビデオを思いだす。ただし、そっちのほうはもっと薄着でベビーオイルはたっぷりだったが」

「なんの用かって訊いたのよ」

「こうやって公衆衛生課の制服を着てるのにいちいち訊かないとわからないのかい？」

わたしはノイに笑顔を見せた。

「話はあとにしましょう。ここを出ていく理由がまったくないことをお母さんに伝えてね」

彼女は微笑を返し、傘を手にして雨のなかへ去っていった。ブーンが彼女のお尻をじっと見つめていた。

「なんだ、行ってしまうのか？　もったいない。だが、おまえさんたちふたりが熱烈なキスをしているイメージはまた思いだすだろうな。たぶん、二、三杯飲んだころに。ところで、大変な環境災害を未然に防がねばならないんだ」

「うちの屋外トイレのことかしら？」

「どうしてわかった？」

「さあね。三人用の屋外トイレからとんでもない量の排泄物が湾に漏出するってわけ？　そういうこと？」

「カメラを持ってきた。補助金の交付が可能なんだ。自然災害と有害廃棄物の組み合わせだからな。うまいアングルで写真を何枚か撮れば百万バーツに値する。一緒に来て現場でポーズを取るかい？」

「今は海のなかよ」

「そのとおり。水着姿の写真になるな」

「お断わりするわ」

「そいつは残念だ。好きにしろ」

彼は海岸のほうに向かった。わたしは声をかけた。

「ブーン」

「気が変わったか？」

「例の生首の件を通報したとき、あなた、誰に電話したの？」

「コードMのことか？」

「ええ」

「パックナム署に新しく異動してきたやつだ。ミャンマー人の問題を一手に担当している。エッグ中尉だよ。おれたち各村の村長が招集されて、やっとのホットラインについて説明を受けた。ミャンマー人とおぼしき死体や死体の一部が浜辺に流れついた場合は、直接、彼に連絡しろとな」

「Mはなんの略なの？」

「マウンだ」

8

〝マウン〟とは不作法なタイ人がミャンマー人に用いる総称だ。オーストラリア人をひとまとめにしてブルースと呼ぶようなものだ。これまた蔑視の表われである。わたしが集めた特別部隊とともに腰をおろし、ミャンマー人の漁民について現状でわかっていることを三人で検証した。大して時間はかからなかった。タイランド湾の沖合で何が起きているのか正確に理解するにはプロの情報が必要だった。十分後、その情報源が到着した。ドアにノックの音が響いた。ドアを開けると、コウ船長のすきっ歯だらけの笑顔が現われた。祖父が咬みつきそうな勢いで腰をあげたので、このイカ釣り漁船の船長と祖父は口も利かない仲だということをここで指摘しておいたほうがいいだろう。理由はわからない。もちろん、ジャーお祖父ちゃんの親しい友人は指一本で数えられる程度だし、一方、彼が怒らせた人びとの数は国立サッカー競技場を埋め尽くすほど多い。だから、ふたりのあいだに何があったにせよ、おそらく悪いのは祖父だ。コウ船長はとてもおおらかな性格で、彼を嫌う人はほとんどいないようだ。実際、彼を嫌っているのは祖父だけである。狭い部屋でこのふたりが顔を合わせるわけだから、わたしの仲裁能力が試されることになる。

それから三十分あまり、海事に関する船長の知識は道路輸送に関するジャーお祖父ちゃんの知識と少しもひけを取らないくらい豊富だと判明した。とはいっても、それで祖父がおとなしくなるはずもなく、たえず異を唱えたり意地の悪い意見を口にした。しかし、コウ船長はいらだった様子をまったく見せなかった。彼はいくらじゃまが入ってもゴムボートで波を乗り越えるようにすんなりと切り抜け、低く歌を歌うような穏やかな声でわたしたちを静めた。彼の関心がほとんどわたしに向けられていることに気づいた。部屋のなかにふたりだけしかいないみたいに。たぶん、彼は不要な細かいことまで知っているのだろうが、話の要点は次のようなものだった。

タイランド湾は三十五万平方キロメートルで、最深部の深さは八十メートル。六〇年代まではあらゆる種類の水産資源に恵まれていた。地元の市場には安いカタクチイワシやサバが豊富に並んでいた。だが、その後沖合トロール漁業が発達した。短時間で莫大な利益は乱獲につながる。一九六一年には一時間平均三百キロだった漁獲高が八〇年代には五十キロに落ち、今は二十キロ。残りはすべて屑魚と呼ばれ、どんな代物でも加工する工場へと供給される。もっとも大きな影響を受けるのは、カニ、サメ、ロブスター、それに、大型魚は残らず。これらの捕食魚が減少するにしたがって、海底のプランクトンを食料とする屑魚やイカ、エビが増殖する。イカ釣り漁船が主に使用する漁網は巾着網、すなわち、コウ船長の説明によれば魚群を包囲してたぐり寄せる目の細かい網か、あるいは、叉手《さで》網《あみ》（魚をすくい取る小型の漁網）だ。強力な集魚灯でイカを海面までおびき寄せればいっそう捕獲はたやすい。

出漁の解禁日や使用する網、産卵場の指定など、七〇年代からさまざまな規則が導入された。七メートルを超える漁船は認可の申請をし、毎年、一定の金額を納めねばならない。現在、大型漁船はその年の最初の三カ月は出漁を許可されないし、十四メートル以上の船は出漁後、残る九カ月は三キロ以上沖合の漁場で操業しなければならない。とはいえ、こうした水域での取り締まりは不充分で、大型漁船の大半が規則を無視している。

「つまりだな、あんたの話を聞くかぎり、大型漁船はなんでも好き勝手なことができるってことだ」とジャーお祖父ちゃんが言った。この十分ばかりひとことも言葉を発しなかったのだから仕方がないだろう。「要するに、あんたが話したことはなんの役にも立たないわけさ」

「どれほどないがしろにされているか知るには、まず規則そのものを理解しておくことが常に重要だ」とコウ船長が反論した。

船員の人数や登録申請の必要事項などについて短い質疑応答があったが、コウがそつなく対応した。このイカ釣り漁船の船長はわたしたち特別部隊のメンバーではないので、情報の提供に感謝して外へ送りだした。ポーチで彼はわたしの腕に手を触れ、目にも口にもにこやかな笑みを浮かべると、雨が降っていることにも気づかなかったように土砂降りのなかへと出ていった。大きく揺れる船の甲板で網を引く姿がまざまざと想像できた。ロマンティックではあるが、ありがたいことに性欲をかき立てるものではなかった。

部屋に引き返すと、老人ふたりがなにやらひそひそと夢中になって話し合っていた。そして、ヘッドライトの光を浴びたシマリスみたいに驚愕をあらわにしてわたしを見あげた。悪い徴候だ。手綱を引き締めなければ。

「何をやらかそうとしているにせよ、それはやめてちょうだい」

「なんでもないさ」と祖父が答えた。「あのＳＲＭの若造どもにちょっとばかり圧力をかければべらべらしゃべってくれるはずだと意見が一致したところだ」

「ネズミ兄弟を痛めつけるなんて絶対にだめよ」

「そのほうが手っ取り早いじゃないか」

「だめ」

「じゃあ、どうするつもりなんだ？」

「いいこと、海岸に漂着した遺体を処分する巧妙な仕組みを作ったのはエッグよ。村長と落ち合ったとき、彼がミャンマー人だと特定した。さて、どうして彼はそんなことをするのかしら？　臓器を売るわけじゃない。ハゲタカどもにＳＲＭまで死体を運ばせ、狭い倉庫に放りこんでおしまい。警察も捜査はいっさいしない。被害者は身元不明のまま。理由ははっきりしてる。無用になったミャンマー人を海に投げこんでお払い箱にする奴隷船の船長たちを守るためよ。適法な船で事故が起きれば船長は行方不明になった船員について当局に通報する。合法的に雇っているミャンマー人についてはきちんと説明しなければならない。だから、お祖父ちゃんたちはタイ人の船主たちから話を聞くべきじゃないかしら？　インタビューするわけじゃないのよ。彼らが食事をしたりお酒を飲んだりビリヤードをする場所をつきとめて、ざっくばらんなおしゃべりをしてちょうだい。沖合漁船の噂話が聞ければいいんだけど。

たとえば、ちょっとした……」

「情報を聞きだす方法なんておれたちに説教する必要はない」ジャーお祖父ちゃんが手厳しく言い返した。

たしかに。さんざんやってきた違法駐車の尋問を今回の状況に当てはめて微調整すればいいのだ。

「そのとおりね、お祖父ちゃん。ごめんなさい。わたしはできるかぎり警察の情報を集め、ミャンマー人からもさらに話が聞けないか試してみるわ。彼らに信頼されればもっと打ち明けてくれると思う」

会議を終える前に、ノイ母娘に関してわかった事実をふたりの老人に伝えておくことにした。彼らの長年の経験があればこちらの謎解きにも役立つかもしれないと思った。ふたりはわずかな数のミャンマー人の命を守ることよりこの話のほうに大いに興味をそそられたようだ。しかし、女たちが怯えて逃げてしまわないように注意深く行動すべきだと同意してくれた。老人ふたりはそれぞれ傘を手にしてピックアップトラックのほうへと立ち去った。わたしはパックナムまでバイクで行くために雨具をかき集めた。わたしは若くて、ずぶ濡れになっても彼らよりは耐えられる、と祖父に言われたことがある。肺炎になる確率とか。入り口のドアを閉めていたとき、自分のキャビンの前にいるアーニーが土砂降りの雨ごしに見えた。彼は両側に犬を従えてデッキチェアにすわっていた。

「あら、アーニー」とわたしは声をかけた。

「姉さん、何か企んでるんだね」

「わたしはいつだって何かを企んでるのよ」

「姉さんとお祖父ちゃんとあの年寄りの警官。三人で何かやってる。なんなのかおれも知りたい」

「どうして？」

「どうして？」

わたしは弟のキャビンまで小走りに近づくと、髪を振って水滴を払い落とし、ポーチの手すりに腰かけた。例によってゴーゴーがわたしに尻を向けた。いったいこの犬にわたしが何をしたのかさっぱりわからない。

「そうよ、どうして？　なぜ知りたいの？　何もやってないと言えばわたしたちが嘘をついていると思ってあなたはうろたえる。もし大変なことをやってると言えば、やっぱりあなたはうろたえる。だって……だって、大変なことだから」

「それじゃまるで、情緒不安定のどうしようもない男みたいじゃないか」

この指摘には返答しないのがいちばんだと判断した。

「あの手榴弾の一件かい？」

「間接的には」

「海岸の生首？　ミャンマー人の奴隷たち？」

「かもしれない」

「どうして話してくれないんだよ？」

どうやって弟に伝えるべきかわからなかった。率直に話すことに利点はあるが、ひとつ間違えれば残酷なことになりかねない。繊細なアーニーをこの件に巻きこみたくはなかった。おどおどした顔つきを見せただけで、ナイフで刺されて波止場に転がる可能性だってあるのだ。わたしは単刀直入に語るほうを選んだ。

「アーニー、あなたは弱虫だから」

いきなり弟がワッと泣きだしたので仰天した。号泣だった。犬たちでさえ戸惑ってあとずさりした。姉弟として過ごした長い年月でわたしはもっとひどい侮辱を弟に与えてきた。この大泣きの原因はほかにあるはずだ。わたしはひざまずいて弟の太い首に片腕をまわした。

「アーニー？」

「おれ……おれ、彼女に振られると思う」彼は泣きながら言った。

「ゲーウに？」

「うん」

「バカなことを言わないで。あなたたちの相性はすばらしいじゃないの。婚約してるんでしょ？」

鼻水を拭いてやるティッシュがなくて残念だと思いつつ、わたしは手の甲で弟の涙を払った。アーニーにとっては三十二年も待ったすえの初恋なのだ。初恋で振られるには人生としていささか遅いのだが。

「さ、最初はね……ものすごくぴったりだったんだ。彼女を愛してた。もう少しでセックスしそうになったのは数えきれないほどだし」

「そうでしょうね……え、なんですって？　てっきりあなたたちは……」

「いつも前戯だけだったんだ。彼女はもっと求めて……そう……でも、おれは断わった。こういうことはきちんとしなきゃいけないから。だろう？」

「もちろん」

「でも、彼女は……もっと欲しいんだという気がするんだ。もっと欲しがってる、おれの……」

「ああ」

「男を」

「ゲーウがそう言ったの？」

「いや、でも……」

「感じでわかるわけね」

「そういうこと。彼女はジャッキー・チェンの大ファンだからね」

これには面食らった。

「だって、彼は小柄でしょ？」

「でも、ものすごくマッチョだ」

「つまり、自分なりの主張をしようと思っている」

「そう」

「奴隷船の関係者との闘いに参加することで?」

「かまわないかな?」

わたしにはわからなかった。

「さあ、どうかしら……人を殴らなきゃいけないかもしれないのよ。飛んでくる銃弾からすばやく身をかわすとか。危険に立ち向かうとか」

弟は青ざめた。

「できるよ」彼は自信なさそうに言った。

不本意ではあったが、わたしは譲歩した。

「いいわ。あなたも特別部隊のメンバーよ。がんばってね」

弟はまたもや泣きだした。今度はうれし涙だった。


バイクに乗る前にシシーから電話があった。

「もしもし、シシー?」

「コンドミニアムの外に出たわ」

「おめでとう」

「タクシーに乗ってるの」

「あなたならできると思ってた」

「臭いわ」

「それが現実のにおいよ」

「ひとこと念押ししておきたかったんだけど、一週間ほどあたしのリサーチサービスは利用できないからね」

「なんとか切り抜けるわ」

短い間合い。

「ほんとに？」

「まあね。気分はどう？」

「びっくりするくらい興奮してるの。ちょっと、あんた、道路を見てなさいよ、この変態」

後半の発言はわたしに向けられたものではないだろう。

「出国する前に覚えておかなきゃいけないことがあるわよ」とわたしは言った。

「何かしら？」

「姉さんはいつでもどんなときでも美しかったってこと」

長い間合い。シシーは微笑んでいるのだ。

「ソウルから電話するわ」と彼女は言った。

「ボン・ヴォヤージュ」

なぜ新しい挨拶を考えつかないのだろうか、と不思議に思うときがある。もう誰も長い船旅《ヴォヤージュ》なんてしないのに。ようやくバイクまでたどりつき、でかけようとしたやさき、しぼんだピンクのサッカーボールみたいな代物をかかえてママが店から飛びだしてきた。

「モニーク」と母は言った。「あんた、どこへ行くの？」

「パックナム」

「ランスワン経由で行ってちょうだい」

「そうね、土砂降りの雨のなかを三十キロの遠まわりか。ま、いいけど」

「緊急事態なのよ。ソムブーン先生のところに寄って、この子を診てもらってほしいの」

彼女が手にしたものを持ちあげると、そこに何かがいた。

「なんなの、それ？」

「子犬」

「また？　生きてるの？」

「死骸を獣医に連れていってと頼むと思う？」

「ママ、うちには面倒見きれないほどたくさんの犬がいるのよ」

「あのね、どんなに長いルールブックでも終わりはある。でも、優しさというバスに終点はないの」

わたしは取り外し可能なフードをポンチョに付けようとしていたところだったのだが、そのフードのなかへ母は犬を入れた。被毛が抜け落ち、発疹《ほっしん》やらかさぶただらけだ。

「いったいどこで見つけたの？」

「この子のほうから近づいてきたのよ。すべての生き物と同じように。川に浮かんで流れてきてね。だから、拾いあげて救急蘇生をしてやったの」

死にかけた犬を相手にマウス・ツー・マウスの人工呼吸を施す母の姿を想像してわたしは身震いした。

「ほらね」とママは話を続けた。「この子の命は助かった。病気や今にも死にそうなこの世の生き物すべてがあたしのところへたどりつくのよ」

仕方がない。わたしはその生き物とやらをフードに包んだままポンチョのポケットに入れて出発し、ママは雨のなかに突っ立ったまま、迷えるキリンか何かの漂着を待っていた。ふだんは穏やかな小川があっというまに水のほとばしる激流に変わっていたことに驚いて、わたしは橋でいったんバイクを止めた。チェンマイにいてまだ収入があったころにiPhoneを買っておけばよかったと後悔した。自然災害を撮影したビデオは〈ディスカバリー・チャンネル〉に高く売れるし、ガルフベイ・ラヴリーリゾートも災害の標的になる寸前だと感じた。

「そのポケットでもぞもぞ動いてるのはなんですか?」とアウンが尋ねた。

「犬よ」とわたしは答えた。

瀕死の犬のわりに〝ビール〟は気性が荒かった。ドクター・ソムブーンが次々と注射を打ち、薬剤を強引に喉の奥へと押しこむたびに、この雌犬は猛烈に怒った。あれだけの目にあえば怒るのも無理はないが。わたしはビールと名づけた。クリニックに着いたとき、ソムブーン先生が〈シンハー〉の缶ビールを飲んでいたからだ。すでに数本は飲んだあとだと思う。単なるその場しのぎの名前だ。この犬が一夜を乗りきったのが信じられない。ましてこんな天気なのだから。わたしがポケットに犬を入れている理由まではアウンは訊かなかった。今日はシャツを着ていたが、ぐっしょりと濡れ、筋肉に貼りついたTシャツはボディペイントのようだった。この生地を歯で引き裂いてやりたい衝動をどうにか呑みこんだ。

「アウン、あなたがわたしを信用していないことはわかってるわ」

この台詞をタイ人に投げつければ相手はひざまずいて否定するところだ。だが、アウンの表情は「さあ、どうだろうか」と告げていた。

「でも、わたしの考えを話すわね。ミャンマー人は誘拐され、沖合の漁船まで運ばれる。船では奴隷として働かされ、面倒を起こせば虐待を受けたり殺されたりする。うちの浜辺に流れついた生首はほんの一例にすぎないと思う。あなたも含めてミャンマー人コミュニティの人たちはその事実を知っているけど、どうすることもできないから無力感に浸っている。自分や奥さんがいつか連れ去られるんじゃないかと、みんなが恐怖に怯えながら暮らしているんじゃないかしら？」

長い沈黙が流れた。

「それで？」とアウンがようやく口を開いた。

「言うことはそれだけなの？『それで？』のひとことだけ？」

「いいですか。たとえ、あんたが事実を知っても、証拠をつかんでも、沖合の大型漁船に乗りこんで写真をたくさん撮っても、いったい何ができると思います？　マウンに対する犯罪でタイの検察官がわざわざタイ人を訴追したがるとでも？　おれたちはちっぽけな存在なんだ」

「だったら、せめてそれを成し遂げましょう。ちっぽけではない存在にすること。奴隷の名前と顔と家族関係を明らかにする。大切な人びとと話をする。それをきちんと……」

「誰にも名前なんてない」

「いいわ。では、名前を作りましょう。大切な人はフォトショップで作る。だって、そうでしょ、わたしが嘘をついてるって証明するために、誰がここまで押し寄せてくる？　アウン、ここはタイよ。いつだって大衆の意見が巧みに操作される国。テレビの〈チャンネル９〉で言っていることを大衆は鵜呑《うの》みにする。ガレー船のオールに鎖でつながれた奴隷みたいに、強制労働をさせられる気の毒な隣国の男たちのために、同情の波を大きくかき立てることができなければ、わたしはいっぱしのジャーナリストとは言えなくなるわ。違う？」

「あんたの勤め先は？」

　あら、これだけ派手に弁舌をふるったというのにこの男は心を動かそうとしない。しかも、痛いところを突いてくる。

「わたしはフリーランスよ。つまり、どこにでも記事を売りこめる」

「あるいは、どこにも売りこめない」

　なぜわたしたちタイ人がミャンマー人を憎むのか、わかりかけてきた。

「いいわ。じゃあ、こうしましょう。わたしと家族はこの件について闘う覚悟よ。ごろつきどもに逆らったせいでうちに手榴弾が投げこまれたわ。あなたが人権に興味がないならそれでけっこう。どうにかして証拠を手に入れ、ここで起きていることすべてを記事にし、世界じゅうの目を引きつけてみせる。それに、あなたがいようといまいとやるべきことはやる」

クリントならここでBGMを流すだろう。ヴァイオリンの合奏にチェロとティンパニが加わってクライマックスへと向かう。しかし、この場で利用できる効果音はタグボートの汽笛だけだった。それでわたしの誠意がアウンに伝わることを願うしかなかった。

「幸運を祈る」

「それだけ？」

「幸運は必要だ。闘う相手があんたにはわかっていないんだから」

「じゃあ、あなたの助けはまったく期待できないの？」

「そうは言ってない。可能なときは情報を伝えよう。ただし、あくまでオフレコでね」

「それはご親切に。いいわ。情報。早速、少し教えてちょうだい。あなたのお仲間たちが、真っ昼間、誰にも目撃されずに通りから拉致《らち》される方法を説明して」

「あんた、本気なのか？」

「時にはね」

「じゃあ、どうして目撃者がいないと思う？」

「このあたりのタイ人は頑固で自信過剰かもしれないけど、でもね、正義感はあるの。人が荷物みたいにトラックへ押しこまれるところを目撃すれば、なんらかの行動を取るでしょう」

「そのトラックが茶色とクリーム色に塗り分けられていて、警察の回転灯が屋根で点滅していれば別だ」

「あんた、ポケットに何を入れてるの？」

「犬」

「まさか。そんなところでどうやって息をしてるのよ？」

「時々、ポケットを開けてやってるからだいじょうぶ」

「もしシーズーなら奪っちゃうわね」

「シーズーが好きなの？」

「誰だって好きでしょ。つぶれた小さな中国っぽい鼻。膿《うみ》がたまった斜視の目。それに、あの犬種は男の子を惹きつけるのよ。『わぁ、なんてかわいいワンちゃんなんだ』って」

わたしがチョムプーと昼食を取っているのはパックナムの有名なカオマンガイ（ゆで鶏とそのゆで汁で炊いた米の盛り合わせ）屋で、店の名前は〈カオマンガイ屋〉。カオマンガイの味は普通だが、客を呼びこむのはなんといっても秘伝のたれ。はるばるランスワンから人びとが食べに来る。店は常に大混雑。

「それにしても、ずいぶん興奮してるみたいじゃない」チョムプーがわたしのポケットをじっと見つめた。

「ねえ、この犬のことをあれこれ言うのはやめてくれない？　この子はちゃんと生き延びたのよ。わたしが訊いてるのは、パックナム署の警官が町にいるミャンマー人を連行してるってこと」

「いつものことよ」

「あら。あっさり認めるわけ？」

「否定しづらいからね。無作為の身元チェック。労働許可証。そういう方針なの」

「いやがらせをするための？」

「ねえ、ちゃんとしたインテリアデザイナーに頼めばここだってしゃれた店になるのに。あたしなら日本風にするわね。竹の壁。低いテーブルにして……」

「チョムプー！」

「少しはいやがらせをしてるかもね。でも、丁重に」

「どうして？」

「つまり、労働許可証のない連中は罰金を払うからよ」

「そして、受領証が出され、警察の資金に加えられ、当然、バンコクの警察庁に送られる」

「いえ、いやがらせをした警官の財布にすっぽりと入り、カラオケみたいなさもしい欲求に使われる」

「そんなことでいいと思う？」

「あたしたちのお給料なんてたかがしれてるでしょ？　それに、あいつらだって刑務所送りになるよりはましだもの。法的手段に訴えないと決めた場合、罰金の支払いを選ぶわけ。連中はリスクを知ってるから」

「ミャンマー人が通りで止められ、警察車両に連れこまれたきり姿を消してしまった、という目撃者の供述があるわ」

「あら、残念。ピューリッツァー賞は保留ね。それは秘密でもないし。毎日、起きてることよ。無作為に呼び止めた結果、出稼ぎ労働者が労働許可証を持っていなくて、なおかつ、警官の遊興費に献金したくないというときは、ピックアップトラックに乗せられ、ラノーン県にある出入国管理事務所へさっさと移送される。ノルマは維持しなきゃならないのよ。不法入国者をひとりも捕まえなければ疑われちゃうじゃないのさ」

「ノルマって、何人？」

「一週間に六人から十人くらい」

「じゃあ、失踪したミャンマー人たちが労働許可証も身元保証人もそろっていたと証明できれば、どうなるかしら？」

「『目撃者を連れてこい』と言うでしょうね。で、あんたは、『あら、困った、警察とは関わりたくないそうなの』って言う。で、あたしが、『ふむ、何もかもあんたの想像の産物だとしても驚かないわ』って言う」

「そうと決まったわけじゃないわ」

「いいえ、そうなのよ。もし目撃者がタイ人なら、警察が逮捕するミャンマー人が不法入国者かそうでないか見当もつかない。だから、残るのはミャンマー人だけ。もしも思いきってタイ国家警察を同国人誘拐容疑で告発するミャンマー人が現われるとすれば、そいつは正真正銘、まともじゃない、ということになる。その場合、告発者の供述は証拠として認められない。ジャーン！　以上で論証を終了いたします」

「なるほどね。じゃあ、これはあくまで仮定の話だけど、もし合法的な移民のミャンマー人が警察に拉致され、沖合の漁船に送りこまれていることを立証したら、報告書を提出してくれる？」

「ちょっと待って。つまり、頭が切れて男らしい若い警察官、要するにあたしのことだけど、でも、性的な重荷をかかえているおかげで警察の在職期間が風前の灯火《ともしび》ではないにしても微妙な立場にある人間に向かって、あたしたちの誰もが好意を持っていない国の市民に正義をもたらすために、友人や同僚に不利な刑事事件を追及しろって、そう言ってるわけ？」

「そう」

「そんなばかげた行為がどれだけ不利になるか、ざっとまとめてやったんだから、あとは何か前向きな点でもあれば聞かせてもらいたいわね」

わたしは、道義心とプロとしての規範に忠実であれば感じられるはずの自尊心について説き、それが失敗に終わると、エッグをオフィスから追いだし、シダの鉢植えをまた置くことができると言った。

「失職すればオフィスなんてあまり必要ないんじゃない？」チョムプーがもっともな意見を口にした。「そもそも、その仮定に基づいた目撃者がいるの？」

「今はまだ」

「じゃあ、いくら仮定だとしてもそんなゴミみたいな情報にあたしの首をかけてなんかいられないわね。物陰から現実が堂々と姿を現わしたらまた来るといいわ」

「わたしにはできないと思ってるのね」

「するべきじゃないと思ってる」

「どうして？」

「ただの勘。でも、奴隷労働だの殺人だの首をはねるだの、もしそんな話であれば、これは地元の刺繍《ししゅう》サークルの内職とは違う。すでに敵はおたくのどまんなかに手榴弾を投げこんだわけだしね」

「もっと安全な暮らしができるように手助けしてくれる気はない？」

「どうやって？」

「エッグ中尉のファイルを手に入れたいの。デスクの横に金属製のファイリングキャビネットがあるはずよ」

「錠がかかってるけど」

「なるほど。じゃあ、こっそりオフィスに忍びこんで、失踪したミャンマー人に関連するファイル全部を探す。そして、盗みだす」

「で、あんたの安全な暮らしのためにあたしはどんな手助けをするの？」

「あなたがファイルを盗む」

チョムプーが短い金切り声をあげ、周囲の客が振り返った。

「冗談でしょ。あいつは獣《けだもの》よ。バレたら死ぬまで殴られるわ」

「いいこと、チョムプー。本来ならあなたのオフィスなのよ。あなたがやったなんてバレっこない。それなりの技能のある警察官なら、ファイリングキャビネットぐらいヘアピン一本で開けられるわ」

「まったく。あたしはとっくの昔にヘアピンなんて使ってないわよ」

「ママのヘアピンを貸してあげる。エッグがオフィスを出たときがチャンスよ。ファイルをコピー室に持っていってコピー。そして、彼が戻ってくる前に原物を元の場所に返しておく。あなたが関与してるなんて誰にもわからないわ」

「あいつはどこへ行くとかどれくらいでかけてくるとか、いちいち外出予定を通知したりしないのよ。いつなんどき部屋に帰ってくるかわかったもんじゃない」

「じゃあ、わたしが彼をおびきだすわ」

「いったいどうやって？」

「シシー？」

「あたしよ」

「まだ国内にいたの？」

「ええ。でも、韓国で政治亡命を申請しようか検討中」

「どうして？　何かあったの？」

「高いパーマをかけた中年女性が空港まで行進して、あたしが乗るジャンボジェット機の前に身を投げだしたりはしないって言ったこと、あんた、覚えてる？」

「ええ」

「そう、あんたの次の転職先として占いは勧めないわね」

「占いなんて、まさか」

「あたし、今、スワンナプーム空港なんだけどね。そこらじゅうにうじゃうじゃいるのよ。引退したパイロット、パンパンにふくらんだスウェットパンツ姿の中年女、熱帯魚店のオーナー。どうやら黄シャツ組のヤッピーどもはタイの国際空港を占拠しようとしているらしいわ。バンコクの中流階級が大暴れしてる。恐ろしい暴徒よ。こうやって話してるあいだにも陣取り合戦が進行中」

「航空機の離発着を止めているの？」

「そこまではまだ。出発便の案内板にはソウル便が今も表示されてるけど。でもね、だんだん信頼が揺らいでる。カルマがヤバイ感じよ」

「そんなことはないわ。つまり、デモ隊は空港封鎖なんてしないわよ。心配しないで。連中はどうやって空港内に侵入したのかしら？」

「首相府に入ったときと同じ手口よ。バリケードを張ってる重武装の警官たちに甘い言葉でそっと耳打ちするわけ。デモ隊侵入に資金を提供してる人物の名前をささやく、ってところじゃないの。学校で誓った誓約を思いださせ、あとは規制線のあいだからぞろぞろと入っていく。見ためも声も小学校のときの先生そっくりなテロリストに銃を向けたりしたら、普通の警察官なら罪の意識に襲われてしまう。実際、そういう先生もデモ隊に交じってるかもしれないし」

「飛行機の出発まであとどれくらい?」

「およそ四十分から無限までといったところ」

「気晴らしに何かやりたくない?」

「どんなことでも」

「ネットには接続できる?」

「もちろん。あたしはファーストクラスの客よ。頼めばどんなことだってやってくれるわ」

「ファーストクラスで飛ぶのは久しぶりでしょうに。でも、ちょっとしたお願いを聞いてもらう時間はあるかしら?」

「ありあまるほど」

「ジョージタウン大学に在籍中のプークのクラス名簿にアクセスできると思う?」

「それだけ?」

「ええ」

「目を閉じたままiPhoneで調べられそうなことね」

「すごい自信」

「それを調べて何かの役に立ちそうなの？」

「わからないわ。何か男女関係のトラブルがあったんじゃないかと思って。一緒に勉強しているボーイフレンドがいて、いいようにだまされたとしたらどうかしら？」

「どっちみち、それがボーイフレンドってものの役割じゃないの？　公開されてる情報に人間関係のクロスリファレンスはないでしょうけどね」

「そうね。でも、彼女のクラスで頻繁に出てくる名前とかはわかるでしょ。自分がレンタルで、ボコボコになって、使い捨てにされた、と彼女は言ったのよ」

「DC周辺のコールガール斡旋所も調べてみたほうがいい？」

「まさか、そんな……」

「そういう目にあった女はほかにもいっぱいいるわ」

「でしょうね。わかった。ただし、彼女は本名を使っていなかったと思う」

「最近はその手の女たちの写真がホームページに掲載されるの。売春もずいぶん進化したものよね」

「彼女、『あのオオトカゲは何もわかってなかった』って言ったわ」

シシーが声をあげて笑った。理由は明らかだ。オオトカゲを指すタイ語は〝ヒア〟で、奇妙なことにこれはタイ語のなかでも最も卑猥《ひわい》な言葉なのだ（タイ語でヒアは女性器を意味し、罵倒語にも使われる）。

「男、それとも、女?」

「彼女は英語で言ったから性別はわからない。でも、何者かのせいで彼女はひどく苦しんだ。もしそれがコールガールの線なら、彼女を引きこんだのは友人か親戚だった可能性もあるわね。ボーイフレンドが売春させたのかもしれないし。でも、わからないわ。彼女って、そういうタイプに見えないんだもの。美人だけど、きつい感じはしないの。ものすごく純真な雰囲気でね」

「その分だけ高く売れるのよ」

「なるほど」

わたしはかつてチョムプー中尉のものだったオフィスのドアをノックした。

「入れ」明らかにチョムプーではないしわがれ声が答えた。

なかへ入ってみると、チョムプーの古いデスクに向かってエッグ中尉がすわっていた。前面のあちこちに弾痕のステッカーが貼られたデスクだ。チョムプーは片隅の小さなカードテーブルみたいな代物に向かい、ファイルの束を整理していた。耳障りな短波ラジオのスイッチが入っていて、音量はあまりに大きかった。

「エッグ中尉に会いたいんですけど」

「おれだが」

質の悪いかつらを着けている男たちは自分がどれほど滑稽に見えるかなぜ気づかないのだ

ろう、と前々から不思議でならなかった。彼らは鏡に映る自分の姿をほれぼれとながめ、二十年前のまだ髪も毛根もしっかりしていたころの頭を思い描くのだろうか？　エッグ中尉の頭は、小鳥の群れが頭頂部に巣作りをしたように見えた。だが、肉づきのいい体格なのであえてからかう者はいないだろう。いかにも荒っぽそうな男で、手強い相手であることは間違いない。

「わたしはジム・ジュリーという者です。警察とミャンマー人との関係について『タイ・ラット』紙に記事を書いているジャーナリストです」

「どうしておれのところへ？」とエッグが言った。

「ミャンマー人問題の責任者はあなただとマナ少佐から聞きました」

「それで？」

彼はチョムプーに鋭い視線を投げたが、チョムプーはなおも書類の山に隠れて顔を見せなかった。

「それで、あらゆる階層の公職者を取材の対象にしようと思ってます。各村の村長から医療従事者や救急隊員まで。こちらでは警察の態勢について知りたいんです」

「そういうことは……」

「この記事の発表は署にとっても重要だと少佐は考えてらっしゃいます。警察内部にミャンマー人への反感があるという広く流布された通説を払拭することになるだろうと」

「少佐がそう言ったのか？」

パジェロに積みこんだハーブ系ヘアコンディショナーを売りさばきに外出していなくて、もしもこの場にいれば、おそらく彼はそう言っただろう。

「はい」

「わかった。ただし、実名はいっさい出すな。それに、あまり時間がないんだ。あの椅子をこっちへ持ってきて……」

「ふたりだけでお願いしたいんですけど」

「いいだろう。チョムプーはお仕事をサボってどこかでお花でも摘んでくればいい。そうだな、チョムプーちゃん？　それとも、刺繍でもやってくるか？」

チョムプーが頰を赤くした。

「あの、少佐のご好意でこちらの会議室に録音機を置かせてもらったんです」とわたしは言った。「スナックも用意してありますし」

エッグ中尉が両の手のひらをデスクにたたきつけた。

「手短かに頼むぞ」彼は不満そうにうなった。

「十分。長くても十五分です」

中尉は見ていたファイルをぴしゃりと閉じ、短波ラジオをつかむと、わたしの横を素通りしてさっさと戸口から出ていった。わたしは眉を持ちあげてチョムプーに合図した。

「長くても十五分」わたしは口だけ動かして彼に伝え、ヘアピンのパックを放り投げると、通路に出てエッグ中尉を追った。

じっくり時間をかけて腰を落ちつけ、動作が不安定な録音機のテストを繰り返したあと、ようやくわたしはエッグに関心を向け、ミャンマー人コミュニティに対処する際の彼の役割について質問した。短波ラジオを切ってほしいと頼みたかったが、そんなことで反感を買うのは得策ではない。彼は任務の内容を文章四つぐらいに要約し、デスクにもたれて早くも席を立とうとしていた。

「これでいいか？」と彼が訊いた。

ほかに質問が思いつかなかったが、何も言わなければ彼は立ち去ってしまうだろう。

「どうしてあなただったんです？」

「なんだと？」

「どうしてあなたがミャンマー人問題の責任者になったんですか？　階級が同じ警察官はたくさんいます。なぜあなたが？」

「専門家だからだ」

「なんの……？」

「ミャンマー人問題の。おれはビルマ語に精通している。あんたがここらで出会う無学な田舎者たちよりよっぽど彼らの歴史や文化に詳しい。言ってみれば、大使みたいなものだな」

外交官とは対照的だけど、とわたしは思った。ドアに掛けたわたしのポンチョがもぞもぞと動き、彼の注意がそれた。

「なんだ、あれは？」

わたしが嘘をついているとエッグは思ったようだ。

「つまり、パッターニーで勤務していたときもミャンマー人との連絡係だったわけですね？」

エッグがわたしをにらんだ。

「どうしてそれを……」

「マナ少佐です」

「ああ、おれが異文化交流のイベントを企画していた。新しい移民たちへの啓蒙活動とか。その手のものだよ」

「それはすばらしいですね。民族問題を気づかう人びとには敬服します」

「そのとおり。ほかの警官たちは大して気にかけないからな。だが、マウンが直面する問題におれは敏感に反応する」

十分以上経過。

「しかも、ビルマ語を流暢に話せるなんて。すごいわ。どこで習ったんですか？　ビルマ語の教科書を見たことはあるんですけどね。とうてい理解できそうになかった。それを習得するなんて、ある種の天才と言うべきだわ」

満足そうな笑みがちらりとのぞいた。

「ま、あちらこちらで」と彼は言った。「言葉のセンスの問題かな。説明のしようがないね」

「遠慮なく言わせていただければ、あなたは特別な才能に恵まれた人間という感じがします。

法を執行する警察官。語学に堪能な人。ソーシャルワーカーでもある。あなたを特集する記事に変更してもいいと思います」

失敗。

いくらなんでも言いすぎだし、焦りすぎた。エッグが心の門を閉ざした。彼は立ちあがってドアに向かった。

「とんでもない」と彼は言った。

「あなたの写真を載せなくてもだいじょうぶですから」

「名前も困る。今の話もすべてだめだ」

「どうしてですか？」

彼はすでに戸口をなかばくぐっている。

「他人のために行動するような部分は秘密にしておきたい。そういう点で謙虚なんだよ、おれは」

「それでも……？」

しかし、彼は出ていってしまった。わたしは携帯電話で時間を確認した。十二分経過。チヨムプーがファイリングキャビネットを開け、大急ぎで階下に走り、関連ファイルをすべてコピーし、ふたたび駆け戻ってファイルをしまい、キャビネットを元どおりの状態にして髪の乱れを直すまでの所要時間にもよるが、十二分あればちょうどいいのではないか、と思った。計画どおりに運んだ場合の話だが。

わたしは彼らのオフィスに引き返したが、エッグが両手を腰に当てて立ち、彼のファイリングキャビネットをじっと見つめていた。チョムプーが昼食のときに着ていたような、警察支給のナイロン製ジャケットがキャビネットの一角に引っかかり、いちばん上の引き出しに食いこんでいた。自分のデスクにいるチョムプーはお定まりの笑ってごまかす笑みを浮かべていた。

9

うちのホテルの裏手にある小川の水位はすでに土手を越え、じわじわと広がっていた。ホテル正面の海もゆっくりと潮位があがり、今や一号キャビンのドアの下まで忍び寄っている。灰色の空からはたえず雨が落ちてくる。控えめな浸入ではあるが、ゆくゆくはすべてが水に呑みこまれるだろう。チェンマイでは賢明なる人びとが高床式の家を建て、夏は涼しく、雨季には水の被害をまぬがれる。しかし、南部では地面に家を建て、洪水に直面しても笑うだけだ。災害に対してランボーみたいな対応をする。「大自然よ、来るならかかってこい！」というわけだ。「たかが水じゃないか。一週間もすれば乾く」とこの地の人びとは言う。たしかにそのとおりかもしれないが、テーブルとベンチと藁屋根のセットがひとつ、すでに水平線のかなたへと流れてしまっている。ホテルのトイレは難破船のように水があふれ、わたしの菜園は魚の餌場と化し、わたしたちの家と唯一の生計手段は、氾濫《はんらん》した川と深い灰色の海にはさまれたわずかばかりの土地にしがみついているありさまだった。

バイクはコウ船長の家のそばの道に置いてくるしかなかった。ホテルの車庫は水浸しだったからだ。ノイ母娘のホンダはタイヤの上まで水に浸かっていたが、少なくともまだそこに車はあった。つまり、ふたりともまだいるにちがいない。ママとゲーウは店舗にいた。感動的な光景だった。生協の婦人グループが驚異的な仕事ぶりを発揮していたのだ。すでに店舗内はきれいに掃除され、修理され、塗装もやりなおしてあった。こっぱみじんになった木の棚の代わりにしゃれた竹製の棚が並び、店内は爆破前と少しも変わらない姿になっていた。実際のところ、爆破前よりよくなったと言うべきだ。しかも、彼女たちはこれだけの作業を電力の助けがない状態でやり遂げた。地区全域が停電中なのだ。小さな雨粒一滴で変圧器がポン！　わたしはママのそばへ行き、ポンチョのポケットに手を入れた。そして、小さなビールを注意深く引きだした。この雌犬は今にもわたしにうなり声をあげそうだったが、目の前に立っているママに気づいた。とたんにいとも愛らしい子犬に豹変《ひょうへん》した。わたしはビニールのフードにくるんだまま差しだしたが、母は素手で抱きあげ、胸もとに押しつけた。子犬の頭を撫でてキスした。わたしはつい目をそむけた。マザー・テレサの修道会でも恵まれない者に同じような慈しみが注がれたことだろう。

「ほら」ママが言った。「ね？　この子、すっかり元気になったわ。お兄さんとお姉さんに紹介してくれない？」

それは最悪だろうと思った。あの二匹に囲まれた子犬はいたぶられたあげく、食べられてしまうかもしれない。ママは犬同士の絆を信じすぎていた。

「だめよ、ママ。わたし、今日の務めはもう果たしたの。犬の世話はママがやってちょうだい」

「そうだわね」

母はゾンビのような子犬にキスしたその口でわたしの額にキスした。しかし、もはや何も言う気力はなかった。

「警官のお友達から電話があったわよ」と母が言った。「二度も」

すっかり忘れていたのだが、チョムプーはママの携帯電話の番号を知っていた。わたしはパックナム署から走り去ったとたんに自分の携帯電話を切ってしまったのだ。チョムプーがまだ番号を押せるというのはいい知らせだろう。手の指が全部は折れていないということなのだから。わたしは彼の窮地を救うべきだった。ファイリングキャビネットをこじ開けてくれと強引に頼んだのはわたしだとエッグ中尉に告白するべきだった。でも、取材記者としては一定の距離を置かねばならない。『チェンマイ・メール』紙の事件担当編集長がまだしらふのときに話してくれたことがある。「貴金属店強盗の記事を書けるのは、その犯人がおまえじゃないときだけだ」と。文字どおりの意味なのだろうが、わたしは若く、感化されやすい年ごろだったし、寓話《ぐうわ》に出てくる賢者として彼を尊敬したかった。ジャーナリストは超然とした態度を取り、熱意をこめて犯罪を報道するが、捜査に関与するようなことがあってはならない、という教訓を学んだ。ジャーナリストとしての教育のなかで最も核心に触れた瞬間だったし、編集長の弟が貴金属店強盗で有罪になってもその感銘が弱まることはまったくなかった。どうやら覆面をした共犯者は逃亡したようだった。編集長はわたしに記事を書かせてくれた。わたしの初めての署名記事だった。決して忘れない瞬間であり、教訓だ。抜けめのないチョムプー中尉なら、自分のジャケットが同僚のキャビネットにはさまったとしても、説得力のある言い訳を考えだすはずだ。そして、真実の答えは、たぶん、運が悪かったか、へまをしたか、その中間ぐらいにあるのだろう。しかし、それはわたしが判断することではない。

「お祖父ちゃんはまだ戻ってないの？」とわたしはママに尋ねた。

「まあ、あんたったら。お祖父ちゃんは四十年も前に死んだわ。なんて気味の悪いことを訊くの？」

「わたしのお祖父ちゃんのことよ」

「ああ、そっちね。まだ帰ってないわ」

「朝食のあと、ノイ母娘を見かけた？」

「それがね、不思議なのよ。いつもはキャビンから離れることはないのに。こんな天気だから当然だろうけど。でも、冒険心が出てきたみたいでうれしいわ。今日はね、はるばるパックナムまででかけたの」

ふたりは逃げたのだろうか？

「ママ、それ、本当なの？」

「もちろん、本当よ。銀行にいるボウンから電話があった。向こうも停電して、ＡＴＭが使えなかったんですって。わかる？　銀行なんて、電気がなければ石鹼《せっけん》の塊みたいなものよ。役立たずな設備ばっかり。女子行員のほとんどは暗算すらできないに決まってるわ」

「で、ノイ母娘は？」

「クレジットカードが使えなかったらしいの。しかも、違う銀行だった。ここの銀行から彼女たちの銀行に電話して確認を取ってもらえばよかったんだろうけど、ふたりは用心深くて、現実の生活に結びつくものとの接触は避けたいんじゃないかしらね。二、三本の電話が追跡されて、いきなり数機のヘリコプターが轟音を立ててパックナム・ランスワン自治体上空に降下し、黒服の男たちが黒いパラセールで飛んでくる」

「どうして銀行員がママに電話してきたの？」

「あたしがふたりの知り合いで、彼女たちのカードの保証人になるか確かめるため」

「ちょっと待って！　ふたりはどうやってパックナムまで行ったの？　車は車庫にあったわ」

「それはそれでまた話があるの。ふたりが飲料水のトラックの荷台に乗って銀行の前に来るところを、ボウンが見たんですって」

「うちにミネラルウォーターを届けにくる配達員の？」

「そう、スパチャイよ」

「じゃあ、ふたりは本気で逃げようとしたのね」

「うちの勘定を踏み倒すつもりだったんだわ」

「ママ、あのふたりが置いていった内金は、アーニーがロースクールを卒業できるほど多額だったのよ。違う、お金の問題じゃない。もうここが安全じゃないと不安になったんだわ」

「あの屋外トイレのせいかしら？」

ワシントンDCでのノイの奇妙な大学生活についてママには話していなかった。

「わたしたちを信用してくれなかったのね」

「それも仕方ないんじゃないかしら」とママが言った。「あたしも自分たちを信用してないもの」

「ま、今となってはどうでもいいことね。あのふたりはどこかへ行っちゃったんだから」

「そんなことないわ」

「どうして？」

「保証人になることを断わったから」

「本当に？」

母はみごとないたずらをやってのけたみたいに、にやりと笑った。

「でも、どうしてなの、ママ？」

「あの人たちは間違いなく何かのトラブルをかかえてる。見境がなくなるほど必死だったからこそ、あんなに立派な車を置き去りにして、この雨のなかをペットボトルの山に紛れこんで逃げた。しかも、世間知らずだから、ランスワン町行きの地元の運搬トラックにクレジットカードで代金を払えると思ってしまった。まったく！　今ごろ、ウィシットがどんな顔をしているか目に見えるわ」

「運転手のこと？」

「あれほど素敵な母娘をこんな窮地に追いこんだ世の中へ送りだせるというの？　どす黒い場所へ。光も何もないところへ。いいえ。彼女たちに必要なのは、出口ではなく協力者よ。ボウンに頼んで電話をお母さんにまわしてもらって、少しおしゃべりしたわ」

「で、ふたりは今どこに？」

「こっちへ引き返してるところよ。郵便局のナットに郵便物と一緒に運んできてと頼んだの」

「ママはパックナムの住人全員の名前を知ってるの？」

「バカ言わないで」

「ふたりがおとなしくここへ来ると本当に思う？」

「お金がまったくないと、この世は恐ろしいところになるものよ。バングラデシュの貧しい人たちに訊いてごらんなさい。特に雨が降っているときは厳しいわ」

「ナットは車を持ってるの？」

「サイドカー付きのバイク。母か娘かどちらかは郵便袋を背中にしょって後ろに乗らなきゃいけないでしょうけど」

ノイ母娘がわたしたちのもとから逃げようと決めたことは悲しくてたまらなかった。ある程度の信頼関係が築けたものと思っていたのに。

「ふたりとも、ずぶ濡れで帰ってくるでしょう」とママが言った。「温かくておいしい昼食を作ってあげたらどう？　朝食のあとは何も食べていないだろうから」

こういう人だ。わたしの母は。思考がまっすぐ思いやりの心へと流れこんでいくらしい。前者が縮むと後者がふくれあがる。あるいは、母は昔からずっとこういう人で、自分のことばかり考えているわたしが気づかなかっただけかもしれない。わたしが母の首に抱きつき、甘い香水のにおいを嗅ぐと、母は驚いたようだ。腕に抱いている子犬がうなった。

「ところで、ビールという名前にしたわ」とわたしは言った。「この犬」

「なんて愛らしい名前なの。泡が弾けるみたいに生き生きしてるわ」母が微笑んだ。

歓迎にふさわしい温かい料理の準備を台所でしながら、ハンズフリー状態にした携帯でシシーに電話をかけようとしていた。一度に複数の仕事をするたびに『ミスター・ビーン』が思い浮かぶ。実際、たったふたつのことを同時にこなすだけで双方をつなぐ思いがけない組み合わせが必ず起きるのだ。シシーへの発信が通じる前に電話が鳴り、わたしはディスプレイを見ようともしなかった。

「メッセージはほどほどにしてね」とわたしは言った。

「堅実なアドバイスだわ」

「チョムプーなの？」

「生きてて驚いた？」

「うれしいに決まってるじゃないの。で、どうなったの？」

「あんたがとんずらした。そういうこと」

「冷静なる撤退よ。とっさの思いつきだけど、あの行動がわたしたちふたりのためになると判断したの。直感だった。ねえ、もったいつけないで。あなたのジャケットがキャビネットの引き出しになぜはさまったのか、あなたならうっとりするような言い訳を考えだしたはず。頭が切れる人だものね」

「あたしのジャケットじゃなかったの」

「ほらね。あなたじゃなきゃ考えつかないわ」

「違うってば。本当にあれはあたしのジャケットじゃなかったのよ。あんたとエッグが出ていって一分もしなかったわ。キャビネットを手際よくこじ開けて、こっそり引き出しの中身をあさっていたとき、背後でドアの取っ手がきしむ音が聞こえた。あたし、仰天して振り返ったわよ。エッグの拳銃があたしの頭を狙ってるんじゃないかと思って体が震えたわ。でも、そこにいたのはトート巡査長で、地域の所轄署の会計を一手に扱ってる男だったの。この巡査長はいつもハードスケジュールでね、なにしろ、ナマズの養殖場に多くの時間を取られてるから。各署員が現場から戻って経費の伝票を出すまでいちいち待っていられないので、彼には施錠したキャビネットすべてを開ける権利があるの。彼が署に来ると内勤の巡査から大量の鍵を受け取る。エッグのタイムシートはファイルのなかにあった。あたしは関係がありそうな書類を抜き取ってコピー室に行き、戻ってきたらまだ巡査長は仕事中だった。あたしは元のファイルをキャビネットに片づけ、コピーした書類は〈ノックエア〉（タイの格安航空）のベビーブルーのバックパックにそっとしまいこんだ。口実は大成功！　あたしのボーイッシュな顔に満足そうな表情まで浮かべる余裕があったわ。で、このときに巡査長がジャケットを引き出しにはさんじゃったのよ。経費のファイルを戻して引き出しを勢いよく閉めたらジャケットのファスナーが隙間に食いこんじゃってさ。彼は施錠すらしてなかったのに。力いっぱい引っ張ったりあれこれやったんだけど、どうしてもはずれなかった。あたしにとっては状況的に最高だったわ。あのままずっと引っ張っててくれればよかったんだけど。でも、『いかにも警察が喜んで支給しそうな安っぽい派手な代物』と言いきってジャケットをそのまま残して帰っちゃったのよ。その直後にエッグが戻ってきて、あんたは逃げた」

「わたしはてっきり……」

「あたしがクルーゾー警部みたいに濡れ衣を着せられたと思った？」

「じゃあ、手に入れたのね？」

「ファイルのこと？　そりゃ、もちろんよ」

「で、ファスナーが食いこんではずれなかったっていう話、エッグは信じたの？」

「当然。あんたは信じないの？」

「あら、わたしだって……ちょっと待って！　じゃあ、それ、本当の話なの？」

「どっちだっていいじゃない」

「だからこそ、わたしはあなたが大好きなのよ、中尉」

「あぁ、あんたがニュージーランドのラグビー選手だったらよかったのに。ファイル、そっちへ持っていったほうがいい？」

「いえ、まずあなたが目を通してちょうだい。何か疑わしい点があれば、それを見抜けるのはあなたですものね」

「わかったわ」

「チョムプー、あなたってすばらしいわ」

「今ごろ気づいたの？」

もう一件の電話が待っていた。シシーはクラス名簿を手に入れ、Eメールでわたしに送信中だという。ソウル行きの便はすでに一時間遅れていた。黄シャツ組のスポークスマンの声明によれば、これは彼らが空港を制圧するあいだの一時的な措置だという。

「その辺の服屋が受け持つ管制塔にはたして信頼性があるのかしらね」とシシーが言った。彼女の言い分はもっともだし、〝すべてうまくいくわよ〟という言葉も使い果たして在庫がなかった。

「乗客として騒ぎでも起こしたらどう？」

「その必要はないわ。デモ隊は警察からの攻撃は受けなかったけど、不満たらたらな乗客全員から高射砲並みの罵声を浴びてるわよ。反政府グループの結束ぶりを確かめるには、怒りっぽい外国人で満杯になった空港がいちばんね。楽しいわ。イギリスのダーツプレイヤーの一団が気の毒な男爵夫人のおっぱいを指でつついてるところを鑑賞中」

「姉さん、ずいぶん冷静なのね」

「運命には逆らえないのよ、ジム。どうにもならないときは、ゆったりすわってショーを楽しむしかないの」

「ねえ、シシー、今はネットにアクセスできないのよ。もし出発まで少し時間があるなら、ひょっとして……」

「もう始めてるわよ。名簿にはタイ人の名前が八人分あるわ。奨学生か何かみたい。これまでのところ、すべての名簿に載っている名前はひとつだけ。チャトゥラポーンという人物。男よ。ただし、これは初期のころの名簿だわね。それから、リサーチの時間は無限にありそうよ。今しがたピンポン台が運びこまれたわ。この連中、気味が悪いほど用意周到だわね」

「もしどうしても飛行機が出なかったら、いつでもこっちに来てちょっとした休日を楽しめばいいわ」

「膝までゴミで埋まった悪臭のひどいビーチを歩いて死体の一部につまずくの？　気の利いた旅行プランだわね。〈クラブ・メッド〉はどうして採用しないのかしら？」

「断わってもべつにかまわないのよ」

「そうね、悪いけど。そこまでたどりつけそうにないし。それに、ここにいるとタイの歴史の一部に巻きこまれてる感じがするの。孫たちに語り継ぐような体験ってやつね」

「とにかく、トラブルにあわないように気をつけてね」

「とんでもない。あたしは孤独な引きこもり生活から外へ出たばかりなのよ。できるかぎりたくさんのトラブルに首を突っこんでやるつもりなの。首相府の占拠中に出会って恋に落ち、結婚したカップルが何組もいたらしい。考えてもみてよ。周囲にはここから逃げだせない男たちがこんなに大勢いるのよ。数週間もすればあたしの魅力が彼らにもわかりはじめるかもしれないわ」

「なんだか、韓国には関心がなくなっちゃったみたいね」

「関心？　もちろん、あるわよ。でもね、このほうがもっといい結果になるかも。ガラパーティーに海外から招かれた主賓が空港を占拠した決死のテロリスト集団の捕虜になってしまった。きっとあたしのために蠟燭《ろうそく》を灯してくれるでしょう。自己欺瞞《ぎまん》の犠牲になった殉教者としてね。キムチのブランドにあたしの名前がつく。最後にはソウル市の鍵を授与されるわ」

「もし命を落とさなければね」

「ここで命を落とす唯一の可能性は、大混雑の女子トイレで圧死することかしら」

「それなら姉さんのフライトがキャンセルになることを願ってるわ」

「ありがと。じゃね」

キャッチホンが相次いだのはマプラーオに引っ越して以来、初めてのことだった。かつての忙しい日々をなつかしく思いだす。待っていたのはアウンだった。抗鬱剤の副作用が消える前にわたしと男女の仲になる決意をしたのだろうか、と思った。

「もしもし、アウン？」

「本当に力を貸してくれるつもりなのかい？」

「もちろん」

「シュエだ。彼が拉致された」

アウンの住まいの狭い居間で、わたしはジャーお祖父ちゃん、アーニー、ウェーウ元警察大尉とともにすわっていた。自分の家に大勢のタイ人が集まったためにアウンは気詰まりな様子だった。入り口に勢ぞろいしたわたしたちを見て彼はあやうく裏口から逃げようとした。「アウン、わたしよ」と大声で呼びかけた。「みんな、わたしの家族なの。力になるために来たのよ」

床の敷物にわたしたち全員が腰をおろすと、形がばらばらの六個の器で生ぬるい湯を出したアウンの妻オーは、すべてをわたしたちに任せた。女が関わるべき事柄ではない、とはわたしは思わない。ふたりの言葉は理解できなかったが、それでも彼女の動揺は充分に伝わってくる。わたしたちが帰ったとたんに彼女が中華鍋で夫を殴りつける予感がした。オーは五人の子供の母であり、シャム人を呼んだ夫の決断は危険を招くことになるのだから。

「それで、何があったの？」わたしはアウンに尋ねた。

またもやアウンは緊張した眼差しをジャーお祖父ちゃんに向けた。祖父はこの家に来てからまだ口を開いていない。祖父を紹介するときに元警察官だということは伏せたので、おそらくそういうにおいが染みこんでいるにちがいない。

「一時ごろだった」とアウンが話しはじめた。「シュエは宿舎に帰るところでね。雨がやまなかったので、干物工場ではやることがなかった。果樹園沿いの道をひとりで歩いていたとき、警察のピックアップトラックが止まった。こういうことにシュエは慣れてる。立ち止まってワイをした。おれたちがワイをして挨拶すれば警察は喜ぶから。そして、彼は身分証を出そうとした。すると、警官のひとりが銃を抜いたので、シュエはひざまずいて両手を頭の後ろで組んだ。おれたちは……」

アウンがジャーお祖父ちゃんを見た。

「警察の言いなりになるしかないと身をもって学んでるから。いつもなら、そうやっておれたちが負け犬だと思い知らされるだけだ。でも、今回、警察はシュエを車の後ろに押しこんで、身分証の確認すらしなかった。そして、走り去った。出入国管理事務所のある西のラノーン県ではなく、沿岸道路を北のサウィーに向かった。そこで彼をピックアップトラックから引きずりだし、ボディチェックをしてからほかの六人のミャンマー人と一緒にコンクリート製の倉庫に監禁した。誰もタイ語を話せないので、なぜ逮捕されたのか理由がわからなかった。なにしろ、七人のうち五人は正規の労働許可証もあるし身元保証人もいるんだからね。シュエと同様、彼らも真っ昼間に通りで拉致されたんだ。これは例の奴隷労働の噂に関係があるとシュエは確信した」

「あなたはどうしてそこまで詳しく知ることができたの？」とわたしは尋ねた。

「シュエはふくらはぎに携帯をテープで留めていたんだよ。地元の警官に携帯電話を何度も没収されてうんざりしてたからね。ボディチェックではたいていふくらはぎまで調べない。そんなわけで、彼は携帯を持っていたんだ。おれに電話してきて、事情を話してくれたよ」

「で、彼は今もまだサウィーにいるのかね？」ウェーウ元警察大尉が訊いた。

「ええ」とアウンが答えた。

「彼らが監禁されている場所を特定するだけの情報は？」

「いいえ。監禁されているひとりによれば、どの地区かはわかるそうです。彼女はそこに住んでいたことがあるので。ただ、正確な位置まではわかりません」

「女性もいるの？」とわたし。

「そのグループにはふたり」

わたしは理由を尋ねたかったが、答えを知るのが恐ろしかった。

「まだ連絡はつくのかしら？」

アウンがかぶりを振った。

「それが問題でね。シュエの携帯はバッテリーが切れかかってる。ずっと停電だったから充電する機会がなかったんだ。よくわからないが……たぶん、あと数分ぐらいしか保たないだろう。だから、電源を切って、正確な場所がわかったら連絡をくれと言ったんだ」

「それは賢明だな」祖父がいきなり口を開いたので全員が驚いた。

「しかし、そうなると、われわれはただじっとすわって待つしかない」とウェーウ。

「そのとおりだ」祖父もうなずいた。「だが、それからどうする？　正確な監禁場所がわかったとしても、そこへ行って襲撃するのか？　おれたちで？」

アウンの顔に絶望の色がありありと浮かんでいた。彼はさんざん恐怖を味わってきたのだ。

わたしたちでいったい何ができるというのか？　通報するにもどこへ？　わたしは彼を失望させていると感じた。

「ピックアップトラックにはふたりの警官がいたとシュエは言ったの？」わたしはアウンに尋ねた。

「ああ」

「そのふたりの特徴については？」

「そんなことまで気がまわらなかった。携帯で話せる時間は数分しかなかったし」

「そうだわね」

しかし、ほかにも関与している警察官がいるということなのだ。エッグひとりではなかった。シュエの拉致が一時に起きたのであれば、エッグはその車にはいない。彼はわたしと一緒に会議室にいたのだ。パックナム署そのものが関わっているのだろうか、とわたしは思いはじめた。それに、うちの店に手榴弾が投げこまれる数秒前にマプラーオを通りすぎる警察車両を見たと、誰がわざわざ口にするだろうか、とも思った。これはわたしたち対警察という構図なのか？

アウンはシュエから連絡があったらすぐに電話すると約束した。それがあまり早くないことをわたしたちは秘《ひそ》かに願った。なにしろ、こんな事態に対処するだけの準備がまだ整っていないのだから。

10

わたしたちはパックナムまで来ていたのでインターネットカフェに寄ることにした。時間帯としては最悪だった。〝ゼルダ〟の戦士やカージャックのネットゲーム、大きな目の日本娘の検索に夢中の若者たちで店内はごった返していた。何かしらの策略が必要だし、わたしが率いる特別部隊にも訓練が必要だ。まずジャーお祖父ちゃんがリーダー格の猟犬みたいに踏みこみ、身分証をすばやく見せて一瞬のうちにポケットにしまったので、それがスーパーマーケット〈ロータス〉のディスカウントカードだとは誰も気づかなかった。アーニーとウェーウが祖父の背後を固め、強制捜査の雰囲気は完璧だった。

「さあ、全員、コンピューターから離れろ」と祖父が言った。

椅子の脚が床をこすり、ティーンエージャーたちが立ちあがった。

「ちょっと、あんたたちは……」店長が口を開いた。

「おい、警告が聞こえなかったのか?」と言いつつ、祖父は若い男のデスクにある書類を荒っぽくつかんで目を通した。ウェーウは十代の客たちを壁に向かって立たせはじめた。アーニーは……脅しの利く外見ながらも落ちつきがなかった。

「この手の店で何が行なわれているか警察が監視していないとでも思ったか？」と祖父が凄んだ。「この場所からアクセスされた違法サイトのリストを見たいか？　猥褻《わいせつ》および過激派のホームページの閲覧を未成年者には許可しない法律が施行されていることを知らないのか？」

「そんな……」と店長。

「ああ、おまえさんは知らないんだな。しかし、いくら知らないと押しとおしても刑務所送りはまぬがれないんだぞ。さあ、みんな、外へ出るんだ」

祖父は公的機関の職員であることをいっさい名乗っていないが、しかし、彼にはそれだけの存在感があった。全員がぞろぞろと店から出ていくすきにわたしは店内に入りこみ、すでにネットにつながっていたコンピューターを占拠した。

早速、わたしはメールを書いた。〈アルブ、ミャンマー人に協力するＮＧＯで、政治的経済的に強い影響力がある団体を知りたいの。海外から資金を集めているところだとなおいいわ。緊急なの。よろしく〉

返事を待つあいだに、シシーから送られたクラス名簿を共有プリンターで印刷した。何げなく名簿を見ていたとき、名前のなかに奇妙なものがあることに気づいた。たいていは名前のあとに男を表わす〝m〟か女を表わす〝f〟が付いて性別を明らかにしている。ノイに関する全名簿でシシーがめざとく見つけたチャトゥラポーンは、第一学期は男として登録されていた。だが、第二学期やその後の学期では女に変わっているのだ。ミスター・チャトゥラポーンが性別適合手術を受けて女性を選んだとしても、わが家の例を考えれば不思議でもなんでもないが、世界に名だたる性転換のクリニックがある国を離れ、ワシントンに行ってちょん切るというのは信じがたい。単なる事務手続きのミスかもしれないが、この件はあとでシシーに追跡調査をしてもらえばいい。タイランド湾の天気予報を見ていたとき、アルブから返信が届いた。

〈〝ミャンマーに希望を〟という団体のパイパー・ポーターフィールドに連絡してみろ。彼女は投資家で慈善家のジョージ・ソロスとずっと男女の関係らしい。ミャンマー人のために多額の援助金をまいてる。いいおっぱいも持ってるしな〉

まったく男というやつは。彼らに希望はあるのか？　幸いにも、アルブはブラジャーのサイズではなく彼女の電話番号を教えてくれていた。早速、わたしは電話した。ほとんど間髪を入れずに彼女が電話口に出た。

「パイパーです」

わたしは自己紹介や自分の所在、ここで起きていることを伝えた。彼女がタイ語を理解できるかどうかわからなかったので、発音があやしい英語で話した。この間、ずっと応答がなかったので、彼女は受話器をデスクに置いたまま夕食にでかけたのではないかと思った。しかし、それでもわたしは話しつづけ、サウィーに拉致監禁された七人のミャンマー人のことまで一気に伝えた。

「すみません、聞こえてますか？」とわたしは尋ねた。

短い間《ま》とキーボードをたたくような音。

「たった七人？」と彼女が言った。

無言でいてくれたほうがよかったと思う。

「ええ」

「雑魚《ざこ》みたいに少ない数ね」

彼女の英語はダイアナ元皇太子妃のアクセントに似ていた。

「その雑魚の数を増やすには、どれだけの人が拉致され、殺されなければいけないんですか？」とわたしは問いただした。

「毎年、何千人ものミャンマー人が行方不明になってるんですよ」とパイパーは答えた。

「難民はタイの収容所に行き着くまでに軍事政権によって抹殺されます。子供たちは建設現場のスラム街からさらわれる。それに、ほかにも大勢の人びとが。あなたのような通報は毎日届きます。もちろん、あなたの状況も悲惨であることになんら変わりはないけれど、でも、その件を解決するために資金を投じたところでまったく引き合わないでしょう」

彼女の率直さに感心すべきか、あまりにも率直すぎて彼女を憎むべきか、わたしにはわからなかった。

「つまり、人びとの命を守ることよりも見返りのほうが重要ということですね」

「ええ、そうなの、ごめんなさい。わたしのような仕事をしていると、人の死は平凡になりがちでね。それが役に立つんです。つまり、この場合の見返りというのは、国際世論を動かすために役立つ要因のことです。ミャンマーには独裁者の手から守るべき天然資源があるわけではないので、社会的に強い怒りをゆっくりと作りだしながら国際的な介入を期待するしかないんです。政治的支援が得られれば、忘れられがちな南部で小規模な治安維持活動をするよりも、もっと多くの命を救うことができるかもしれません」

「こういう事態に対処するための予算をお持ちだと思っていましたが」

「予算はあります。でも、わたしたちの方向性はこうした状況を最大限まで高めることです。世間の関心を集め、国際的な人権問題に発展させること。できるかぎり多くの人びとの心に訴える。以前、海難救助をしたことがありますが、あまりに限られた事案で、しかも、ごく短時間で解決してしまったので、海外のマスコミにはほとんど取りあげられなかった。費用をかけたわりには実りのない失敗でした」

ほんの数秒ばかり、わたしはショックで呆然とした。やがて、気を取り直して質問した。

「タイ警察庁にはあなたがたに協力する担当部署があるんですか?」

「もちろん。タイの国際日雇い労働者部局に資金を提供しています」

それだけのお金があればもっと人目を引く名称ぐらい思いつきそうなものなのに。

「で、その部局とやらは何をしてるんですか?」

「マスコミに情報を配信してます。警察のデータバンクから関連性のある報告書を収集するんです」

「そこに銃器を携帯する人は?」

「何が言いたいんですか？　全員が正規の警察官なんですよ」

「つまり、彼らがオフィスから外に出て人に向かって発砲するか、ということです」

「まさか……発砲なんて、とんでもない。ケースワーク担当部署の警官たちですから」

「でも、大衆の怒りが大規模なものに発展した場合、彼らにも招集がかかりますよね。世間の注目を浴び、世界の関心の的になるのであれば、現場へ出動できる」

「ええ、まあ……そうですね」

「よかった。それなら、この会話は完全な時間の浪費ということにはなりません。またご連絡します」

携帯電話の厄介な点は、力任せに電話を切ると自分の顎を折ってしまうことだ。組織というのは、規模が大きくなればなるほど現場の人間との関わりが薄れるようだ。国連の話をしだしたらきりがない。わたしに必要なのは高性能な武器を買うための数千ドルで、あとは自分たちでやればいい。奴隷船を吹き飛ばしてタイランド湾から追い払う。しかし、これは無理だ。あんな能なしの女には荷が重すぎて年次報告書にまとめることすらできないだろう。

わたしは印刷した書類と家族とウェーウ元警察大尉をかき集め、通りに群がるネットオタクどもを置き去りにしてピックアップトラックに引き返した。戦術としてわたしたちは独力でやるしかないのだが、今はこの知らせをわが特別部隊に伝えたくはなかった。途方もなく孤独な気分だった。断念したほうがいいと急に思えてきた。小雨が降るなかを祖父がゆっくりと家まで車を走らせている。わたしは車内の仲間たちに目をやった。アーニーは恋人を感動させたくて参加した。祖父とウェーウはごろつきふたりに仕返しがしたくて加わった。ミャンマー人にとりわけ好意を持つ者はひとりもいない。バイアグラの影響がすっかり消えてしまえば、わたしも個人的な関心を失うのではないか、と思う。では、いったいなんなのだろう？　なぜ自殺行為とも言うべき衝動を振り切れないのか？　わたしの側の窓に雨が染みをつけ、その模様をじっと見つめた。ネズミ兄弟の横柄な態度やゲイ嫌いで弱い者いじめのエッグ中尉が浮かびあがり、なぜ自分が犯罪報道記者になったのか思い返した。悪党が不正を働き、警官も不正を働くなら、腐敗したこの世に正義をもたらす者が残っているのか？誰を尊敬すればいい？　優柔不断な若者の良心に訴えかける心の声はどこにある？　汚職や不正や身勝手という言葉は必ずしもひらめきを与えてくれるものではないと誰が説得するのか？　マスコミのほかに誰が？　だからこそわたしはジャーナリストになったのだし、だからこそ犯罪記事を書くようになった。この脆弱《ぜいじゃく》な体制を立て直すために。犯罪の規模が大きければ大きいほど逮捕の可能性が低くなるという見方に異議を唱えるために。

人身売買や迫りくる処刑の被害者たちを、救出に飛んでくるヒーローがいないまま孤立させておくべきではない。しかし、はるか海上では、犯罪の目撃者はカモメとエビしかいないのだ。広大な無法地帯。必ずや犯罪者は無敵の快感に酔いしれることだろう。何をしようと誰が気にかける？

いいえ、わたしが気にかけるわ。

マイティXの車内で道義的な尊厳が爆発したことに誰も気づかなかったと思う。今こそチームスピリットを喚起する頃合いだと感じた。

「さあ、みんな。本気になりましょう。これからどうすべきかしら？」

　わたしは年寄りふたりが午後に行なった捜査活動をすっかり忘れていた。ふたりは何も口にしていないので、タイの船主たちの聞き込みでは成果がなかったのだろうと思った。そのため、ウェーウ元大尉が口もとを引きつらせて話しだしたときには驚いた。

「共通の意見としては、こういった違法行為を働いているのはバンコクの船だそうだ。去年、上院の布告だかなんだかで新しい許認可が二件、唐突に加わったらしい。つまり、契約数を限定する漁業局との長年にわたる協定があるにもかかわらず、時折、有力者がこっちの甥っ子だのあっちのいとこだのに取引を許可するわけだ。その連中が大型船を借りてタイランド湾のはるか沖合に出ていく。そして、次の選挙までにできるかぎり多くの利益を獲得する。で、選挙のあとは次の大臣によって契約が破棄され、今度はその大臣の親族が新たに引き継いで稼ぎまくる、という仕組みなのさ」

「名前がわかった船はある？」とわたしは訊いた。

「情報提供者はそこまで詳しいことは知らなかったので、漁業局に電話してみた。過去一年あまりのあいだに新しく登録された全船舶のリストをファックスで送ってくれることになった。よそ者がやってきて、禁漁区の標識をいっさい無視し、曳き網を使って若いサンゴまで傷つけ、ろくでもないことばかりやらかすので、地元のトロール船の持ち主たちは反感をあらわにしてる。この南部出身の大型船の船長らは妙な規則を破ることに反対してはいないが、乱獲で漁業界が被った不利益を経験してるから、身をもって学んでるんだな」

「これはばかげた質問かもしれないけど、海を取り締まる公的機関はないのかしら？」

「沿岸警備隊について何もかも話してくれた年寄りの船乗りを見つけたぞ」と祖父が言った。

「ただし、そいつは郵便警備隊と呼んでたがな。なにしろ、二千平方キロの海域を二艘の船で取り締まってるんだそうだ。しかも、燃料代の予算が少ないから寄付金に頼ってるんだと」

「まさか大型船の船主からじゃないでしょうね？」

「当たりだ」

「じゃあ、大型船を追えないなら警備隊は何をするの？」

「浅瀬を動きまわって小型船の漁師たちを困らせてるらしい。つまらない違反行為に罰金を科したりしてな」

「一方、大型船はなんの罰も受けずに堂々と法を破っている」とウェーウが言った。

「なんだかさぁ……よくわからないけど……おれたちにはでかすぎる話に思える」とアーニーが言った。悲観論のチャンスを決して見逃さないところがいかにも弟らしい。

「可能だと思う」わたしは言った。

「どうやって？」祖父は運転しているにもかかわらず、わたしのほうを振り向いてジャーお祖父ちゃん特有の目つきで長すぎるほどにらみつけた。

マイティXは後部座席などないようなものだ。〝四人乗り〟という表現はセールスポイントにすぎなかった。なにしろ窮屈で、後ろに乗ると前の座席に両脚を巻きつけなければならない。アーニーひとりで車内の半分を占拠しているため、わたしたちはこの狭い空間で密着し合った四人組となった。自信の欠如が嗅ぎ取れるほどに。

「まだどうするかはわからない。でも、方法はあるにちがいないわ」とわたしは言った。

リゾートホテルに戻ったとき、海は多少は退いていたが、ホテル裏手の小川は今や新メコン川と言ってもいいほど川幅が広くなり、外輪船が航行できそうなありさまだった。わずかに橋の両側の側壁が水面の上に見える程度だ。百年前ならこれだけの水も海までスムーズに流れていったのだが、愚かな先人たちが景観を求めて建築物を造り、海を埋め立て、丘陵から流出する水は、舗道やヤシ農園、個人宅の地下を通る口径九十センチの排水管しか逃げ道がなくなった。モンスーンの水はこんな状況に忍耐は示さない。急いでいるとなれば……。

ホテルから五十メートル離れた道路上のこぶに車が駐まると、わたしは水を跳ね散らしながら台所へと急いだ。もちろん、夕食当番のためだ。干潮時なので、食品庫からコンロまで水中を歩く必要はなかった。一日じゅう停電だったため、明かりの消えた冷蔵庫のなかでいちばんにおいがよかった材料でメニューを決めた。どうにか腐敗の一歩手前で間に合った。今日は一日忙しかったせいでノイ母娘が郵便配達のバイクでホテルに戻ったときにはわたしは不在だった。車からママに電話したところ、ふたりともわずかな食事しか取らず、ホテルから逃亡しようとしたことを後悔していたという。そこで、ふたりのために栄養豊かで、なおかつ、歓迎を表わす夕食を作ることにした。幸い、ガスは大自然の気まぐれの対象にはなっていなかった。得意のガイパットキン（鶏肉の生姜炒め）を作っている途中でシシーから電話が入った。

「そっちはどうなってるの？」とわたしは訊いた。

「あたし、ピンポン大会の準決勝まで勝ち残ってるのよ。この手の技って、体が覚えてるみたいね」

「何年もパソコンの前にすわりっぱなしで、筋肉が完全に萎縮してると思ってたけど」

「いつもながらあんたは古いわね。この半年、あたしはエアロバイクをやりながらパソコンに向かってたのよ。たぶん、五月以来、上海まで往復するくらいの距離は出してるわ。ソウルに向けて体を鍛えなきゃいけなかったから」

「退屈なの？」

「期待してたほど緊迫感があるわけじゃないわ」

「ソウル便はキャンセルになったの？」

「すべてのフライトがキャンセルになった」

「空港の外に出られる？」

「連中は黄シャツ組シャトルバスサービスを始めたわ。バンコクのどこへでも無料で運んでくれる」

「だったら、どうしてまだ空港にいるわけ？」

「バンコクのどこに行けっていうのよ？　ひどい街じゃないのさ」

「孫たちに語り聞かせるネタをまだ集めているところなのね」

「あたし、日記をつけてるのよ。今までのところ、わくわくするネタといったら、不満たらたらの乗客たちの荒っぽい行動や怒号、それに、あたしのピンポンの勝利ぐらいしかないの。尾ひれをつけなきゃいけないかもね」

「つまり、今はもう自由ってこと？」

「二十分後にまた試合があるわ。相手は荷物係。手首が強いのよ。それに、笑顔が素敵」

「わかった。ピンポンはどうでもいいわ。イラク戦争の取材報道を覚えてる？　砂漠の奥の奥まで入りこんだジャーナリスト。電波塔なんてどこにもない。でも、彼はパソコンを充電し、実況報道をやってのける。映像は不安定で、中継も途切れ途切れだけど、それでも彼は砂漠のまっただなかにいるのよ」

「あれからテクノロジーははるかに進歩してるわ」

「だから、たとえば、海のどまんなかでも生中継は可能かしら？」

「原理は同じよ。音声とデータの多重インターフェースでＢＧＡＮ（衛星電話サービス）のネットワークにつないで、無線ＬＡＮ接続ができればＯＫ」

「わかったわ。何を言ってるのかさっぱりわからないけど。とにかく、シリアルナンバーとかストックコードなんて必要ないの。その機械はどこで手に入る？」

「ただ録画するだけじゃだめなの？」

「ええ。ライブじゃないとね」

「それなら、多機能型マルチユーザー衛星電話が必要ね。〈セイン・アンド・セイン〉なら最高の……」

「わかった。どこで探せばいい？」

「電器屋に行って買おうったって無理よ。ランスワンの〈テスコ〉にも絶対にないわ。普通は注文しないとね。いつ必要なの？」

「明日。ひょっとしたら、もっと早いかも」

「またまた更年期と異性愛の鬱憤《うっぷん》で頭に血がのぼったみたいね。ほら、ゆっくり深呼吸して、いったい何を企んでるのかお姉さんにちゃんと話してごらんなさい」


夕食はバンコク出身の友人たちの部屋で取り、厚紙の容器に入ったチリ産赤ワインを添えた。大勢が押しかけてふたりを困惑させたくなかったので、家族には遠慮してもらうことにした。ここはわたしの腕の見せどころなのだ。窓ガラスにはまだパラパラと雨音が響き、石油ランプの揺れる光の下で、ノイ母娘からは本来の美しさが失われていた。停電でシャワーは浴びられないし、髪のブローもできず、今日一日の試練を洗い落として身ぎれいにすることもできない。氷河の最後の塊に二頭だけ残されたホッキョクグマのように、紛れもなく無力そのものに見えた。さぞかし空腹なのだろうが、ガイパットキンにはあまり手をつけなかった。わたしはひとりで三人分を食べているような気分だった。

もぐもぐと食べながらわたしは尋ねた。「で、ここからどこへ行くつもりだったの？」

　ふたりとも答えない。

「今日のちょっとした騒ぎがどれほど無礼な行為だったか、わかってもらえるわよね？　わたしたちを信頼しないならもう少し早くそうすべきだった。こっちだって密告するつもりでいたなら、とっくの昔にふたりとも逮捕されていたでしょうからね」

「それが理由じゃないの」とノイが言った。「信頼していたわ。今もあなたがたを信頼している。愛情さえ感じているわ。ここにいると安心感がある。出ていきたくなかった」

「じゃあ……どうして？」

「皆さんのことが心配だったからです」と母ノイが答えた。「もしも連中に見つかったとき、あなたがたがわたしたちをかくまっていたせいで巻き添えの被害にあうのが恐ろしかった」

　この〝連中〟とは何者なのか、知りたくてたまらなかったが、わたしはすでにすべての状況を把握していることになっている。今さら知らないと認めればふたりは固く口を閉ざしてしまうだろう。

「彼らはあなたたちが考えるほど強大ではないわ」わたしは憶測だけで答えた。

「どうしてあなたにわかるの？」母ノイが言った。

　いい質問だ。

「つまり、力というのは錯覚だから。強そうにふるまう人はほとんどが……単に演技をしているだけなのよ」

「あの人たちは違う。連中は人を使ってわたしたちを捜索しているの。プロを雇ってる」

「なぜそこまではっきりと断言できるの？」

「それが権力者のやり口だからよ。顔をつぶされたら、きちんと〝修正〟したことを仲間内に示さねばならない。そうしないと弱みを見せたことになるから」

「じゃあ、逃げ隠れすることで問題の解決になると思ってるの？　いったいいつ終わるの？」

「誰かが死んだとき」ノイが冷静な口調で言った。

三人とも料理を口にしていなかった。

「まさか、そんな……」

「ええ。彼らの狙いはわかってる。わたしがそれを拒めば殺すしかないでしょうね」

アメリカで何があったにせよ、それは故国にまでつきまとい、ふたりの心に大きな傷を残しているのだ。

「もう連中からメッセージは届いているのよ」と母ノイが言った。

「どんな？」

「家に猫を二匹、置いてきたの。逃げる前に、猫を隣人に預けた。そうすれば安全だと思ったから。でも……何者かが隣人宅に押し入ってうちの猫を殺したのよ」

「なんですって？　でも、たまたまそういうおかしなやつにやられた可能性もあるでしょう」

喜んで猫を虐待する人間がちまたにはあふれているのだ。

「お隣りでも三匹の猫を飼っているの。その三匹は無傷だった。翌日、猫殺しを捜査中の地元警官と名乗る男たちが現われた。でも、隣人はうちの猫が殺されたことをどこにも通報していなかったのよ。彼らは男たちに対してわたしたちのことは知らないと答えた。猫が餌をもらっていないことに気づいて家に入れただけだと言ってね。警官と名乗った連中は電話番号を教え、もしわたしたちから連絡があったら通報しろと言ったそうなの」

「どうしてそこまで知ってるの？」

「実はお隣りの人とは親しくてね。ご主人がうちの夫にメールで知らせてくれるの。会社からね」

「あなたのご主人はどこからメールするの？」

「インターネットカフェから」とノイが答えた。「わたしたち全員がノートパソコンを持っているけど、携帯電話端末でネットには接続しないようにお互い決めているの。携帯電話も使わない。二日に一度、公衆電話から父に連絡してるわ。ここでは路地の奥の公衆電話を使っていた。今は水中に沈んでるけど。ふだん、父に電話するのは固定電話の番号で、場所は……」

「シッ」と母ノイがさえぎり、すぐさま顔を赤らめた。

わたしは微笑んだ。

「ごめんなさいね」と彼女が言った。

「かまいませんよ」とわたしは答えた。

いったん猜疑《さいぎ》心に取り憑かれるとそれを制御するのはむずかしい。

「父、母、娘という組み合わせを連中が探していることはわかっていたので、わたしたちは別々の方向に逃げたの」とノイが言った。「母とわたしはハイウェイ41号線を南下した。ホアヒンから先はハイウェイの監視カメラを避けるために夜の裏道を走るようになった。ここみたいな小さなホテルを見つけては昼間に休息を取った。いったん車で通りすぎ、ナンバープレートをはずしてまた引き返す。詳しい登録情報を通報されたくなかったから。身分証の提示をしつこく求めない宿にしか泊まらなかった。ここに来たあの日、わたしたちは前夜からずっと運転しっぱなしだった。二軒のホテルに寄ったけど、どちらも市民権カードの詳細を書かなければならないところだった。地元の規則だということでね」

「なるほど、そして、今はこうしてうちのホテルにいる」とわたしは言った。「二度と今日みたいな愚かな真似はしないでもらいたいわ。さあ、思いだして。パックナムで人目を引くようなことはしなかった？」

「ええ」とノイが答えた。

「パックナムで何をしたのか、事細かに話してちょうだい」

「客を乗せるピックアップトラックを待っていたんだけど、手持ちの現金がないことに気づいたの。ガソリンが買えなかったので車も使えなかった。残っていた現金をここの部屋代としてすべてあなたのお母さまに渡してしまったから」

「クレジットカードかＡＴＭを最後に使った場所はどこ？」

「ホアヒンよ」

「四百キロは離れてるわね。となると、ホアヒンまで足取りを追われている可能性は充分に考えられるわ。銀行で記録をチェックする協力者さえいればいいわけだから。どちらにしても、あなたたちが南に向かっていることは容易に想像がついたでしょう。で、ホアヒンから先は？」

「すべて現金払い」

「食料とガソリンの代金を低く見積もりすぎたのよ」と母ノイが言った。「もっとたくさんのお金を持ってくるべきだった。マレーシアまで行けるだけのお金を。今日はＡＴＭを利用して、居場所をつきとめられる前にバスに乗ってしまいたかったんだけど」

「つまり、今日はＡＴＭを使おうとしたけど故障中だった。カードでキャッシングしようとしたけど、保証人が必要だと言われた。で、銀行からうちに電話があった。カード番号をメモしたり個人情報を尋ねる人はどこにもいなかった？」

「ええ」とノイが答えた。

「よかった」

「銀行ではね」

わたしは息を呑んだ。

「ほかの場所では？」

「実は、ここへ戻る車を待っているあいだにＥＭＳで手紙を送ったの」

「その料金はどうやって払ったの?」

「払ってないの。このホテルに財布を忘れたと郵便局長に話したわ。ここに着いてからあなたのお母さまにお金を借りた。いずれお返しします」

「送り主の欄に本名を書かなかったでしょうね」

「送り状のその部分は空欄のままにしておいたわ」

「よかった。郵便局でも追跡ができるから。だから、EMSは料金が高いわけだけど。いずれ停電が解消されれば送り状の詳細がコンピューターに打ちこまれるでしょう」

わたしにまで彼女たちの猜疑心が伝染《うつ》りつつあった。つまり、郵便局の速達便のデータに誰がハッキングするというのだ?

「差出人の住所をこのホテルにしてはいないわよね?」

「もちろん」とノイが言った。「郵便局気付にしたわ」

「あら、それはなかなかだわね」

「ママ」わたしは大声で呼んだ。自分の声すらろくに聞こえない。二十メートル先でショベルカーがうなりをあげ、氾濫した川から水を流すための溝を掘っているのだ。わたしの菜園が掘削場所として最適だと自治体が決定を下した。自分のキャビンのポーチでさまざまな生き物に囲まれているママは、古いディズニーのアニメに出てくる優しい貴婦人みたいだった。三匹の犬は母の寵愛《ちょうあい》を求めて組んずほぐれつ揉み合っている。スティッキーはビールをすぐさま気に入ったが、この子犬がひどい病気持ちであることに気づいていないようだ。無愛想なゴーゴーでさえママを巡る争いに加わっていた。籐《とう》細工のテーブルの上では猿が小さなバナナの皮をむきながらくつろいでいる。ポーチの床には気ままにぴょんぴょん跳びまわるヒキガエル。向かい側の手すりには大胆不敵な二羽のインコが落ちてくるバナナを待っているし、天井には一面にヤモリが貼りつき、電灯がつくのを期待している。石油ランプは雨にも負けずにたどりついた昆虫を引きつけ、片っ端から料理している。

「ママ！」

ゴーゴーがうなった。ほかの動物たちはわたしを無視した。

「あら、なんなの？」

「郵便局のお友達の電話番号を知らない？」

「ナットのこと？　もちろん、知ってるわよ」

「教えてくれないかしら？」

「携帯電話に登録してあるわ」

「携帯はどこにあるの？」

「プーケット」

「プーケット？」

「たぶん、そうでしょうね。バンペーにあるテナガザル保護センターに連絡したの。このエレインの写真を何枚か撮ったから、センターの人に見てもらいたくてね。この子を引き取ってくれるかどうか知りたくて」

「つまり、写真を見てもらうために携帯電話を封筒に入れて送ったということね」

「写真だけを送る方法があるんだろうけど、あたしにはさっぱりわからなかった。だから、プーケットのほうでうまくやってもらおうと思ったのよ」

「せめて電源ぐらいは切った？」

「携帯の？　もちろんよ。あたしがどうしようもない役立たずだと思ってるの？　携帯の電源の入れかたなんて、動物愛護活動家ならわかるでしょう」

ステイッキーがママの片足を相手に交尾していた。若犬のわりにはみごとな勃起ぶりだ。わたしは目をそらさずにはいられなかった。

「ママ、犬たちが興奮しすぎているみたいよ」

「そうね、誰かさんが夜の散歩に連れてってやらなかったからじゃないの？」

「ママ、いろいろあってわたしはちょっと動きが取れないのよ」

「わかったわ、いいのよ」

「コウ船長を見かけなかった？」

母の顔が引きつった。

「いいえ。見かけるわけがないでしょ？」

「彼に話したいことがあるの」

「あの人は絶対に何も言わないわ」

　まったく。風変わりというのは理解するにはむずかしい概念だ。わたし同様、母の学校や大学の仲間たちは母のことを好きだったと思う。おもしろくて親しみやすいが、風変わりすぎてのちのちまで続く友人グループには加われなかった。ジッマナット・ゲスワンは同窓生ネットワークには受けいれられなかった。共産主義者としてジャングルで過ごした年月を通してのけ者同士のつながりが生まれたが、いったん休戦の合意ができてしまうと仲間の多くは社会的地位を求めた。

　ママは地位だの世間体だのはまったく求めなかった。母のそういうところがわたしは大好きだった。母の喜び。タイの礼儀作法を完全に無視すること。人からどう思われようと気にしないこと。彼女はほかの母親たちとはあまりにも違っていた。ＰＴＡの集まりにはショートパンツにＴシャツ、ブーツという格好で現われた。ノーメイク。飾りっけなし。浅薄な気配りとは無縁。見せかけはいっさいなし。もし女性校長が何かばかばかしいことを言えば必ずママが手をあげる。実際、校長たちはくだらないことを言ったし、講堂にいる全員がそれを知っていた。ママの声は全員の考えの代弁だった。本当にあの手の総会でのママが好きでたまらなかった。風変わりな女の娘であることが少しも気にならなかった。わたしなら限界まで徹底的にやる。たとえば、わたしのトレードマークだった焦げ茶色のマニキュア。ほかの生徒がそんなことをすれば規律指導の女性教師の前へ引きずりだされるところだ。でも、わたしは違う。なにしろ、〝あの母の娘〟なのだから。わたしには忍耐が必要だった。おそらく、学校側はわたしの問題で教員会議を開いただろう。わたしはほとんどの科目で最優秀の成績だったので、この母と娘の関係が学業のじゃまにはならなかった。文化的な疑念を持つようになっただけだ。ママが中国人か、あるいは〝ファラン〟、すなわち、白人だったら、教員たちはあっさりとわたしに烙印《らくいん》を押したことだろう。これ見よがしの行為は外国人ならあたりまえだから。問題は、わたしがタイ人であり、両親もタイ人で、遠い遠い先祖までさかのぼってもタイ人だということだった。学校はわたしの不適応ぶりを母のせいにした。母もわたしも順応しなかった。わたしたちはそれぞれ思いどおりの道を進んだ。わたしは勉強という抑えがたい魅力にはまった。母は……今の状況へと至った。時折、この地球に戻ってわたしたちを訪ねてくるが、彼女にはもっと幸せな場所があるのだ。はたしてわたしもそこへ向かっているのだろうか、と思う。

エレインという名の猿がテーブルから移動し、母の髪をかき分けてノミ取りの真似事を始めた。

「部屋を借りたわ」とママが言った。

「なんのために？」

「ミャンマー人のための学校よ」

「ママ、うちにはそんな……」

「心配しないで。月にたったの百バーツだから」

「あら。トイレットペーパー三パックより安い家賃で借りられるなんて、どんな部屋なの？」

「そうね、部屋というよりスペースかしらね。桟橋にある製氷工場の奥の一角に、使っていない場所があるの」

わたしが以前に訪ねたあの工場だ。

「ちょっとやかましいんじゃないの？」

「手始めだもの。出だしが悪くても何もしないよりいいわ」

もちろん、そうとは言いきれないのだが。

停電から復旧していたとしてもテレビはそれほどおもしろくはなかっただろう。とにかく、わたしはベッドに寝転んでテレビを見つめていた。画面には床の蚊取り線香の小さな光が映っていた。窓の外は一面の闇。まさにわたしの目的にふさわしい真っさらな状態だった。

さて始めるとしよう。

ノイ母娘。アッパーミドルクラスの一家。父親は成功を収めたビジネスマン。母親は郊外にある大きな中学校の校長。娘は優秀だが、浮き沈みが激しい。アメリカに留学する奨学金を得た。落第をまぬがれるのがやっとのありさまだったが、最終学年の最後の試験で誰をも上まわる好成績を収める。だが、有頂天になるどころか、学位も受け取らずに逃げだし、ふたたびタイに姿を現わすと、今度は親子三人が逃亡を余儀なくされ、彼らを追うのは謎めいた〝連中〟。月並みな決まり文句を使うことに抵抗さえなければ、この時点で何かを見落としていると自分に言い聞かせるかもしれない。だから、言わない。明らかに何かを見落としているのだとしても。父親のギャンブルの負債と何か関係があるのではないか、と思った。

しかし、どうしてそれがアメリカのノイにまでつきまとうことになるのだろう？　ノイは学費を払うために本当に売春していたのだろうか？　もしそうなら、いきなり勉学と真剣に取り組み、たとえば、サウジアラビアの石油王とのデートをすっぽかしたのか？　とはいえ、ノイ母娘をはるばるタイまで追いかけるだけのネットワークを持った売春斡旋業者がＤＣにどれだけいるのだろう？　それに、途中で性別が変わった謎のボーイフレンドはどうなる？アメリカでトップクラスの大学の事務局がそんなにひどいへまをするものなのだろうか？

まずはそこから始めよう、とわたしは決断した。

わたしは充電機能付きハリケーンランプのスイッチを入れた。台湾製。日光に近い明るさを八時間保証。箱には、この〈シノマックス〉の明かりが輝く地下壕で作戦を練るサダム・フセインと将校たちの絵が描かれている。一瞬、感動するほど温かな光が室内を満たしたが、少しずつ弱まってすぐに薄闇となった。それでも、シシーがチェンマイからメールで送ってくれた書類のプリントアウトの束をめくるには充分だった。ジョージタウン大学関連のファイルがきちんと整理されていた。財務記録、履修登録、それに、わたしが探していたもの、すなわち、学生名簿だ。ノイの受講クラスのファイルすべてにチャトゥラポーンの名前があった。たしかに彼は学究生活をまず〝ミスター〟で始め、やがて第二学期には〝ミズ〟として再登場している。留学生が支払った学費の受領証のリストにたまたま目が留まらなかったら、これは謎のままに終わったことだろう。留学費用を見てしばしたじろいだ。地元の教育部がわたしを公立校のシドニー工科大学に送ったのも当然だ。財務記録に興奮材料はほとんどなかったが、一件のリストから興味深い発見がふたつあり、ぞくぞくする戦慄が膝まで走った。

第一は、当初、大学がミズ・チャトゥラポーンを男として分類した理由だ。彼らはタイ人に正しいスペリングはできないとはなから見下していたらしい。なるほど、その点は認めざるをえないのだが。しかし、チャトゥラポーンの学費の受領証はスペルミスとは関係なかった。名前はMR・チャトゥラポーンではなく、ML・チャトゥラポーンだった。職員が勝手に綴りを修正したのだろうが、タイで育った者ならスペルミスでないことは誰にでもわかる。このMLが重要な手がかりだった。

銀行振込の詳細から別のリストに移ろうとしたとき、驚くべき第二の情報が目に飛びこんできた。受領証によれば、ML・チャトゥラポーンはバンコク・バンク・コーポレーションを通じて保証金を受け取っていた。おかげでノイの留学資金は誰が出していたのか興味がわいた。だが、資金は思ってもいないところから提供されていた。送金元がまったく同じ口座だったのだ。ふたりの女性の銀行明細はまったく同じだった。予想外の相手から生まれて初めての絶頂感を味わったみたいに、目の前で星が炸裂した。わたしは叫びたかった。『チェンマイ・メール』に電話して、わたしは犯罪担当のすばらしい編集長になっていただろうと伝えたかった。しかし、もちろん、明らかになった事実を発表することはできない。でも、法を犯した者にこれを突きつけることはできる。

〈シノマックス〉がほそぼそと投げかける灰色のわずかな光を頼りにノイのキャビンまで行

った。真夜中のように感じられたが、携帯電話を見ると午後八時三十七分になったばかりだった。キャビンのカーテンの奥ではまだ蠟燭が灯っている。ノイたちがどんな犯罪に関与し、その背後に誰がいるのか、見当はついている。彼女たちが完全な被害者であることも認めずにはいられない。わたしはノックもしなかった。ノイ母娘はそれぞれのベッドにいて、蠟燭の光で読書をしていた。扇風機が動かないので、ふたりとも薄っぺらいネグリジェを着ている。だが、そんな華麗な姿に気を取られている場合ではない。わたしが訪ねても彼女たちに動揺した様子はまったくなかった。

「失礼」と言って、わたしは母ノイのベッドの端に腰をおろした。ふたりとも真相を知っているので、今夜のわたしの目的は自分の推論の正しさを確認することだろう。

「わたしの見るところ、こういう出来事だったと思うの」わたしは話しはじめた。「ある家族が留学中の長女の勉強友達としてオールAの優秀な学生を雇った。もちろん、あなたは社交術を見込まれて雇われたわけじゃない。留学先の大学でその新しい友達と一緒にすべてのクラスを受講するためよ。そうね、その友達の名前を……ご令嬢、とでも呼んでおきましょうか。教務課がそのご令嬢を第一学期には男として登録し、第二学期には女に変更したことには戸惑った。大学職員が犯すようなミスには思えなかったから。でも、われらがミズ・チャトゥラポーンは本当はMLと書くつもりだった。知ってのとおり、これは性別とは無関係。モムルワンの略称よ。つまり、ML・チャトゥラポーンは王族に連なる貴族階級の一員ということね。おそらく、父親はかなりの権力者なんじゃないかしら。当然、あなたがたはご存らはお父さまのギャンブルの負債をすべて肩代わりし、自宅の抵当権を抹消し、あなたがた全員を貧困の脅威から救った」

「ジム、そういうわけじゃ……」ノイが口をはさんだ。

「で、あなたの役割は、試験前か試験用紙を出すときに学生証を交換すること。大学在学中にずっと名前を取り替えていたとしても驚かないわ。顔の見分けなんてつかないもの。アジア人はみんな同じに見える。さてと、ここから先は、もし間違っていたら止めてちょうだいね。ご令嬢はやる気も何もないごく普通の学生だった。でも、家族は優秀な成績を期待した。昔からそういう方法でやってきたんでしょう。先祖たちの多くが同じルートを旅したんだわ。頭のいい勉強友達を連れて。リスクはない。娘は優秀な成績で卒業する。影のほうは最後に落第するか、もし運に恵まれれば悪い成績でかろうじて卒業。スポンサーは最終学期まで影を受講させようとはしないでしょう。それまでにご令嬢は単位を落としすぎてはいけないけどね。さもないと、影が大学にいられなくなるから。でも、最終学期になればもう影は必要なくなるので、本人もその気ならいっさいの講座に出席できなくなる。影は学位を取らないまま国へ送り返される。なんの問題もない。気にする人なんていないわ」

ノイ母娘は無言だった。揺れる蠟燭の光を浴びてふたりの顔がゆがんでいた。

「でも、ノイ、あなたは違った。とても優秀な学生だったから。あなたにとって勉強内容は簡単だった。講座も気に入った。むさぼるように勉強した。でも、各学期の最後には自分の学生証をいやいや手渡し、ご令嬢があなたのためにかろうじて取ってくださった成績を受け取る。で、あなたがせっせと勉強していたあいだに彼女は何をしていたのかしら？　ナイトクラブにいたんじゃない？　ハイソな友人たちとＢＭＷを乗りまわしてた？　彼女はあなたに敬意なんてこれっぽっちも示さなかったはずよ。オールＡの成績をもらっておきながら感謝の言葉すらない。あなたは召使いだった。ご令嬢のためにひたすら働く。あなたと両親の困窮を救ってやったんだからお礼を言うなんて冗談じゃない、ってわけ？　だから、いつしかあなたの心のなかに大きくふくらんでいった。正義を求める声が。ご令嬢があなたをどうしても落第させてやろうと企んでいることはわかった。最終学期、彼女はほとんど授業に出なかった。あなたはとても聡明な学生なのに、劣等生としてみんなから軽蔑される。三年間の忍従のすえにあなたはエトナ火山になってしまった。体内に屈辱感が沸きたち、ついに爆発した。あなたは試験会場に乗りこんでいき、試験用紙を提出し、ご令嬢が差しだす学生証を無視した。今までと同様に最終学期でもすばらしい成績をたたきだしたけど、でも、今回の優等賞はあなたの名前だった。優等賞に関する評議会の審問を受け、追加の口述試験にもパスし、ポリグラフ検査の屈辱にも耐えた。それもこれも、もし学位を剝奪《はくだつ》されれば、無分別と言ってもいいあなたの勇気がまったくの徒労に終わってしまうから。あなたは激怒していた。頭に血がのぼっていた。そして、すべてが終わったとき、やっと自分のしたことに気づいた。両親をとんでもない危険に陥れてしまったと。たぶん、電話してすべてを打ち明けたんでしょ？　些細な問題ではなかった。契約を破ってしまった。でも、もっと重大なのは、支配者層のメンツをつぶしてしまったこと。一世紀におよぶ伝統をぶち壊したのよ。それでね、ノイ、何が言いたいかわかる？」

「何？」

「よくやったわね、って言いたいの。伝統なんてクソ食らえ。あなたはすばらしいヒロインよ。生まれ持った地位さえあれば掟《おきて》破りができると信じている上流階級に痛烈な打撃を与えたんだから。影がいなくなって自分の力でやるしかなくなったご令嬢はおそらく最終学期で落第し、今でも大学側はどこでおかしくなったのか調査を続けているでしょうね。大学から見れば最優秀だった学生がいきなり劣等生になったわけだもの。理由はよくわかるでしょうけど、彼女は最終試験の再受験を勧められるはず。でも、彼女は辞退せざるをえない。ご令嬢はまだ学位を取ってないんじゃないの？」

ノイは頬を赤く染めてため息をついた。彼女は話しはじめた。長い沈黙は当然のことだろう。

「やつらが学生寮にやってきたわ」彼女は話しはじめた。「サファリシャツを着たタイ人のならず者がふたり……DCのどまんなかでよ。両親が傷つく姿を見たいのか、と言ったわ。事故にあったりしたら残念だろう、って。事もなげに言い放った。学部長のところへ行って、モムルワンと自分の学生証を取り替えたと告白してこいと言った。わたしが不正を働いたことに彼女は気づいていなかった、と。それでわたしの最終学期の成績はすべて彼女のものになるはずだから。もちろん、わたしは汚名を着せられたまま大学から放逐される。わたしの名前……家族の名前が泥にまみれてしまう。だから、逃げたの。グレイハウンドバスに飛び乗って南へ向かった。なぜかわからない。どうしようもない感じだった。彼らが追いかけてくるという恐怖心が強くなってしまって。飛行機で出国すれば乗客名簿を確認されるにちがいないと思ったから、陸路でアメリカから出ることにしたの。たまたま団体旅行中の台湾の学生たちに紛れ、無秩序な国境では大人数の団体が薄給の入国管理官相手に悶着《もんちゃく》を起こしていて、どういうわけかその大混乱のなかに呑みこまれ、ツアーバスでメキシコに到着した。わたしの入国記録はないわけ。で、メキシコシティから飛行機でタイに帰った。おかげでわたしたちが自宅から逃げる時間的余裕ができたと思うの。彼らはまだアメリカでわたしを探していたから」

「娘の行動を誇りに思います」と母ノイが言った。

「あなたたちは仕事も家も失ったのね」とわたしは言った。

「その前からとっくに失っていたわ。夫の借金……ノイがアメリカにいるあいだは死刑執行が停止されていたようなものだった。それだけのこと。契約の一部として負債を完済してくれたけど、連中はわたしたちにもっと圧力をかけることができるの。夫は二度と以前の職には戻りません」全責任を引き受けたんです。

「あら、それはすばらしい男性ね。正直なところ、まだ夫婦でいることに仰天するけど」

「愛が……」

「なるほど。説明はけっこうよ」

「今のわたしたちには家族のほかには何もないんです」

「家族さえいれば、路上生活やら隠れたりしながら残る人生を送るほうがずっとましというわけね」

「ほかに解決策でも？」

「この決着はわたしがつけるわ」実際に感じているよりも強い自信がみなぎっているように聞こえた。

「どうやって？」

いい質問だ。

「それはまた今度。時間はあるんだし。ここにいればしばらくは安全よ。一緒に戦略を練りましょう」

母にも娘にも感動の色はなかった。彼女たちから見ればわたしはいまだに料理人なのだ。マプラーオの外にもコネクションがあることをふたりは知らない。わたしには技能がある。しかし、この場では裏の顔を明かさなかった。いずれそのときが来れば、ものすごいわたしを見せつけることになるだろう。

11

翌朝は特に何かがあるわけではなかったため、それはなおさら衝撃的だった。午前三時、電力が復旧した。消し忘れていた照明器具がいっせいに点灯し、電源を抜き忘れていた電化製品がこれまたいっせいに息を吹き返した。その結果、それらすべてをふたたび止める作業に追われた。何時間か眠ってふたたび目覚め、用心深い日常に戻った。ショベルカーが掘った溝によって自然の浸食が起き、ホテルの庭はさながらグランドキャニオンとなりはてた。水は勢いよく海岸へと流れ、裏の小川の氾濫も落ちついた。干潮で海水が退き、浜辺にはまるで宇宙からの落下物みたいに屋外トイレの片側が埋没していた。空は澄みわたり、モンスーンの名残は湾を吹き抜けるさわやかな風だけだった。ノイ母娘はキャビンのポーチで祖父とウェーウ元大尉とともに朝食前の麻雀をやっていた。ママと生協の婦人たちは店舗の本格的な改装に依然として取り組んでいる。アーニーはトレーニング代わりにレーキで浜辺の流木をかき集めていて、もしその薪の山が完全に乾くことがあれば、いつか大がかりなたき火ができるだろう。

この日、小型船がなんとか海に出られそうだとコウ船長が告げた。気まぐれな嵐が猛威をふるうあいだ、船はドックに係留されていたので、彼はバイクのサイドカーで売る新鮮なつみれがまったく手に入らなかった。じゃまの入らない早朝から彼はうちの店舗前に陣取り、真っ正直な看板を掲げた。〝三日前のつみれ——味の保証なし〟と。一個も売れなかったが、驚くには当たらない。わたしは彼を朝食に誘った。いつものようにうれしそうだった。ジャーお祖父ちゃんはいかにもリーダー格の老人らしく憤っていたが、無言を押しとおした。そして、全員が満腹になって立ち去ると、わたしは船長を自分のキャビンのポーチに連れていった。彼は貝のモビールのコレクションに感嘆の眼差しを注いだ。

「小型船というのはどれくらい遠くまで行けるのかしら？」とわたしは尋ねた。

「波次第だね。ほとんどの船は波高二メートルを超えたらもうだめだ」

「でも、もし海が穏やかだったら？」

「はるかかなたのベトナムか、あるいは、ディーゼル燃料が尽きるところまで。なぜだい？」

わたしは船長に何もかも打ち明けようと前夜のうちに決めていた。浜辺に打ちあげられていた生首から奴隷船、そして、パックナム警察署が関与している疑惑まで。彼は熱心に耳を傾けていたが、驚いた様子は見受けられなかった。

「ここだけじゃないさ」わたしが話し終えると彼が言った。

「どういうこと？」

「奴隷労働。沿岸全域で起きている。ただし、労働者を集めるのは西部側のブローカーたちだ。彼らは乗組員を集め、頭金を受け取り、約束だけして消える。ミャンマー人は三カ月間働き、いざ報酬をもらうために並ぶと、すでに賃金はブローカーを介して支払い済みだと言われる。契約書に書かれている……タイ語でな。ブローカーは事務所をたたんで姿を消すので、要は三カ月間のただ働きで、ミャンマー人には家族に送金する金なんて一バーツもない。いつでも起きていることだ」

仏教のせいだ、とわたしは思った。ゆるい宗教を信じこみ、ほとんどどんなことでも自分を赦してしまう。恥はない。罪悪感もない。来世で償いをしよう。心配はいらない。コウ船長はこうした〝マイペンライ〟な性格なのだろうか、と思った。「かまうことはないさ、なんでもないことでやきもきするのはやめよう」という考えかたをする大多数のひとりなのだろうか？

「あんたはこの件で何かやるつもりのようだね」と言って彼は笑みをのぞかせた。

残念。この隙間に何本か歯を入れることができれば。これほど歯抜けでなければすばらしい笑顔になっていただろうに。

「助けが必要なの」わたしは本音を口にした。

「たぶん、小型船の漁船員を十人か、あるいは、十五人ぐらいは集められると思う」

「本当に？　その人たちが協力してくれる理由は？」

「みんな、大型船があまり好きじゃないんだ。それに、おれに恩義を感じてる連中だからな」

「じゃあ、なぜあなたは協力してくれるの？」

「おれか？」彼は声をあげて笑った。「あんたの流儀が気に入ってるからだよ、ジム。男まさりのその気合いがいい。あんたをここまでにしたお母さんの手柄だ。こうやってそばにいられるだけで誇らしく思うよ」

年寄りが美辞麗句を並べ立てる場合、口説かれているのかと思いがちだが、コウ船長の目は輝いていたし、この冒険に意欲満々だという感じがした。

「で、計画はあるのかい？」と彼が尋ねた。

「それらしきものは。話さなきゃいけないかしら？」

「いかにもそのとおり」

そろそろ昼食どきになったころ、チョムプー中尉が警察署から電話してきた。

「やっとなの？」とわたしは言った。「わずかな書類を読むのにどれだけの時間をかけてるのかしらね」

「あぁら、ずいぶん高飛車じゃないのさ。力強い女って、大好きよ。とにかく、普通の言葉だったら昨日の夕方には読み終わっていたでしょうね。でも、これはそんなに簡単じゃなかった。われらがエッグ中尉どのは独自の速記法を使っててね、見たこともない代物よ。要するに、母音記号と声調符号をすべて省略してるわけ。だから、一語一語がパズルだったわ」

「でも、解読したのね？」

「あたしはね、別のやりかたでは解錠不能な錠前に鍵を差しこむことで有名なのよ」

「ええ、それもばっちり。あの男の不正にまみれた世界に入りこんでやったわ」

「でも、書類は？」

「で、何か見つかった？」

「特には」

「チョムプー！」

「とはいえ、完全な失敗ではなかった。海岸に漂着した遺体や体の一部について普通の文字で書かれた正式報告書を十一通も見つけたわ。それらはエッグ中尉が個人的に扱った事件だった。犠牲者の親族を見つけたり事件を解決した成功率は……あたしにわかる範囲では……ゼロ。どれも〝おそらくミャンマー人、家庭内紛争〟ということで落着」

「でも、彼はパックナム署に来てからたった一カ月でしょ」

「そうよ。これらの報告書は、半年前、彼がパッターニー署にいたころまでさかのぼるものなの。あんたが見つけた生首は十一番めよ。彼がこっちに異動してきてから初めてのもの」

「つまり、もし彼が後始末をしているとなると、船の所在もわかっているわね」

「というより、船団ね。彼の異動時期の前後でパッターニーからランスワンまでの沖合漁船の動きについて調べてみたわ。登録と漁業水域を変更した船が全部で四隻あった。一隻は、プラチュワップ県にあるコングロマリットが購入したサバのトロール漁船。でも、ほかの三隻はいつも一緒に航行してるの。所有者は同じ。漁獲量の記録も同じ。今はパックナム沖合で操業中だけど、ほぼ海に出たきりで、水揚げした魚は小型の船で運搬する。この沖合漁船団には地元の運搬船が五艘、登録されてる。誰に訊いてもいいビジネスだわ」

「じゃあ、あまり港に戻らない大型漁船が三隻、はるか沖合のどこかにいるわけね。そいつらにちがいないわ。想像していた奴隷船は一隻だった。真夜中にこっそり近づく。眠りこんだ乗組員の不意を突く。でも、三隻ですって？　おかげで勝算が変わってしまったわ」

「要するに、『絶対にだめ』から『絶対に絶対にだめ』になったってこと？」

「警察の協力が得られないような気がするのはなぜかしら？」

「いいこと、ジム、三隻の船は、中立的な目撃者からいちばん近いところでも五十キロは離れてるのよ。どの船にも体格のいいひげ面の元受刑者っぽい連中がいて、自動小銃を構えて甲板を巡回してるの。その連中は手当たり次第に大勢のミャンマー人を殺戮してきただろうから、もはや殺人が罪だなんてこれっぽっちも考えないでしょうよ。船には投光灯を装備してるし、レーダーもある。どんな手を使って近づくつもりか知らないけど、血まみれの細切れにされるのがおちだわ。あたしの愛は永遠だけど、でも、協力はこの報告までよ」

「上司にも話してくれないの？」

「話すって、何を？」

「それは……」

そのとおり。チョムプーは正しい。物証も裏づけもない。意味がないのだ。

「チョムプー、正義が行なわれるのを見たいという欲求はないの？」

「手脚がきちんとそろったまま四十歳を迎えたいという欲求のほうがよほど強いわね」

「だったら、わたしのためにやってちょうだい」

「勇気を示せってこと？　騎士道精神？」

「そういうものが絶え果てたとは言わないで」

「あんたの心のなかでも消えてるくせに」

「わかった。もういい。そばにヒーローがいないままわたしは死ぬわ。男に守られ、愛ゆえに命をかけてくれることがどういうものか知らないままにね」

「じゃあ、あたしはお役ご免でいいのね？」

「まあね」

「よかった。ああ、そういえば、郵便局から伝言があるのよ」

「なんですって？　あなた、タイ郵便局でバイトをしてるの？」

「あのね、証拠品やら何やらが詰まった茶封筒が〈フェデックス〉で山のように届くから、郵便局もあたしの電話番号を知ってるの。なおかつ、あんたとあたしがよく会ってることも知ってる」

「ロマンティックな状況で？」

「もちろん。パックナムみたいな田舎では、あたしのような人間が自分の愚かさに気づくことをいつだって期待してるんだから」

「それで？」

「それでね、局長のナットいわく、不審な訪問者が来たそうなの。女よ。差出人住所をパックナム・ランスワンの郵便局と書いてきた妹に連絡したいって、その女が言ったらしい。で、送り主はあんたのホテルに泊まってる若い娘とその母親じゃないか、と彼はしゃべっちゃった」

「あら、素敵」

「女が立ち去ったあとになって、その情報は今朝八時にシステムに打ちこんだばかりだし、荷物が先方に届くのは明日だということにナットは気づいた。だから、本来なら誰にもわかるはずがない。で、彼はあんたのお母さんに電話しようとした。呼び出し音を鳴らしてるときに、これから集荷される郵便物の山から携帯の着信音が鳴った。いったん電話を切って、もう一度かけた。また郵便物から着信音。そして、封筒のなかに携帯電話が入っているというお母さんの手紙を見つけたのよ。間違って封筒に紛れこんじゃったんじゃないかと不思議がってたわ」

「その女が郵便局に現われたのはいつ？」

「あんたに電話する直前」

「十分ぐらい前かしら？」

「それぐらいいね」

「大変。助けが必要だわ」

いったいどうやってこれほどすばやく郵便情報を追跡し、しかも、こんなに早々とここにたどりつくことができたのだろう？　途中で迷わないかぎり、パックナムからうちのホテルまで十五分かかる。たいていの人は迷う。でも、そんなことを当てにしてはいられない。わたしはノイ母娘のキャビンまで走り、ポーチで行なわれていた麻雀大会のじゃまをした。

「みんな、聞いて。絶対にパニックを起こしちゃだめよ」

そう言いつつ、わたしの手は震え、脚はふらついていた。麻雀卓を囲んだ四人がけげんそうな顔でわたしを見つめた。パニックを起こしているのはわたしだけだった。でも、頭ははっきりしていた。

「ノイとノイ。郵便局で秘密保持違反があったみたい」

ママのキャビンの時計が正午のチャイムを鳴らした。平穏な午前中は終わった。混沌《こんとん》たる午後が訪れたのだ。

「連中に見つかったのね」と母ノイが言った。

「持ち時間は約五分よ。これからみんなにやってもらいたいことは……」

わたしの話を最後まで聞き終わるとそれぞれが自分の役目に取りかかった。ノイ母娘は老人たちにゲームの中断を詫び、冷静に麻雀パイをまとめた。わたしは店舗に走り、生協の婦人連からふたりを選んでママと一緒に各自のキャビンへ引きずっていった。息を切らして店舗まで引き返したとき、メタリックグレーのＢＭＷが駐車場に駐まった。腰のポケットで『マンマ・ミーア』の着信音が鳴り響いた。わたしは携帯を引き抜いた。アウンからだった。今は無理だ。シュエから連絡があったという話でないことを祈るしかなかった。わたしは携帯電話の電源を切り、来訪者を出迎えにいった。四つのドアが同時に開き、灰色のサファリスーツを着た中年男三人とスカートにブラウス姿の若い女が飛びだしてきた。まるで手入れでもあるみたいだ。

「いらっしゃ……」と言いかけたが、訪問客たちは愛想を振りまく接客に用はなさそうだった。ママが歩いてきて彼らをさえぎった。

「どこへ行くつもりなの？」と問いかけ、母はいちばん肉づきのいい大男の前に進みでた。母は男に手をかけたが、男はその手首をつかんで母を横へ放り投げようとした。こうした軽はずみな判断に対するママのジャングルでの訓練など、男には思いもつかなかったのだろう。生来の方向感覚で彼女の膝が男の股間を直撃した。彼はゆっくりとうずくまり、プープークッションから少しずつ空気が抜けるような声を洩らした。だが、仲間たちは無関心だった。彼らは各キャビンへと急いだ。男たちふたりは短い金属棒をかなてこ代わりにして一号キャビンの手近のドアをこじ開け、次に二号キャビンのドアも開けた。わたしたちはあっけに取られて後ろへさがった。三号キャビンからは悲鳴をあげるふたりの女がポーチに引きずりだされた。女たちは服を着ていなかったが、彼女たちの懇願に耳を貸す者はいなかった。

侵略者は奥に並ぶキャビンへと移り、やはり金属棒を使ってわたしたち家族のキャビンのドアを次々と開けてまわったが、もともと施錠などしていないのだ。彼らは一軒のキャビンでやせた年寄りをふたり見つけ、やはり三号キャビンのポーチまで無理やり連れてきた。これだけの行動が二分以下で完了した。わたしたちは家畜みたいにひとまとめにされ、全室の捜索が行なわれた。てきぱきとして音も立てない。砂浜でザルガイをすくい取っていた地元の女たちですら、面倒な事態になっていることにまったく気づかなかった。

若い女がこの侵略軍のリーダーであればいいのだが、とわたしは考えていた。たとえ不法行為であっても、女性が支配的役割を果たしているのは同性として頼もしかった。しかし、彼女はまったく口を開いていないので、このグループのなかでは美人《プリティ》であることが威圧感になるのだろうと推測せざるをえなかった。ちなみに、英語の〝プリティ〟はタイ語では発音を似せた名詞となり、セックスアピールを売り物にして自分の哀れっぽさを男に訴える女たちを表わす。わたしの母によって貴重な逸物の価値を落とされてしまった肉づき大男は、ぎこちない足取りでポーチにあがった。五十がらみの短髪。この男にもほかの連中にも軍人らしきにおいがする。彼はママをにらみつけたが、ママはお得意のタイタニックスマイルをちらりとのぞかせた。

「よかったら笑顔よりもっとすごいものをお見せするけど」と彼女が言った。

「ママ！」わたしは食いしばった歯の隙間から怒鳴った。「うちのお客さまに迷惑をかけるようなことはやめてちょうだい」

「なるほど」肉づき男が言った。「そいつらはどこにいる？」

「失礼」わたしが口をはさんだ。「そういうあなたたちは何者なの？」

「ふたりの女がここに泊まっている。女たちはどこだ？」

「彼女たちなら、ほら、ここに」わたしはニンとソムジットを指さした。ふたりとも、下着だけの格好で立っているのだが、少しも気後れしているようには見えなかった。

「せめてこの人たちの尊厳を守ることぐらいはしたらどうなの？」とママが言った。

彼女は別のサファリスーツの男を押しのけて室内に入り、シーツを持って出てくると、にやにやと笑っている生協の婦人たちの体を覆った。もうひとりのサファリ男が車庫から戻ってきて肉づき男に耳打ちした。

「もうたくさんだ」と男が凄んだ。人びとの心に恐怖をたたきこむのはお手のものらしい。アーニーはウェイトリフティングをしにジムへでかけているが、もしこの場に居合わせたら今ごろ震えあがっていることだろう。残るわたしたちは特に感動もしなかったが、しかし、無知な田舎者という従順な役割を演じなければならないのだ。

「あのホンダの持ち主を出せ。今すぐに」と肉づき男が怒鳴った。

彼はキャビンの前に立つフェンスの支柱を蹴りつけて効果を添えた。支柱は粉みじんに砕け散った。ただし、それはシロアリに食い尽くされていたので見ためほど印象的ではなかった。しかし、この音で犬たちが目を覚まし、群れのリーダーの危難を察知したため、肉づき男の背後めがけて近づいてきた。彼らも音を立てずに攻撃した。犬がぶつかってくるまで男は気づかなかった。彼が下を見ると、三匹の小さな犬がばかばかしいほどうるさく吠えながら男のまわりをくるくると走っていた。恐れるような犬の群れではなく、男はあっさり無視した。失敗を感じ取ったのか、犬たちは砂地に寝そべって体を掻《か》いた。

「なるほどね、あのふたりを知ってるなら、あんた、そこから一歩も動かないでくれよ」と祖父が言った。「彼女たちの友人なら代わりに料金を支払ってもらいたいね」

「そのとおりだわ」ママは魅力的な南部の生き生きとした口調で言った。

「なんだと？」と肉づき男。

「あの高慢ちきなあばずれふたりは、取り澄ました口ぶりや鼻持ちならない態度でうちに四日も泊まり、料理をたらふく食べ、豪華なキャビンで寝たあげく、なんと、ずらかりやがった。たったの一バーツも払わずにな。しかも、テレビまで壊していったんだ」

やるわね、お祖父ちゃん。

「それはいつのことだ？」

「日曜の朝よ」とわたしが答えた。「みんなが起きたときにはもういなくなってたの」

「なぜ車を置いてった？」

わたしはそこまで考えていなかった。

「シリンダーヘッドが動かなくなっちまったんだよ」と祖父が言った。「塩水のせいでこのあたりじゃよくある。日本製だ。どうしようもないだろ。まっとうな車が作れないんだな」

「で、おまえさんは？」と肉づき男。

「引退した機械工だ」と祖父。「このリゾートホテルの株主さ」

「きっとバスでスラートターニーの空港に行ったんでしょうね。今ごろはどこか遠くに消えたかも」とわたしは言った。

「だったら、昨日、どうしてふたりがまだパックナムにいたのか説明してもらおう」

「まったく、ひどい女たちね」とママが言った。「今度はどこかほかのリゾートホテルを食い物にしてるんだわ。この手で捕まえることさえできたら……」

そのとき、サファリ男のひとりが肉づき男の肩をつつき、道路を指さした。茶色い制服姿のヒーローが警察のバイクで駐車場に現われ、わたしたちのほうへ歩いてきた。キャビン近くの砂地はひどくやわらかいので、チョムプーは店舗前で止まるべきだった。そのため、本来なら迫力のある登場シーンになったかもしれないのだが、残念な結果になった。彼は砂に足を取られて横向きに転んだ。サファリ男たちは互いに視線を交わし、その間にチョムプーは立ちあがった。

「この人たち、ひどいのよ、お巡りさん」とママが言った。「うちのドアを全部壊しちゃって。こいつらを逮捕してちょうだい」

「いったい何ごとですか？」チョムプーはとりわけ男っぽい声を出していた。

肉づき男がチョムプーを品定めし、撃とうかどうしようか考えているようだ。

「一緒に来てくれ、中尉」と言って彼は台所のほうへ歩きだした。チョムプーは動かなかった。

「どうしてあんたの命令を聞かなきゃいけないんだ？」と彼は言い返した。

「聞かなきゃあとでものすごく後悔することになるからだ」

賢明にもチョムプーは数メートル離れて歩いてゆき肉づき男のそばに立ったが、男はポケットから何かを出している様子だった。ふたりはわたしたちから顔をそむけ、うつむきかげんで、肉づき男がなにやら小声で話している。チョムプーはうなずき、さらにワイをした。

肉づき男がわたしたちのほうに引き返してくると、チョムプーは立会人という格好で後ろにさがっていた。

「その女たちがいたのはどのキャビンだ？」と肉づき男が尋ねた。

「二号よ」とわたしは答えた。指示もされないうちにすぐさまサファリ男のひとりが二号キャビンに入った。

「何か残していったものはあるか？」と肉づき男。

「壊したテレビ」とママ。

サファリ男が首を横に振りながらキャビンから出てきた。

「また来る」と肉づき男が言った。「おまえたちは何もするな。今回の件は誰にも話すんじゃないぞ。もし女たちが車を取りに戻ってきたら、すぐこの番号に電話しろ」

彼は携帯番号しか書かれていないカードを手渡した。

「名前は……？」とわたしは訊いた。

迷惑きわまりない訪問者たちはきびすを返し、急ぎ足で車に戻った。

「こんなに壊しまくって誰が弁償してくれるのよ？」とママが叫んだ。

わたしは母の腕を強く握った。車のドアが大きく音を立てて閉まり、砂利を蹴散らしながら走り去った。まもなくエンジン音はうなりをあげる波音に溶けこんだ。わたしは微笑を浮かべ、それぞれの持ち役を演じたひとりひとりの手を固く握りしめた。賞賛に値する演技だった。チョムプーがわたしたちのそばにやってきた。

「わたしの騎士さん。来てくれてありがとう、チョムプー」

「あたし、助けになったのかしら？」

「さあ。あいつらは恐ろしい連中だわ。いったい何者なの？」

「特殊機動部隊の者だということをあんたたちに言うなと命令されたわ。でも、あの男の表現では、重大事案を扱うエリート集団だそうよ」

「じゃあ、わたしたちに話しちゃいけないんじゃない？」

「非合法すれすれの部門のようだな」と祖父が言った。「きわめて重要な事態が起きたときだけ出動する。それに、銀行や郵便局の利用履歴を常にチェックしているのだとすれば、人員もかなりいるはずだ。いったいあのふたりの女はどんなことに巻きこまれてしまったんだ？」

「そのふたりの女性というのはなんなの？」とチョムプーも口を合わせた。

うちの宿泊客がかかえている問題を詳しく説明している時間はほとんどなかった。

「これはミャンマー人の件とは無関係みたいね」

このチョムプーの言葉でアウンを思いだした。

「そうだ、ミャンマー人」と言ってわたしは携帯電話の電源を入れた。「ねえ、ウェーウ大尉、こちらの中尉に概要を話してもらえませんか？　もうここで秘密にしておくことは何もない。さっきのやつらがすべてのリゾートホテルを探しまわったあげく、またここに引き返してくるまで、せいぜい二、三時間しかないと思う。ノイ母娘を安全な家に移さないと」

「離れたところに小さな家があるわ」と生協のソムジットが言った。「もともとうちのお祖母ちゃんの家だったんだけど、あの人、牝牛の下敷きになっちゃってね。でも、居心地はいいわよ。屋外トイレもそう遠くないし」

「変装用の服を着てればいいわ」とニン。

この婦人たちは何も知らないのだが、いざとなるとすぐさま活力を発揮する。店舗から大急ぎで連れてきてノイ母娘に危険が迫っていると話しただけで、彼女たちはすばやく服を脱いだのだ。

「ふたりを呼んでくれ」と祖父が言った。

ウェーウが指も使わずにみごとな口笛を吹くと、ザルガイをあさっている地元民のうち、ふたりが大きなカウボーイハットの下から顔をあげた。ウェーウが手招きした。生協の婦人たちが着ていたパートゥン（筒型の長い巻きスカート）とTシャツ姿のノイ母娘が砂浜を歩いてきた。貝を捕る道具に見えたのは選挙用プラカードの厚紙だった。収穫した貝は大したことはなかったが、それでもふたりは生き延びたのだ。あとは三号キャビンの私物をまとめて逃亡の用意をするだけだ。サファリ男の再訪に備えてママが見張りに立った。わたしはアウンに電話した。

「アウン、どうしたの？」

「どこにいたんですか？　おれはずっと……」

「緊急事態はあなただけじゃないのよ。シュエの件？」

「電話があった。バッテリーがもうぎりぎりでね。捕まった連中が小型船に移されているところだった。はっきりしないが、彼の話だと、船の片側にはＡＭＯＲの文字が含まれているらしい。反対側のタイ語は読めなかった」

「船に移されたのは何人だと言ってた？」

「十七人。そのうち、女が四人だ。別の収容所から連れてこられた一団がいたらしい」

つまり、新しい漁船員を確保したということだ。その前に働いていたミャンマー人たちはどうなったのだろう？

「助けてもらえるだろうか？」とアウンが尋ねた。

「そうだといいんだけど。とにかく、携帯の電源は入れておいてね」

わたしは電話を切った。

まだ準備ができていない。少なくとも、あと一日は必要だ。もっと人手もいる。それに……それに、奇跡も。わたしはコウ船長に電話した。

「どうした？」船長の声は電話の奥がさびついているような響きだった。

「今、どこにいるの？」わたしは大声で尋ねた。

「ナムジュートだ」

「始まってしまったのよ。急なお願いなんだけど、もう連絡が取れた人はいるかしら？」

「なんと！　始まっちまったのか？　まだ全員には連絡できていない。当初の予定どおり、サウィー周辺の船に狙いを絞ったからな。弟があっちにいるんだ」

「今現在、出航している船はいるの？」

「こんな時間に？　多くはない。イカ漁の仕掛けを確認に出ている連中だけだ」

「その人たちとは無線でやりとりするの？」

「いや、普通は必要ない。彼らが無線を使うのはイカが群れてる場所を互いに伝える夜だけだ。仕掛けを張る連中は決まったポイントがあるが、短期操業の船はイカの群れを追わなきゃならない」

「でも？」

「でも、まあ、カラオケがあるな」

「カラオケ？」

「イカを待ってるだけじゃ夜はちと長いし、退屈なんだ。それに、漁師ってのは歌うのが好きなんだよ。だから、一年ほど前、短波無線を通して小声で歌いながらお互い楽しみはじめた。次に、テーププレーヤーを持ちこんで音楽に合わせて歌うことを誰かが思いついた。そこで……」

「コウ！　今にも首を切られそうな人が十七人もいるのよ。手短かな説明はないのかしら？」

「すまん。もうすぐ終わる。そこでだ、毎夜、交代で歌うことになった。で、ドリンク剤〈M−150〉のメーカーがその話を聞きつけ、CB無線トランシーバーを使ったカラオケ大会に賞金を出すことになった。大会は来週で、みんながせっせと練習中だよ。夜だろうと昼だろうと無線のチャネルはオープンのままだ。少し歌う。そして、仲間たちから意見を聞く」

「つまり、イカ漁の仕掛けを張った人たちとは無線が通じる状態ってことね」

「まあな。彼らだけじゃなく夜間操業の船もだ」

「その人たちと連絡が取れる？」

「弟のデーンモーに頼めばいい」

デーンモー？　名前に聞き覚えがあるのはなぜかしら？

「わかったわ。正午前にサウィーから出航した小型船を見た人がいないか、訊いてもらってちょうだい。船の名前はＡＭＯＲかもしれない。少なくとも、英語でそう書いてある……それとも、フランス語かしらね。その船に十七人のミャンマー人が乗せられたの。小型船に十七人もの人間を隠すのは無理だから、気づいた人がいるはずよ。どの方向に向かったかつきとめないと。それに、船を追跡してくれる人も必要だわ」

「もう行かなきゃ」とコウ船長が言った。

「どこへ？」

「デーンモーとカラオケ漁船員から船の針路に関する情報が入ったら、それと交差するようにおれの船の針路を決める。角度で設定するんだ」

「あなた、ひとりきりで？」

「ああ」

「あの連中には用心しなきゃだめよ。どれくらい離れるとこの携帯の電波が届かなくなるのかしら？」

「島々のほうに向かえば別だが、だいたい三十キロだな」

「だったら、どうやって連絡を取り合えばいいの？」

「デーンモーの電話番号を教える。おれは無線機を使う。おれがいる位置は彼に訊けばいい」

「コウ？」

「なんだい？」

「この恩は絶対に忘れないわ」

「言葉にならないほど光栄だね」

「すぐに増援部隊を送りこむ手はずなの。だから、バカな真似は決してしないでね」

「了解《アイ》しました《アイ》」

本当に〝アイアイ〟なんて言葉をみんなが使うのだろうか？


店舗にいるママのところへ戻ると、ちょうどウェーウ元大尉が荷台にノイ母娘を寝かせてピックアップトラックを走らせはじめたところだった。生協の婦人ふたりは運転台に乗っている。エレインはロープで平台につながれていた。ママひとりが残り、猿に手を振っている。

「ほかの婦人連はどこにいるの？」とわたしは尋ねた。

「家に帰したわ。危険な感じがするから。あのお巡りさんがあとであんたに電話するって言ってたわよ。あたしはアーニーに電話して帰ってくるように言った」

「アーニーを？　最高！　危険にさらされているときに電話する相手かしら？」

「弟をからかうのはやめなさい。いざというときにはあの子はあんたの役に立ってくれるんだから」

「で、お祖父ちゃんは？」

「最後に見かけたときは海岸でがらくたを並べ替えていたわね」

「どうして……？」

そのとき、エンジンを吹かす音が響きわたり、空転する車輪がわたしの脳裏に浮かんだ。ママと一緒に走り、浜辺を見渡した。干潮だが、それでもホテルのキャビンからわずか六メートルしか離れていない。砂地から波打ちぎわまで竹が並び、ジャーお祖父ちゃんの工夫による長い橋ができていた。どうせ潮が満ちてくればきれいに流されてしまうのだから無意味なように思われるのだが……。

ホンダ・シティがうなりをあげて車庫から飛びだし、竹との摩擦力を使って橋の上から海のなかへと一気に駆け抜けた。にんまり笑うお祖父ちゃんの顔がちらりと見えたが、すぐ水しぶきの向こうに消えた。勢いよく十五メートルほど走ったあとは砂に埋もれたタイヤがふたたび空まわりし、やがてびくとも動かなくなった。波の上に見えるのはホンダの屋根だけだった。わたしは水恐怖症なのだが、祖父への愛に比べれば些細なことだとはねつけ、波のなかへ突っこんでいった。しかし、海水がウエストまで届きはじめると恐怖感が増し、愛は徐々に衰えた。押し返そうとする波にあらがいながらどうにか車までたどりついたころには、それほど祖父を好きだったことは一度もないのではないかと思った。それでも、鼻をつまみ、海水のなかへ頭を沈めたのは、どこかで理性が吹っ飛んだ結果だろう。まぶたを開けると塩水が目に充満して刺すように痛かった。視界はぼやけている。開いた車の窓から頭を押しこんだ。運転席は空だった。

　唾《つば》を吐き散らしながら水面に顔を出し、愛する身内の死体が浮いていないか周囲を見まわした。その本人は浜辺でママの隣に立っていた。しぶとい老いぼれだ。わたしは猛烈に腹が立った。怒りで足を踏み鳴らして祖父のところへ戻りたかったが、まるで洗濯物のように海水に振りまわされた。浜辺に打ちあげられたときには息が切れ、感情はぶち切れていた。

「いったい、あれは、なんなのよ?」わたしは苦しい息づかいで憤怒をぶつけた。

　仰向けに横たわったわたしのそばに祖父が歩み寄り、あの我慢ならない田舎者のうんこずわりの格好でしゃがみこんだ。

「考えがあるんだ」と祖父は言った。

「教えてちょうだい」

「つまりだな、あと一時間かそこらで潮が満ちてきて車は海岸から見えなくなる。特殊機動部隊のやつが連絡先を置いていっただろ? だから、電話して、車がなくなったと言うんだ。ノイ母娘が引き返してきて車で立ち去ったとにおわせる。きっと、連中は今日一日、あるいは、今週いっぱいまでかけて国じゅうを探しまわるだろうよ。おれたちは捜索の圏外になるってわけだ」

「で、やつらが干潮時に戻ってきてあの車が目に入ったらどう言い訳するの？」

「海藻やら何やらをいっぱいくっつけて、漂着物に見せかければいいさ」

「じゃあ、シリンダーが壊れて動かなくなったという元機械工の話はどうなの？」

「奇跡だ。川から氾濫した水が塩分をきれいに洗い流して、また動くようになった」

説得力がありそうには思えなかったが、ジャーお祖父ちゃんはいかにも老いさらばえた顔つきなので、たぶん、老人のたわごとで通じるかもしれない。それに、しばらくのあいだにせよ、緊急案件がひとつ、最優先事項からはずれるのはいいことだ。

「わかったわ。無茶苦茶な話だけど、まあまあよ」

サウィーのミャンマー人について説明しているとき、アーニーとゲーウが彼女のハーレーに乗ってやってきたので、もう一度、初めから話さねばならなかった。ノイ母娘を田舎家に隠して戻ってきたウェーウ元警察大尉にも、同じ説明を繰り返さねばならなかった。三度も話してみると、もはや先行きが有望とは思えなくなった。

「で、おれたちは何をすればいいんだ？」と祖父が言った。

「計画があるの」と言って、わたしはコウ船長と小型イカ釣り漁船の船員について話した。

「あんな役立たずの無精者にはへそのごまの掃除だってできゃしないさ」と祖父が言った。

「あいつに命を預けるなんてまっぴらだ」

「わかったから、やめて。とにかく、今はやめてちょうだい」とママが言い返した。「父さんがコウを侮辱するのは聞き飽きたわ。その口を閉じないとパンチを食らわせるわよ」

母はひどく怒っているようだし、母の剣幕にこれほどたじろぐ祖父を初めて見たが、父と娘のあいだになんらかの軋轢《あつれき》があるのだと感じた。その究明に乗りだしたくても今のところはあまりに手いっぱいだが、今後に備えて脳裏に黄色い付箋を貼った。

現実の問題に全員を引き戻したのはゲーウだった。

「あたしたちにも船が必要ね」と彼女は言った。

「そのとおりよ」ママがなおも祖父をにらみつけながら応じた。「船がいるわ」

船。たしかに。それこそ、今回のミッションでわたしが潜在意識下に押しこめようとしてきた一点だ。リーダーである以上、みんなを沖合に送りだし、わたしだけ桟橋からハンカチを振っているわけにはいかない。しかし、自分と海底を隔てるのは厚板一枚しかないのだと考えただけで、恐ろしさのあまり身がすくむのだ。

「できるだけ早く海に出て、その気の毒な人たちを助けないと」アーニーが分厚い胸をぐいっと突きだした。

実は、アーニーもわたしにひけを取らない水恐怖症だった。ふたりとも、水では命にかかわる経験をしているし、今はそれについて詳しく述べるつもりもない。だが、アーニーはこの席で好印象を打ちださねばならないし、もしサメとの格闘が待っていたとしても後戻りはできないだろう。

「じゃあ、誰か船を持っている人に心当たりはない？」とママが言った。

実際のところ、わたしたちは漁村に住んでいる。知り合いは全員が船を所有しているか、あるいは、船を利用できる立場にある。つまり、母が言わんとしているのは、わたしたちが使ったあげく、機関銃の弾痕だらけになる可能性も考えずに船を貸してくれるお人好しはいないか、ということだ。

「エド」とアーニーが言った。

「だめよ」わたしが即座に却下。

「なぜだめなんだ？」祖父が問い返した。「あいつは真新しい立派な船を持ってる。一週間前に仕上がったばかりだ」

「だから、船じゃなくてエドがだめなのよ、わかる？」

「だったら、ほかの候補を出せ」

例の抗鬱剤の副作用は幾分弱まってはいた。それでも、男性の筋肉を思い浮かべるとむずむずするのだが、もう発情はしない。ただ、欲情に駆られて芝刈り業者に迫った恥ずかしい記憶が消えないのだ。あらゆる依存症患者というのは、気がつくとまったく別人の体になっていて、その別人のひどい人生を生きていくものだ。もし奴隷船の悪党どもや政府の特務機関員の手にかかって全滅することがなかったら、わたしは地元の薬物リハビリ施設でボランティア活動をしようと心に決めた。自分の依存症を認識している。わたしはジム・ジュリーであり、なおかつ、回復期にあるセックス依存症なのだ。

ママがアーニーの携帯電話で話していた。通話が終わったところでわたしは尋ねた。

「誰にかけてたの？」

「エドよ」

「ママ、わたしたちはひとつのチームなのよ。チームで相談するの。チームは娘の意見を無視したりしないの。彼はなんて言ったの？」

「もうこっちへ向かってるわ」


「チョムプー、今日はありがとう。話ができる？」

「それは、あたしが会話の基本を学んだかって意味かしら？　それとも、オフィスを共有してるあの無学の類人猿と議論できる立場にあるかってこと？」

「なるほど。答えはわかったわ。今、どこにいるの？」

「煙草を持って子供の遊び場にすわってるところ」

「あなた、吸わないのに」

「誰も吸ってるとは言ってないわ。口のそばで煙草を持ってるだけ。向かい側の警察署からは煙草を吸ってるように見えるし、オフィスの外に出る口実になるの」

「隠れてるわけね」

「我慢の限界なのよ。あたしが今の四倍ぐらい男らしければあいつにしてやれることを、ありったけ想像してるところ」

「仕返しがしたいのね」

「もちろん」

「けっこう。彼の住所、覚えてる？」

「何度か家の前を車で通って、心のなかで火炎瓶を投げこんでるわ」

「家に入れそう？」

「そういうのをあたしたち警察官は不法侵入って言うんじゃない？」

「それよ。あなたは得意そうね」

「で、アドレナリンが噴出して興奮するほかに、あたしにはどんな動機があるのかしら？」

「わたしたちは奴隷船を追跡してるのよ。たとえその連中の正体をつかんでも、エッグの関与を裏づける証拠は何もない。彼のファイルのなかには有罪を立証する資料はなかった。あの男を今回の奴隷労働の全体像に結びつけるものが必要なの。それに、ほかに関わっている警察官も調べないと」

「ほかに？」

「今日、ミャンマー人たちが運搬船に移されたんだけど、彼らを拉致したのは制服警官だったのよ」

「今度はちゃんとした証人がいるわけ？」

「証人は十七人。でも、もう沖合へと送られたわ。わたしたちは彼らを連れ戻す」

「計画はあるの？」

「それが込み入っててね」

「ないんだ」

「あるわよ。進行中なの。あなたの不法侵入もその計画の一部」

チョムプーが黙りこんだ。

「考えてるの？」とわたしは訊いた。

「煙草を二本の指にはさんで優雅なポーズを決めながら、警察を免職になる屈辱について検討中」

「警察内部で味わわされてきた屈辱よりましじゃないかしら」

またもや沈黙。

「そのとおりね」

「じゃあ、やってくれる？」

「このチョムプーさまをいじめてただですむと思ったら大間違いよ」

12

一般に小型船はジャムークプロン港から出港するのだが、この日、エドの真新しい長さ七メートルのイカ釣り漁船はホンダのすぐ横に停泊していた。満潮を迎えて海はまたもやホテルに迫ってきている。わたしは海賊行為についてかいつまんで話すあいだも、エドとは目を合わせなかった。彼が快く船を提供するばかりか自分も参加すると志願したことには心を打たれた。彼は友人も連れてきた。プラスティック製の日よけを販売するセールスマンで、副業で私立探偵もやっているメンが、乗組員の役を務める。新たなメンバーが加わるたびに二重スパイが入りこむ可能性は増える。海賊行為を巡っては多額の賄賂が蔓延しているのだ。だが、メンから日よけを買ったことがあるし、容易に嘘をつけそうな人間には見えなかった。ただし、身長百五十センチ、体重四十キロの彼が、大勢の武装した監視員をたたきのめす姿は目に浮かばなかった。

「それで、どんな計画なんだい？」とエドが言った。

わたしはあやうく目を合わせそうになった。

「今は話せないのよ。ジグソーパズルの完成に欠かせない最後の一ピースを待っているところだから」

「要するに、まだ計画がないわけだ」

「いいえ、あるわ。ただ、今の段階では……」

「ほほぉ、これはどういう集まりかな？」とどろくような声が聞こえた。

ゴミだらけの砂浜をビッグマン・ブーンが歩いてきたが、提督の軍服としか表現しようのない服に身を包んでいた。新体操の手具よりもたくさんのリボン飾りやら渦巻きやらがくっついている。最悪のタイミングだ。不快きわまりない村長との悶着ほど迷惑なものはない。

「ブーン」わたしは呼びかけた。「あなた、何しに来たの？」

「おまえさんたちがここで何をしているのか、というほうが的確な質問だろうな。ところで、つい言わずにはいられないが、そうやって濡れたTシャツがあんたの小さなブラジャーに貼りついてるのは実にいいね」

ジャーお祖父ちゃんを救出しようとしたせいでわたしはまだびしょ濡れだった。しかも、汗までかいているのだから、最後は肺炎になるかもしれない。わたしはTシャツを振り動かしてふくらませたが、ブーンの凝視は胸に注がれたままだった。

「エドの新しい船の進水式をやっているのよ」とわたしは嘘をついた。「お祖父ちゃんは爆竹を取りにいってるの。お坊さんはさっき帰ったばかり」

わたしはエドと私立探偵メンの援護を期待して後ろを振り返ったが、ふたりは海岸を散歩していた。

「そうなのか？」

「ええ」

「妙だな。このあいだ、村をあげて彼のために進水式をやったのに」

「ああ、そうだったわね。でも、これはわが家だけのお祝いなの。この一年、うちの芝をきれいに刈ってくれたお礼として」

「そうなのか？」

「ええ」

熱い視線を浴びて乳房が重くなっていたので、ようやく彼がわたしの目を見たときにはほっとした。

「なあ、ジムよ、村長に嘘をつくのはよくないぞ」

「いいえ、そんな……」

「どうしておれがここに来たと思う？」

「さあ。屋外トイレの視察とか？」

「おいおい、これが公衆衛生課の制服に見えるか？」

たしかに。まったく違う。軍艦を舞台にしたオペラの衣装みたいだ。

「船旅のためにここに来たんだ」

「どこへ行くの？」

「いや、おれたちはどこへ行くんだ？」

わたしは首を横に振った。

「コウ船長から電話があったのさ」とブーンが言った。

隕石《いんせき》の大きな塊が宇宙から飛んできてわたしの胃のなかに落ちた。

「ど、どうして?」

「そんなに驚いた顔をしないでくれよ。おれと船長はこういう関係なんだ」

ブーンは船舶用のロープでも結ぶように両手の指を複雑に絡み合わせた。突然、コウ船長への憎悪がわき起こった。卑劣な電話一本で彼はわたしたちの計画を失敗に終わらせたのだ。わたしはこの場ですぐに計画の中止を覚悟した。さらに悪いことに、ブーンがわたしの手を取った。彼の指は脂っぽかった。

「おれはこのあたりのボスだ。それを忘れないでくれ。おれと船長はあの沖合漁業の船団をずっと監視してたんだ」

「本当に?」

「おれたちはまとまりのない村民の集まりにしか見えないかもしれないが、マプラーオ沿岸警戒部隊は実情を正確に把握してるんだ」

彼の親指がわたしの手のひらを撫でまわした。

「それで?」

「近海漁船で殺人が行なわれてるんじゃないかと長らく疑いを持っていた。あんたがいろいろ調べてくれたおかげでおれたちの推測が正しかったとわかったよ。だが、そうなると有力者たちを敵にまわすことになる。どのように対処すべきか迷ってた。しっかりした計画がなかったんだよ」

次の質問は初めからわかっていた。

「で、どんな計画なんだ？」とブーンが言った。

「まだはっきりとは……」

浜辺のほうから悲鳴が聞こえた。まるで目に見えない鳥たちを追い払うように両腕をバタバタと振りまわしながら、ママが走ってきた。船に乗りこむ全員が集まって、母がひと息つくまで待った。母が声を取り戻したとき、それはいわくありげなささやき声でしかなかった。ひとことも聞き取れない。

「ママ、もっと大きな声で」とアーニーが促した。

母は店舗のほうを振り返った。

「あまり大きな声では話せないのよ。あいつに聞こえるかもしれないから」

「あいつって？」

「あいつよ。死体運びのひとり。爆弾魔。ごろつきのネズミ野郎。あいつが戻ってきたの。道路沿いに車を駐めて、こそこそと歩道を歩いてくるわ。でも、あたし、見たのよ。父さん、銃を出して。あのクソ野郎に……」

「ママ」わたしは怒鳴りつけた。「落ちついてちょうだい。本当にあの連中のひとりなの？」

「あの男ならどこにいようとわかるわ」

銃を取りにいっているひまはなかった。わたしたち全員が浜辺を走り、漂流物のゴミの山から武器になりそうなものをそれぞれつかんだ。竹、靴、使用済みの注射器。そして、塀やキャビンの陰に身を潜めて待った。さらに待った。しびれが切れてひと目のぞこうとしたそのとき、空港の荷物係の制服を着た小太りの男が図々しくも駐車場を歩いていた。

「やれ」とジャーお祖父ちゃんが叫んだ。

わたしたちは思慮も何もなく突っこんだ。男は両手を挙げ、服従した犬みたいに両脚を宙に突き立てて仰向けに転がった。その恭順の姿勢に気づいたスティッキーが真っ先に飛びかかり、たちまち男の顔から口ひげをきれいにむしり取った。血が出ても不思議はないのだが、それらしきものはない。しかし、襲われた男は甲高い悲鳴をあげ、それを聞いたとたんに誰だかわかった。

「勘違いよ、みんな」わたしは大きな声で言った。「この人は身内なの」

「シシー？」と言うなり、アーニーが駆け寄って元兄を助け起こした。ふたりは抱き合った。わたしも荒っぽい抱擁に加わった。ママはすぐには気づかなかった。

「その人は誰なの？」

「こんにちは、ママ」とシシーが言った。

姉だとわからなかったのは仕方がない。荷物係の大きな作業着だけでなく、ハンチングをかぶり、しかも、つい先ほどまでオレンジ色の口ひげをつけていたのだから。ニューハーフのビューティーコンテスト、ミス・パタヤ・ワールドの一九九二年度優勝者である彼女を知らない者にとっては、見ためは完全に男だったし、ジョン・ウェインみたいに歩き、伸びかけた薄いひげまでマスカラで描いていたのだ。

「ソムキアットなの？」とママが叫び、自分の初子に猛然と駆け寄った。母はわたしとアーニーからわが娘をもぎ取り、大泣きした。

「ソムキアット。やっと戻ってきてくれたのね」

これで計画は完璧になった。


「で、どこにセッティングすればいいの？」シシーがわたしに尋ねた。「それから、そのあほくさい笑みをいつまで顔に貼りつけてるつもり？」

「ごめんなさい」とわたしは答えた。「だって、めちゃくちゃ笑えるんだもの」

「偏狭な田舎のどまんなかにハイヒールと胸があらわなホルタートップ姿で現われたほうがよかった？」

「なるほど、一理あるかもね。ところで、そのあらわな胸はどこにしまったの？」

「仕方なく布を巻きつけてぺしゃんこにしたわよ」

「破裂しなきゃいいけど。まさに珍客到来だもの。姉さんが来てくれてママはとても喜んでるわ」

「元気そうよね。この海や素朴な環境がママには合ってるんだわ」

「とにかく、体にはいいみたい」

船の出航前にわたしのキャビンのポーチで姉とのあわただしい再会を楽しんだ。スティッキーが足もとで口ひげをかじっている。わたしはシシーにノイ母娘と特殊機動部隊の問題を話し、シシーの装備をホテルにセッティングするのはよくないかもしれないと言った。連中がふたたび襲ってきてコンピューターの作動を知られては困るからだ。

「というわけでね、もしほかのコンピューターが必要なら、パックナムのインターネットカフェしかないわ。運がよければ、高校生のゲーマーたちが押し寄せる前に占拠できるだろうし」

「あたしが店をひとり占めしても店長は文句を言わないの？」

「まあね……店とは暗黙の了解ができてるから。店長はわたしたちのことをネット犯罪取り締まりの警察官だと思いこんでるの。面倒なことにはならないわ。場所はママが案内してくれる」

シシーはジム用のバッグから薄いプラスティックの板のようなものを出した。

「さてと、これが優れものなのよ。優しく扱ってやってね」

「これがそうなの？」

「そう、ものすごく頑丈なXR2ダブル……」

「わかった。細かい説明はけっこう。気に入ったわ」

「当然よ。アメリカの海軍特殊部隊《シールズ》だってこれを作戦に使ってるんだから。防弾なのよ」

「本当？　防弾ならわたしの体がすっぽり隠れるぐらいの大きさのほうがありがたいんだけ

ど」

「外付けカメラやマイクまで調達してる余裕がなかったから、ここの小さな穴に向かってじかに実況放送を吹きこまなきゃだめよ。バッテリーは十四時間保つけど、万一、船が難破したり海に落ちて漂流するはめになった場合に備えて、これがバックアップ用の機器」

撃たれるよりも海に落ちるという想像のほうが恐ろしかった。

「必要なのはこれで全部？」

「いいえ。今しがたあんたの船であたしが何をしてたと思ってるの？　ほかにもちょいとした魔法の品を取りつけたのよ。軽量のエクスプローラー七〇〇で、これには……」

「それが何かということだけ教えてくれればいいわ」

「通信衛星に接続するの。受信機は常に安定していないといけないから、船の上となるとそう簡単にはいかないのよ。陸に近ければ携帯電話の電波を拾ってどうにかできるけど。でも、あんたたちがどれほど遠くまで行くかわからなかった。でもね、あのすばらしい機械はたとえどこにいようと途切れることのない無線通信が可能なのよ」

「すごいわ、シシー。ありがとう。空港の荷物係とは仲良くなったみたいね」

「それ、どういう意味？」

「制服を脱がせたってことでしょ？」

「いいえ。結局、あたしのタイプじゃなかったから。彼は予備の制服を持ってたのよ。でも、仲良くなると言えば……」

「何？」

「エドだけど？」

「彼がどうかしたの？」

「見るたびにゾクゾクしちゃうの。あの締まった体にあんたが惹かれたのもよくわかるわ」

「わたしは惹かれてなんかいないわよ」

「あら、よかった。じゃあ、あたしがいただこうっと」

「がんばってね。なんでも、口ひげを生やした空港職員に彼はグッときたらしいけど」

「女としてのあたしの姿を見せたらイチコロよ」

「姉さんのためにも彼が生きて帰れるように精いっぱい努力する。そろそろ行かないと」

わたしたちは抱き合ったが、さよならは言わなかった。

「どの機器もちゃんと作動するんでしょうね？」わたしは確認した。

「ハイテクのほうは保証する。それ以外の部分、船の航行や銃撃や救出や溺死のほうはあんたの腕次第ね」

わたしは海岸沿いを歩いた。すでに全員が乗船してわたしを待っている。浮かない顔つきの七人。わたしはチームリーダーで、内心では成功の可能性がないと考えていることをみんなには見せたくなかった。希望に満ちた表情で水をかき分けながら近づいていった。標準的なイカ釣り漁船には更衣室が完備されていないとしても、着替えの服をビニール袋に入れて持ってくることは忘れなかった。芝刈り業者のエド船長が小型船から胸の高さの海水のなかへ飛び降りた。波に苦労する様子はなかった。

「出港かい？」彼が大声で言った。

すでに海水はわたしの首まで達していた。パソコンとビニール袋は頭に載せている。エドがわたしのほうに近づいてきた。彼の意図はわかった。

「だいじょうぶよ、自分で乗りこめるわ」

どこかに小さなはしごか、あるいはクレーンがあったのではないかとわたしは思った。しかし、まっすぐな木材の壁しかなかった。しかも、その上の船べりまで手が届かない。

「残念だが、あんたには無理だ」とエドが言った。

彼はひょいと水に潜ってわたしの太腿に両腕をかけると、大きなニシン程度の重さしかないと言わんばかりに軽々と抱きあげた。どうやら抗鬱剤の副作用はまだ完全には消えてはいないようだ。ジャーお祖父ちゃんと私立探偵メンがわたしの荷物を受け取り、それからわたしの手首をつかんで船上へと引っ張りあげた。わたしと同時にエドも楽々と甲板に飛び乗った。彼はエンジンをかけて錨《いかり》をあげ、船はホンダにちょっとぶつかって動きだした。これは保険の対象になるのだろうか、とわたしは思った。ママは浜辺に立ち、捨ててあったビニール袋を振っていた。

〈親愛なるクリント。海の探検の旅と、同時に進行する陸の捜査活動に関する次の詳細は、インターネットを使った実況中継とインタビューを書き写したものです。マプラーオの刑事司法制度では、個別ではあっても等しく重要なふたつのグループが代表者となっています。すなわち、犯罪を捜査するラヴリーリゾート・ホテルのスタッフと、逮捕を行ない、時折、違反者を起訴に持ちこむパックナム署の数少ない誠実な警察官です。これは彼らの物語です〉

シシーとママはラヴリーリゾート・ホテルの警護を犬たちに任せ、マイティXでパックナムに向かった。ふたりは郵便局に寄ってママの携帯電話を回収し、不用意に彼女の住所を洩らしてしまった局長ナットから謝罪を受けた。

ピックアップトラックに戻ったママは、その携帯電話を使って特殊機動部隊の肉づき男に電話した。

「なんだ?」

「あたしの名前はミセス・ジッマナット・ゲスワン。マプラーオにあるガルフベイ・ラヴリーリゾート・アンド・レストランの経営者よ」

相手からは沈黙しか返ってこなかった。

「今朝、あんたの股間に膝蹴りを食らわせてやったのはあたし。それから……」

「覚えてるとも。なんの用だ?」

「あんたたちが帰ってからしばらくして、男があのホンダを見に来たの。何もしゃべらなかった。髪が短くて不機嫌な顔つきだったから、あんたの仲間だと思ったわ。彼はエンジンをいじっていたんだけど、そしたら、どういうわけか動いたのよ。あたしの父が感心してた。でね、次に気づいたときにはもう車がなかったの」

「誰かが持っていったということか？」

「あんたじゃないの？」

「違う」

「じゃあ、うちのお隣さんの話は正しかったのかもね。ふたりの女が銀色の車に乗ってうちのホテルから走り去るのを見たって、彼女は言ったのよ。きっと、あんたが探してる女たちだったのね。あのふたり、修理工を雇ったんだわ。車庫に多額の現金が入ったビニール袋がぶらさがってた理由もこれで説明がつく。うちの宿泊代より多いお金が入ってた。思うに、あの人たちも……」

「それは何時のことだ？」

「さあ、わからないわ。二時ぐらい？」

「車が向かった方角は？」

「南。その気になれば簡単に……」

電話が切れた。

「任務完了」とママが言い、息子の手を取った。「あんたが帰ってきてくれてよかった」

「ママは大した人ね」とシシーが答えた。

「ありがとう。これでやっと家族がそろったわ。あたしの夢が叶った」

インターネットライブ中継。午後五時。タイランド湾。

（カメラ——ジム・ジュリーのクローズアップ）

〈ジム〉

タイランド湾で激しく揺れる不安定なイカ釣り漁船からライブでお伝えしています。これはライブ映像です。英語は母国語ではないので訛りがありますが、お許しください。わたしたちが向かっている沖合では、全長四十メートルの大型漁船に少なくとも十七人のミャンマー人が奴隷として捕らわれています。おそらく、奴隷たちは銃で威されているでしょう。見張りが何人いるのか、どんな武器を使っているのか、まったくわかりません。大型船三隻に対してわたしたちは小型船一艘です。この船に乗りこんでいるのは八人で、こちらの武器は拳銃が一挺だけです。メンバーのなかには、老人、婚約中の男女、水恐怖症の女性もいます。無事に生きて帰れるかどうか、わたしたちにはわかりません。目的はただひとつ、船を見つけ、ミャンマー人を救出することです。こうして話しているうちに細かい雨が降ってきました。（カメラ内蔵のノートパソコンが少し傾き、灰色の空を映す。雨粒がレンズをたたく）またもや激しい嵐に襲われ、この冒険的企てがいっそう困難なものになるのでしょうか？わたしはリポーターのジム・ジュリーです。どういう形にせよ、この件が決着するまで、オンラインで皆さんにお伝えつづける覚悟です。虐待されている隣国人の命を救うか、あるいは、マシンガンの銃弾を浴びて殺されるか？　それを知るのは、時間と、中国の海の女神、媽祖《まそ》の介入だけです。

「あの子、これで見ると太ってるわね」とママが言った。彼女はシシーの肩にもたれながら一緒にライブ映像を見ていた。

「少し太めだわね」とシシーが相づちを打った。

「でも、脂肪じゃないのよ。あの子に脂肪はこれっぽっちもないの。がっちりした体格なの、本当よ。がっちりと締まったチェンマイの女。ほら、ご覧なさい。とてもきれいだわ。この中継を見てジムを好きになってくれる人がいたら素敵じゃない？　誰か見てくれていると思う？」

「今までのところ……二千七百だわ」

「二千七百って、なんの数字？」

「人よ……視聴者の数」

「まさか」

「ほんと。ここのカウンターを見て。これはリアルタイムで見ている人の数なの」

「そんなにたくさんの人が？」

「そのとおり」

「でも、どうやって知ったの？　まだ始まったばかりじゃないの」

「あたしがそこらじゅうにリンクを貼っておいたから。ホームページの広告。フェイスブック。ツイッター。みるみる拡散していくのよ」

「なんだか気味が悪いわね。じゃあ、この人数はもっと増えるのかしら」

「間違いなく」

「まあ。だったら、あの子を好きになる人が絶対にいるわよね？」

「ネット上には変人がたくさんいるからね、ママ」

「ひどいことを言わないで。あの子はとても魅力的で、人柄もすばらしいし、ユーモアのセンスも絶妙なのよ。ねえ、あんたなら、もう少し細く修整してやれるんじゃない？」

「整形手術もしないで？」

「ボタンとかダイアルとかいろいろ付いてるでしょ。特殊効果ってやつでなんとかできるはずだわ」

「わかったわよ」


インターネットライブ中継。午後五時四十二分。タイランド湾。


（カメラ――ジム・ジュリーのクローズアップ）

〈ジム〉

とても興奮しています。拉致されたミャンマー人の追跡に加わっているコウ船長から船の無線で連絡が入りました。漁船用の運搬船を発見し、目下、相手を警戒させないように船を止めているとのことです。現在の位置と方位を教えてくれたので、わたしたちも針路を変え、船長と落ち合うために全速力で向かっています。本船の船長の推定では一時間あまりでコウ船長の航路と交わるはずだそうです。屋根もトイレもない小さな船内では恐ろしく長い時間です。それでも、確実に追跡していると知って心温まる思いです。

勇敢な乗組員についてはすでにご紹介しましたし、ほかには誰も英語が話せないので、どのようにすればいちばんいいのか……。

〈ゲーウ〉（画面外）

あたし、話せるわ。

（カメラがパンしてクルーを映し、片手をあげて微笑むゲーウにズームイン）

〈ジム〉（画面外）

あなた、英語ができるの？

〈ゲーウ〉

国際ボディビルディング競技会ではいつも英語だから。

〈ジム〉

じゃあ、こっちへ来て。視聴者の皆さま、リポーターのジム・ジュリーにとってこれはまたとないチャンスです。海の実情やミャンマー人の苦境について誰よりも知っている地元出身の女性と交代いたします。

〈ゲーウ〉
でも、うちは米屋なんだけどね。海岸に行くのは休暇のときだけ。

〈ジム〉
では、何かほかの……そう、国際ボディビルディング界の苦境について語ってもらいましょう。わたしばかりしゃべっていると、視聴者の皆さんも飽きるでしょうからね。

実は、おしっこがしたくてたまらなかったのだ。ライブ中継の視聴者が我慢できることには限りがある。すべての行動を監視するビッグ・ブラザー的な人びとですら、浴室に監視カメラを設置することはためらうだろう。

「トイレはどこかしら？」わたしはエドに尋ねた。

トイレと呼ぶにふさわしい一室がないことはわかっていたが、それなりのエチケットはあるにちがいないと思った。大勢の妻が夫と一緒に海に出る。もちろん、夫婦なのだからかまわないかもしれないが、しかし、ここには七人の観客がいて、しかも、そのひとりは変態提督ビッグマン・ブーンその人なのだ。エドが説明してくれた。ここでもまた一枚布のパートゥンが威力を発揮した。順を追って詳しく話すつもりはない。美しい格好ではないが、慎み深さは守られ、履歴書に書ける技能をひとつ学んだ。

ゲーウがステロイド剤と良質なボディオイルの費用についてとうとうとまくしたてている

あいだ、わたしはライブ中継からしばし解放され、私立探偵メンの横に腰をおろした。

「仕事は忙しい？」地元の犯罪現場の最新情報には常に聞き耳を立てる主義なのだ。

「全然」と彼は答えた。

わたしは驚きもしなかった。

「請け負っている依頼はひとつもないの？」

「それは……」

「いいじゃないの。教えてよ。朝までには全員死んでるんだから」

「たしかに。実は、アリに雇われた」

「あの猿使いのアリ？」

「雇われたといっても、あいつのマカクを発見できたら謝礼をもらえる、ってだけのことだがね。でも、あの猿は火曜から姿を消してるんで、もう見つからないだろうな」

「そうね。それは長いわ。国境を越えてマレーシアに行っててもおかしくない。アメリカの徴兵忌避者はカナダに逃げたけど、東南アジアの猿はマレーシアに逃げるみたい。あそこにはココナッツ採取の強制労働から逃亡したマカクの共同体があって、奴隷解放のフォークソングを歌ってるのよ」

「そうかい？」

わたしの話の内容がメンには理解できていない。ほとんどの人が理解できない。ふと思いついたことがあって、さらに話をややこしくしようとしているところだった。わたしは深く腰かけた。

「猿が行方不明になったのはいつのことですって?」

「火曜だ。アリのピックアップトラックにロープで結わえつけてあったんだが、誰かがそれをはずして連れ去ったらしい」

「火曜だというのは確かなの?」

「間違いない」

わたしは戸惑いを覚えたが、優先すべき問題ではなかった。次にビッグマン・ブーンは飛ばして弟の隣にすわった。

「だいじょうぶ?」

「なんか、船酔いしてきたみたいだ」アーニーは青ざめた顔で言った。

「水平線に心を集中して、あそこの灯台に住んでいると想像してみなさい」

「どこにも灯台なんてないけど」

「だから、想像しろと言ったの」

「灯台に住んでることを想像しろという意味かと思った」

「そのとおりよ。どう? 気分がよくなってきたでしょ」

「ああ、ちょっとだけ」

「海から注意をそらさなきゃだめ。雲の形に集中。遠くの光に集中。ゲーウに集中。彼女、湾の風景よりずっときれいだわ。わかるでしょ、あなたに感心してるのよ。ここまで立派に計画したんだから」

「順調ってわけじゃないさ。シシーは迷惑だよな。あんなふうに現われるなんて」

「どうして？」

「もうゲーウは遺伝子を見てしまったってこと」

「まあ、そんな」

「おれの家系がバレてしまった」

「性同一性障害が遺伝性のものじゃないというのは科学的な事実よ。特殊な格好をしたわたしを見たことなんて……違う。これは悪い例ね。要するに、アーニー、あなたは男そのものよ。それはゲーウにもわかっている。いずれ機会が来ればあなたにもわかるわ。自分を見てみなさい。船に乗って海のまっただなかにいる。陸から遠く離れたところに。こんなこと、誰が考える？」

アーニーは目をあげて雲を探していた。

「また船に酔ってきた」

「ごめん」

わたしはぎこちなく立ちあがると、祖父とウェーウの二の腕を拳でたたいた。スポーツのコーチがよくやるのをテレビで見たからだ。士気を鼓舞するための行為。だが、ふたりとも文句を言った。痛いと言った。わたしは謝った。そして、ふたたびパソコンに戻り、ネット上の見知らぬ人びとという、小規模だが忠実な協力部隊に希望をつなぐことにした。

13

チョムプー中尉はエッグの家の前を三度も通りすぎたが、静かで平穏そうに見えた。敷地の両側は空き地で雑草に覆われている。エッグの家にはコンクリート製の前庭があり、ガーデニングをする必要はまったくなさそうだった。それに、低い煉瓦塀。短い私道は開いた車庫に通じ、もう一本の私道はカーブを描いて家の横から裏手のほうまで延びている。家屋そのものは二階建てのモデルハウスで、古代ギリシアなら似合いそうな余分の装飾がいろいろ付いているが、パックナムではいかにも大げさだ。豪華だが、人に愛される家ではなかった。チョムプーは側面の塀を跳び越えて敷地内に入った。瓶や缶、スーパーマーケットのゴミ袋が散乱している。この突然の訪問に不満たらたらなゴキブリたちが前庭の四方に散った。

「害虫どもめ」彼は声に出して言った。

彼は裏口のドアまで行って取っ手をつかんでみた。施錠されていた。背後のコンクリートの切れめから先はジャングルで、私道から土の小道につながっている。チョムプーは急カーブを歩いてもうひとつの車庫を見つけた。これはほとんどブリキの波板で造られ、正面には扉代わりに布が垂れさがっていた。この垂れ布の片隅を持ちあげてみると、暗い内部に茶色とクリーム色に塗り分けた警察のピックアップトラックがあった。見覚えがある。彼はナンバープレートを確認した。チュムポーン４４６１９。パックナム署に登録されている三台のピックアップトラックのうちの一台だ。一台はキャブレター交換のために修理に出されている。ちょうど二十分前に署を出るときにたまたま聞いたのだが、二台めのピックアップトラックの署員から連絡が入り、荷台に象を乗せたピックアップトラックを停止させたと話していた。安全のためにトヨタ・ハイラックスの最大積載量を問い合わせてきたのだ。誰も知らなかった。でも、ちょっと待って！　あたしが出たとき、三台めは警察署の前に駐まってたんじゃないの？　これは想像でもなんでもない。つまり、あたしが偵察し、塀を跳び越えているあいだに、エッグ中尉が自宅までこれに乗ってきたというの？　今は家のなかにいて、裏窓からこの不法侵入をじっと見つめているのかしら？

チョムプーは車に近づいてボンネットに片手を置いた。熱くない。エンジンからも雑音ひとつ聞こえない。かなり前からここに駐めてあったということだ。となると、一台がすでに修理から戻ってきていて、それで……あたしがナンバープレートの番号を勘違いした？　いいえ、承認のために数えきれないくらい何度も書いてきた三つの番号を間違えたりするもんですか。何か奇妙なことが起きているんだわ。

彼は家屋のほうに引き返し、ドアの前に立ち止まってからふたたび取っ手を動かしてみた。やはり錠がかかっている。枯れ果てた植物の残骸が入った植木鉢の下をのぞいたが、鍵はなかった。となると、ほかに手段はない。家宅侵入だ。バイクから小型のバールまで持ってきている。ドアは簡単に開いた。もし犯罪を仕事に選んでいれば人生はどれほど楽だっただろうかと一度ならず考えたものだが、今も同じことを思った。裏社会に差別はない。セクシーなカイリー・ミノーグ（オーストラリア出身のシンガーソングライター、女優）に憧れてもマフィアの組織で仲間はずれにはされないのだ。

一階部分の偵察はたった二分で終わった。キッチンには安っぽいテーブルと椅子のセット、皿や食器があふれかえった流し台、片隅に山と積まれた黒いゴミ袋から発する異臭、あるのはそれだけだった。一階のほかの部屋はどこも家具がなく、空っぽだ。

階段を途中までのぼったところで短波ラジオの耳障りな受信音が聞こえた。音量は低いが、明らかにレスキュー組織が使用している地元の周波数帯と同じだった。今は警察無線に周波数を合わせている。チョムプーは拳銃を抜いた。射撃練習場でしか発砲したことがない拳銃。旧式のグロックで、すさまじい轟音を立てる。しかし、彼は恐ろしかった。銃は撃つよりも相手がそれを見て逃げてくれればいい。勇敢なヒーローのタイプではなかった。頭を使う理論派なのだ。この欠点がなければ偉大な刑事になっていただろう。

チョムプーはまずドアの開いた寝室を通りすぎた。まるで豚小屋だった。そこらじゅうに衣類の山。乱れたベッドのそばにはエロ雑誌。無人だ。だが、短波ラジオの音はその隣の部屋から聞こえてくる。彼はタイル張りの床を少しずつ進み、いったん足を止めて胸の鼓動を落ちつかせると、半分ほど開いた戸口からそっとのぞきこんだ。ブラインドは閉じられている。シングルベッドがふたつ。片方のベッドにはパンツ一枚の若い男が寝ていた。頭は丸刈りで、うねる筋肉と傷跡の持ち主。口は片側がへこんでいるように見える。ラジオからひっきりなしに流れる交通情報と雑音は子守歌と化しているらしく、男は大いびきをかいていた。ベッドのあいだには椅子が二脚あり、それぞれの椅子の背に警察官の制服一式が掛かっていた。

椅子が……

……二脚。

そのとき、華奢《きゃしゃ》な背中にナイフの切っ先を感じた。皮膚がチクリと痛み、おそらく血が出ただろう。チョムプーは悲鳴をあげた。このシャツから血の染みを落とすなんて絶対に無理だ。

「これはいわゆるナイフってやつさ」耳もとからそう遠くないところでしゃがれ声が響いた。「切れ味はすごいぜ。ほんのちょっと力を入れただけでおまえの腎臓をまっぷたつに切り裂けるんだ。だから、その銃を捨てたらどうだい？」

拳銃が大きな金属音を立ててタイルの床に落ち、眠っていた若者が目を覚ました。これがネズミ兄弟のベンだった。まだ寝ぼけまなこだが、顔は醜くてひどく怒っている。

「なんだ？　何があった？」彼はマットレスから飛び起きた。

「客が来たんだ」ソクラテスが耳もとで言った。「無礼にも呼び鈴すら鳴らさなかった。しかもだ、素っ裸で汗をかいて寝てるおまえを見たとき、こいつはおまえをやるつもりだったと思うぞ」

「え？　やるって、何を？」と若者が言った。

「おい、こいつが誰か知ってるだろ？　例のゲイ野郎さ。エッグのオフィス仲間だ」

「そいつがどうしてここへ？」

「だから、言っただろ。おまえのケツを狙いに来たんだ」

ベンはいきり立っていた。状況を理解しようとするかのようにベッドのあいだを行きつ戻りつした。その様子を見ているだけでチョムプーにはわかった。多少の精神的動揺。心の奥にある多少の憧れ。次にどうなるかもわかった。裸同然の姿に気づいたベンはベッドの隅からタイの漫画雑誌をつかむなり、股間に当てて押さえた。慎みを確保したところでチョムプーの前に近づき、顔めがけて人差し指を突き立てた。

「そうなのか？」と彼は怒鳴った。「そのために来たのか？　変態野郎。死ね」

二度めの指はチョムプーの左目を直撃した。涙があふれたが、呆然とするあまり、ほとんど痛みを感じなかった。スーパーボウルのハーフタイムショーでジャネット・ジャクソンの胸が露出したときみたいに、何もかもがシュールな感じだが、しかし、こちらのほうが命にかかわる危険度が少し高いだろう。彼は警戒態勢だし、現状を把握しているが、必ずしもその場にいるわけではなかった。瞑想中のように頭が澄みきっていた。仏教とショックが入り交じっている状態。差し迫った自分自身の屈辱を、トカゲと一緒に壁に貼りついてながめているような感覚だった。

若いベンがチョムプーの拳銃を床から拾いあげた。それを今は振りまわしている。逆上して。目の色を変えて。銃身がこめかみに当たったが、この場で起きているという現実感がチョムプーにはまだ皆無だった。恐怖はない。実際、微笑すら浮かべていたかもしれない。彼の目から七センチのところで引き金にかけた指に力が入った。指の爪が伸びていて汚い。

「おい、まだだ」とソクラテスが言った。

「どうしてだよ?」

「おれがこいつの後ろに立ってるからだ。このまぬけ野郎」

冷静な論理の声さえ耳に入らないほどベンは激高しているのではないか、とチョムプーは思った。しかし、ひとつ身震いしたあと、若者は銃をおろし、チョムプーの頬に唾を飛ばした。彼は椅子の背の制服に目をやった。車庫に偽物の警察車両があった理由はこれだ。エッグがいつも短波ラジオを流していた理由。偽警官を送りこんでミャンマー人を拉致するために、本物の警察官の所在を知っておく必要があった。警官になりすます行為は重犯罪で、こうして見つかったからには彼らが自分を生かしておくはずはない、とチョムプーは思った。


インターネットトライブ中継。午後六時三十分。タイランド湾。


(カメラ――ジム・ジュリーのクローズアップ)

〈ジム〉

海に出てからもう一時間半がたちました。ずっと降りつづけていた小雨はようやくやみましたが、波は高く、船は大きく揺れ、とうていまっすぐ立ってはいられません。この状況は大きな打撃をもたらしています。

〈カメラが右に動き、アーニー、ウェーウ、ビッグマン・ブーンの尻をとらえる。彼らは船べりから身を乗りだしている。映像が不安定になり、カメラからはずれたところで女性の嘔《おう》吐《と》の音が聞こえる〉

〈エド〉(画面外)

だいじょうぶか、ジム?

〈ジム〉

え? もちろんよ。だいじょうぶ。

〈エド〉

でも、今……。

〈ジム〉

黙って、エド。

〈カメラがジムの青白い顔に戻る〉

〈ジム〉

これが自然の力です。女に身のほどをわきまえさせるもの。ここではわたしたちは虫です。宇宙の力に比べればシロアリ同然です。しかし、たとえ小さなアリの巣のなかにいても、正義と公明正大な行為を強く求めることはでき……。

（カメラがいきなりジムの足のクローズアップを写し、映像に入らないところでまた嘔吐の音が聞こえる）

「あの子たち、だいじょうぶだと思う？」とママが言った。彼女はインターネットカフェでシシーとひとつの椅子にすわりながらディスプレイを見ていた。

「モンスーンの季節に小型船で海に出てるわけだからね」シシーが母親にあらためて言った。

「奴隷船にたどりつく前に転覆することだってありうるわ。でも、だからこそすごいのよ」

「そうなの？」

「もちろん。これ以上のシナリオなんて書けないわよ。こんな生中継をやってるんだから誰だってパソコンの前に釘づけだわ。ものすごい臨場感」

「でも、もしもみんなが……わからないけど……死んじゃったら？」

「そのとおり。そこがいいんじゃないの。究極のスリリングな旅。ハリウッドみたいな予定調和的結末はなし。俳優たちが犠牲になってもいい消耗品だからこそ、この緊迫感は本物なのよ。ほら、ママ、この数字。一万四千人の視聴者がリアルタイムで見てるのよ。スーザン・ボイルがユーチューブに初登場した日よりも多いわ」

「でも、これはまじめな話なの。もし失敗したらどうなるの？」

「失敗しない人なんていないのよ、ママ。あたしたちはみんな死ぬ。でも、ネット上でライブで命を落とせる人なんて、そうそういるもんじゃないわ」

「そうなのかもね」

「あの、ちょっとすみません」

ふたりが驚いて顔をあげると、インターネットカフェの店長で、そばかす顔の男がのぞきこんでいた。彼はフロントデスクにいて施錠したガラスドアの外をながめ、あきらめて帰っていく客たちを見ていたのだ。店の利用料としてシシーが五千バーツも渡したのだが、彼は少しもうれしくなさそうだった。ところが、今は目の前で起きていることに魅了されていた。

「なんだい？」とシシーが男っぽい声で尋ねた。

「これ、現実の出来事なんですよね？」

「おまえ、それに気づくまでに二時間もかかったわけか？」

「ふてくされてたもんだから。おれ、機嫌が悪いと集中できないんですよ。このこと、ツイートしてもいいかな？」

「いいね、どんどん拡散させてくれ」とシシーが言った。


インターネットライブ中継。午後七時三十分。タイランド湾。


（カメラ――ジム・ジュリーのクローズアップ）

〈ジム〉

わたしたちはずっと海上にいて、いちばん最近の首相の在任期間とほぼ変わらない長さになります。ですが、わたしたちを先導する船のコウ船長から胸躍る知らせが入ってきました。今、彼は引き渡し地点にいます。船長同士の無線のやりとりをお聞きください。わたしが精いっぱいの通訳をいたします。

（カメラがエドにズームイン）

〈コウ〉

できるだけなりを潜めてるところだ。三隻のイカ釣り漁船はバンコクみたいに明るく集魚灯を照らしてる。こっちは照明を落として暗い。双眼鏡で見てるんだが、三隻の大型船が例の運搬船を取り囲んでる格好だ。どうやら……どうやら三隻の船でミャンマー人を分け合ってるようだ。見張りの人数まではわからない。遠く離れてるし、海が荒れてひどい状況だからな。だが……ちょっと待て。何か揉めてるようだ。見張りどもの怒鳴り声がここまで聞こえてくる。ひょっとして……どうかな。もしかしたら誰かが乗船を拒んだのかも……。

（自動小銃の銃撃音が無線から流れる）

〈エド〉

コウ！　だいじょうぶか？　コウ？

〈コウ〉

ああ。あいつら……ミャンマー人のひとりを撃ちやがった。その死体を海に放り投げた。逆らったらどうなるかという見せしめだろうな。たぶん……そうだ。（沈黙）もうすぐ運搬船がこっちへやってくる。どうすればいい？

〈エド〉

気づかれないように。でも、運搬船から離れるな。

〈ジム〉(画面外)

ごめんなさい。わたし……通訳が少しもたついてしまって。だって……そうね。なんてことかしら。あの連中は容赦ない。ねえ、エド、コウが運搬船を追跡してもだいじょうぶなの?

〈エド〉

ああ。おれに考えがある。

14

インターネットライブ中継。午後七時五十五分。タイランド湾。

〈真っ暗な海にゆっくりと顔を向けるジム・ジュリーのクローズアップ〉

〈ジム〉（小声でささやく）

照明をすべて消してここにじっとすわっています。奴隷を引き渡して港に戻る途中の運搬船が、わたしたちのほんの十五メートル先を通りすぎていくところです。運搬船を追跡するコウ船長の船の赤い信号灯が見えます。運搬船の船長を不意打ちできればと……。

〈投光灯のスイッチが入る大きな音〉

〈ジム〉

わたしたちの船とコウ船長の船がそろって投光灯を最大限の明るさで照射しました。これであの小さな運搬船が皆さんにもはっきりと見えるでしょう。こちらの船の前方に立っているのはわたしの祖父で、その隣は印象深い軍服を着たビッグマン・ブーンです。これから通訳します。

〈祖父ジャー〉（画面外）

エンジンを切れ。

（銃声）

〈ジム〉

今のは運搬船の船長の頭上に向けて祖父が発砲した銃声です。少なくとも、祖父に相手を撃つつもりはなかったと思います。強烈な投光と軍服のせいで海軍の奇襲か何かに見えることでしょう。船長は……彼はエンジンを完全に切って両手を高くあげています。こちらはエンジンを高速に切り替えて接近中。わたしたちがただの民間人だとわかれば彼は銃を抜くでしょうか？

〈ビッグマン・ブーン〉（画面外）

両手がよく見えるようにそのままあげていろ。

〈ジム〉

近づくにつれて、船長が反撃できるような体調でないことは明らかになりました。酔っぱらっているか、薬物でラリっている感じです。ご覧いただけるでしょうか？　横づけしているのがコウ船長です。船同士をつないで、運搬船に移りました。おみごとよ、船長。（コウ船長のクローズアップから捕捉した船へと映像が拡大）さあ、これです。この小型船が十七人の奴隷を大型船団まで運び、奴隷のうちひとりは船長の見ている前で射殺されました。わたしも乗りこんで、ミャンマー人たちが沖合までの苦しい旅を我慢させられた窮屈な船内を皆さまにお見せします。さてと。細い木のベンチがふたつ。足かせ。吐瀉物《としゃ》のにおい。食料も飲み物もありません。わたしの祖父が捕虜の尋問にあたっています。多くの漁船員と同様、この船長もアンフェタミンで朦朧《もうろう》としているのかもしれません。

（尋問場面にズームイン）

〈祖父ジャー〉

おい、なんて名前だ？

〈船長〉

ふん。なんだっていいだろ。

〈祖父ジャー〉

おまえの行為は国際法に違反することだと自覚してるのか？

〈船長〉

終わったのか？　まだ夜の仕事が残ってるんだ。

〈祖父ジャー〉

おまえはどこにも行けないぞ。逮捕する。

〈船長〉

へえ、そうかい。どこにも警官なんて見えないがな。老いぼれとあばずれだけじゃないか。

〈祖父ジャー〉

だとしたら、目がちゃんと開いてないんだな。

(ウェーウ元警察大尉が船長の背後にまわって手錠を掛け、祖父は捕虜を無理やりベンチにすわらせる)

〈船長〉

おい、ふざけるな。おれにはコネがあるんだ。電話番号だって持ってる。安全を保証されてるんだ。

〈祖父ジャー〉

そうかい? 番号はどこだ? 代わりに電話してやろう。

〈船長〉

シャツのポケットに。

〈祖父ジャー〉

どうも。これは大いに役立つ。裁判でな。

(カメラが回転してジムに戻る)

〈ジム〉

これでおわかりでしょう。最初の勝利です。こうしてわたしたちの船は三艘になりました。しかし、この思いがけない収穫をどのように利用するか? 引き続きご注目ください。

「まあ、まさにこれよ、ママ。やったわ」

「そうなの?」

「最高。ほら、カウンターを見て」

「なんだかすごい数ね」

「一気に跳ねあがったわ。五十万人まであと五万人よ。しかも、世界各国に広がってる。これを見てちょうだい」

シシーが離れたところにあるパソコンへ母親を引きずっていった。

「わかる、ママ？　これが統計カウンター。みんながどこからログインしてるか、これでわかるの。ここを見て。ロンドン、リオ、ケープタウン。データを見れば一目瞭然。まさにグローバルよ」

「素敵。でも、あの子を妙な外国人と一緒にさせたくはないわね。上品なイギリス人ならいいけど」

「ママ、これは出会い系サイトじゃないのよ」

「ええ、でも、細く見えるようにしてくれるって、あんた、約束したじゃないの」

「世界じゅうの男がひとり残らず夢中になるわ。ジムはセレブになるんだから。セレブになれば容姿なんてどうでもいいのよ」

ママは娘に目を凝らし、ディスプレイを触った。「セレブなんて、生身の人間とは言えないわ。エンターテインメント業界に二次元の積み木がひとつ加わるにすぎない。しかも、一時的に。あの子は優しい心根の持ち主だからまっとうな人を見つけてやりたいの」

「心配しなさんな、ジムの心はみんなに通じるわ。彼女がやってることを見なさい。あんな遠い海でみんなが動きまわってるのは、人を思いやる心があるからよ」

「どうしてあいつは裸なんだ？」

「こういうなよなよしたゲイ野郎は露出を嫌うんだよ。変態の服を着てないと途方に暮れるし、それに……」

「どういう心理学の本を読んでそんな知識を手に入れた？」

「みんな、知ってることさ」

「なるほど」

エッグ中尉は部屋の戸口に立ってチョムプーを見おろしていた。チョムプーは片方の手首をベッドのヘッドボードに手錠でつながれていた。これはホームセンターで買った二千バーツの安物ベッドなので、もしチョムプーが頭も筋肉もしっかりしていれば数秒で丸ごとたたき壊せただろうに。ところが、実際にはマットレスに横たわり、手錠を掛けられた片手は頭上に、もう片方の手は性器の上にあった。

「で、痣《あざ》だらけになってるのは？」

「逮捕に抵抗したんだよ」とベンが答えた。ソクラテスは自分のベッドにすわってながめている。ふたりとも、今は偽警官の制服を着ていた。

「いいか、通常であれば、こういうのは過剰な暴行になるだろう」とエッグが言った。「つまりだ、『おまえには敵がいる。そいつを始末する必要がある。』個人的な敵意も示さず、手際よく片づける。それが仕事だ』と言えばわかりやすいかな。だが、犠牲者となるやつがおまえの神経を逆撫でするような場合、たっぷり時間をかけて仕留めてやりたくなるときが往々にしてあるものさ」

エッグはチョムプーのベッドに腰をおろした。

「どうして猿ぐつわをしなかった？」

「ひとことも口を利かないからだよ」とベン。

「たぶん、男の体液を吸いすぎて喉が荒れてるんじゃないのか」とソクラテス。

エッグはチョムプーの慎み深い手をつかんで股間から引き剝がした。

「ほお。ゲイにしては立派なものを持ってるじゃないか。もったいないことだ。あの事件記者の女友達には見せたことがないんだろうな。そうだろ？　しかし、おまえとつきあうくらい度胸のある女だから、おまえがここへ来たのは彼女の差し金だったとしても驚かないね。そうとも、おまえにはこれだけのことをひとりで計画する判断力なんてないもんな。これも、あのファイリングキャビネットの件もそうだ。自分の不利になる証拠を警察署に置いておくとでも思うか？　どうだ？」

エッグが指をはじき、ベンが先のとがった細身のナイフを手渡した。

「こいつの携帯もよこせ」とエッグが言った。

ネズミたちは床に放り投げてあった衣類をかきまわし、携帯電話を見つけだした。エッグが画面をスクロールして番号を探した。

「あったぞ。これだ」

彼は番号を押し、携帯電話をチョムプーに渡した。と同時に、剃刀《かみそり》のように鋭いナイフの刃先をチョムプーの大切なものの下へ滑りこませた。

「なんとしても女をここに来させろ。ただし、なんの魂胆もない声で話せよ。見せたいものがあると言え。どんな方法でもいい。だが、ひとことでもバカなことを口にしたら、もともと女っ気たっぷりとはいえ、男にとって大事なこの逸物を半分に切り裂いてやるからな。いいか？」

チョムプーは携帯電話を耳に当てて咳払いをした。

「もしもし、ジム？　あたしよ。聞こえる？……ええ、もちろん、頼まれてた『ブルー・ストリーク』のDVDは手に入れたわよ。でもね、電話したのはその件じゃないの。いい知らせがあってね。計画どおり、かつら野郎の家に押し入ったのよ」

ナイフが数センチほど持ちあがり、チョムプーの声もかん高くなった。

「つまり、エッグ中尉の家……そうなの。場所は覚えてるかしら？……病院の脇道を入って三軒め。道路から奥まったところ。いろいろ探しまわって、あんたに見せたいものが出てきたの……ええ……ええ……そのとおり。すぐに来られそう？　緊急事態なんだけど……あんたはどこにいるの？……わかった。じゃあ、ここまで三十分もあればだいじょうぶね。呼び鈴を鳴らしてちょうだい。おりていって入れてあげる……わかった。あたしも愛してるわ」

彼はエッグに電話を渡した。

「ほらな」とエッグが言った。「本当におまえは女の子みたいだ。臆病者。誰といちゃついたおかげで警察という男社会に入りこめたのか、いったいどうやって中尉の階級まで昇進できたのか、見当もつかないが、おまえと同じ制服を着てるだけでおれは恥ずかしい」

「話してもいいですか？」とチョムプーが尋ねた。

ほかの三人が声をあげて笑った。

「ものすごく礼儀正しい女だ」とソクラテスが言った。

「なんだ？」エッグはナイフの刃をチョムプーの皮膚に滑らせた。

「あたしを殺すのはもう少しあとにしたほうがいいんじゃないかしらね。彼女がこの通りまで来たらまた電話をかけてくるだろうし。それに、あたしの声が聞こえなければ家のなかには入ってこないわ」

「心配するな」とエッグが答えた。「おまえを片づけるよりもっといい暇つぶしはいくらでもあるんだ。殺すのはまだまだ早すぎる」

彼は身を乗りだし、全身の力をこめてチョムプーの顔を三度殴った。三発めで鼻が折れた。チョムプーは声ひとつ洩らさず、エッグから目をそらすこともなかった。

シシーとママのそばでウィンドチャイム版の『マンマ・ミーア』が聞こえた。

「なんなの、この音？」とシシーが言った。

「ジムの携帯だわ」

シシーがバッグのなかをあさった。

「どうしてあの子の携帯がそんなところにあるの？」とママが訊いた。

「どうせ携帯電話はすぐに圏外になるだろうから、地上部隊との連絡用にと彼女があたしに預けたのよ。チョっていう人、知ってる？」

ふたりとも、画面に出た名前の意味がわからなかった。シシーは携帯電話をスピーカーフォンに切り替えた。

「はい、ジムの携帯」とシシーが応じた。

「もしもし、ジム？　あたしよ」

「あたしって、誰？」

「聞こえる？」

「ええ。でも、そっちには聞こえていないようね。あたしはジムじゃないわ。これは……」

「ええ、もちろん、頼まれてた『ブルー・ストリーク』のＤＶＤは手に入れたわよ。でもね、電話したのはその件じゃないの。いい知らせがあってね。計画どおり、かつら野郎の家に押し入ったのよ」

「チョムプーみたいな声だわ」とママがささやいた。

「あのゲイの警官？　その人なら、もうひとりの中尉の家を調べにいくって、ジムが言ってたわ」

「つまり、エッグ中尉の家」チョムプーが話を続けた。

「あんた、何かトラブってるの？」シシーが尋ねた。

「そうなの。場所は覚えてるかしら？」

「いいえ」

「病院の脇道を入って三軒め。道路から奥まったところ。いろいろ探しまわって、あんたに見せたいものが出てきたの」

「誰かそこにいるの？」

「ええ」

「わかったわ。だから、しゃべれないのね。さっきのＤＶＤの話は関係があるの？」

「ええ」

「そこにいる連中は何人？　ひとりか……ふたりか……それとも、三人？」

「そのとおり。すぐに来られそう？　緊急事態なんだけど」

「やってみるわ」

「あんたはどこにいるの？」

「パックナムのインターネットカフェよ」

「わかった。じゃあ、ここまで三十分もあればだいじょうぶね。呼び鈴を鳴らしてちょうだい。おりていって入れてあげる」

「よく聞いて。無事を確認するために二十五分後にまたこっちから電話するとそいつらに言いなさい。そうすれば、少しでも長くあんたを生かしておけるわ」

「わかった。あたしも愛してるわ」

「あんた、とても運がいいわよ」

シシーは電話を切り、母親を見つめた。

「深刻そうだったわね」

「危険な状況なんだわ」ママが同意した。「DVDで何か思い当たることはある？」

「『ブルー・ストリーク』ね。マーティン・ローレンスの映画だわ。警官になりすます役よ」

「つまり、本物の警察に通報すべきってこと？」

「でも、警官になりすましてるのが誰なのか、あたしたちにはわからないのよ、ママ。彼は警察署にいるのかもしれない。警察には近づくなという警告かも。これはあたしひとりでなんとかしないと」

「それは絶対にだめ」

「だめって、何が？」

「あんたひとりでやることよ。一夜のうちにわが子全員と父親をいっぺんに失うなんてとんでもない」

「だって、危険なのよ」

「ナイフを振りかざすヤク漬けの男を椅子で撃退した話、あんたにしてなかったかしら？」

「あのころのママは若かったの」

「去年の十月よ」

「それでも若かったの」

「あんたひとりを行かせたりするもんですか」

「わかった。わかった。でも、よく考えないと。敵は三人よ。たぶん、武器を持ってるだろうし」

「チョムプーは二階の部屋にいるのよ」

「どうしてわかるの？」

「おりていって入れてあげる、って彼は言った」

「さすが。ここからその家までどれくらいかしら？」

「たった五分」

「それなら、どうして彼は三十分なんて……？　なるほどね。早速、計画を練りましょう。連中は三十分後にジムが来ると思ってる。あたしたちが早めに着けば不意を突けるはず」

「こういうのって、楽しいわね」

そばかす顔の店長はふたりの話を聞きつつ、あんぐりと口を開けて見つめていた。

「あんた」とシシーが呼びかけた。

「おれ？」とそばかす顔。

「あんたにここを任せる」

「おれに？」

彼はうれしそうだった。シシーはコンピューターの設定と現在進行中のメンテナンスについて説明した。サイトの閉鎖を狙ってシステムに侵入しようとする者がいないか監視するために、目を離してはいけない外部ブロックがあった。それに、何か障害が起きた場合に備えたバックアップ・サイトもある。こうした内容がコンピューターオタクの宇宙語で語られ、相手にも理解された。ママはその様子を見ながら、自分の長男がすばらしい成長を遂げたことに感動していた。

パイパー・ポーターフィールドはNGO〝ミャンマーに希望を〟の事務所にひとりすわり、ノートパソコンで〝スパイダーソリティア〟をやっていた。彼女の配属先は条件が厳しく、しゃれたワインバーや洗練された西欧文化が恋しくてたまらなかった。メーホンソーンは北部ではにぎやかな町だが、あまりにも田舎だった。英語の映画がかかる映画館すらないし、まともなデリカテッセンもない。天井にトカゲが何匹も貼りついている居心地の悪い居間や、外の木立でざわめく得体の知れない虫たちの薄気味悪い物音がいやで、いつも帰宅は遅くなる。文明社会へ戻るまであと七カ月だ。

ディスプレイの片隅でチャットボックスが光った。パオだった。パオは六時に帰宅したが、まだインターネットを通じて彼女の事務所管理の仕事をしていた。

〝これ、見ましたか？〟というメッセージと一緒にサイトのアドレスが書かれていた。

www.gulfslaverhunt.co.org。

パオはコンピューターゲームに熱中している。彼女が送ってくるわずらわしいほかのスパムメールと一緒にこのサイトも削除しようとした。しかし、退屈しのぎにカット・アンド・ペーストしてクリックしてみた。

ディスプレイに映像が現われた。画質はそれほど鮮明ではない。あちらこちらに画像の乱れがある。だが、明らかに水平線を見渡す海の景色だ。遠くには点々と船の姿。そして、なぜか聞き覚えのあるナレーション。

〈ジム〉（画面外）

あと三十分足らずで三隻の奴隷船が視界に入ってくるはずです。気づかれないように闇に紛れて接近するチャンスが高くなっています。大型漁船はイカを引きつけるためにまばゆい集魚灯を下に向けますし、客が来るとは思ってもいないでしょう。さらに、わたしたちは増援部隊を招集しているところです。コウ船長が一時間ずっと無線で交信中。ただし、カラオケ決勝戦がまもなく始まるため、ミャンマー人の命よりも高級日用品という賞品のほうが優先されそうです。

パイパーは画面上段のカウンターを真っ先に見た。これが信頼性のある数字だとすれば、今晩、このサイトの閲覧者は約五十万人にのぼる。今見ているサイトのロゴによれば、ユーチューブでも同時に流しているようだ。下段の左側にボタンがあり、〝奴隷船追跡ホーム〟にリンクがつながっている。彼女はそれをクリックした。リンク先は見栄えのしないホームページで、ジム・ジュリーと少人数の英雄的仲間たちが、拉致された十七人のミャンマー人を三隻の奴隷船から救出するために、午後四時に出航したと書かれていた。ミャンマー人たちは武装した監視員に見張られている。ジムと仲間たちにはたったひとつの武器しかない。無法地帯とも言うべきタイランド湾のはるか沖合に彼らだけで乗りこむ。状況はかなり不利で、可能性は低い。などなど。

片側には時刻が一列に並んでいる。どの時刻でもいいからクリックすると、そのときに起きたことを再生できる仕組みだった。重大事が起きた時刻にはドクロマークのタグが付いている。全体としていかにも大急ぎで作成したサイトのようだ。アートワークは手抜き。だが、目的は充分に果たしている。ジムという女性は決まり文句や芝居がかった表現に頼る傾向があるし、英語も訛っているが、彼女の決意にはみじんも疑いがない。たしかに素人臭いが、その分だけ信憑性が高くなる。この影響力は並みではない。

パイパーは電話に手を伸ばした。

インターネットライブ中継。午後八時二十四分。タイランド湾。

（暗視スコープ映像）

〈ジム〉

どうにか暗視スコープに切り替えることができました。手間取って申しわけありません。この船の後ろに二艘の小型船が見えると思います。一艘は今夜のヒーロー、コウ船長の持ち船で、彼は勇敢にも運搬船を追跡して奴隷船との接触地点をつきとめました。その後ろに続くのは捕獲した運搬船で、今は私立探偵メンが操縦しています。彼から頼まれたことですが、このライブ中継を見てくださっている依頼人には二割引の料金で対応するそうです。また、彼は高品質のプラスティック製日よけも製作しています。ご覧いただいている皆さまのなかには、なぜこれほど緊迫した場面で宣伝をするのか不審に思われる方もいるでしょう。その理由の一部は、この三十分、何も起こっていないためであり、なおかつ、わたしがプレッシャーを感じて……。

〈祖父ジャー〉（画面外）

ジム！

（不器用な動きでカメラが船首側に向けられる。ウェーウ、ブーン、祖父の三人が双眼鏡で前方を見ている）

〈祖父ジャー〉

あれだ。

〈ジム〉

そうだわ。あれにちがいない。

〈エド〉

わかった。船を横向きにしてるところだ。これで後ろの二艘が隠れる。奴隷船がこっちに気づいても、身のほど知らずのイカ釣り漁船が一艘としか見えないだろう。深くは考えないさ。

〈ジム〉

どうして？

〈エド〉

このあたりは産卵域だからだ。合法的な漁業水域から二十キロ離れてる。ここにいる漁船はみんな違法操業なんだ。

（ジムのクローズアップ）

〈ジム〉

というわけで、標的が見つかりました。月が雲に隠れているので、ベルベットの手袋にすっぽりくるまれている感じです。まもなく獲物に迫ります。フォースがわたしたちとともにありますように。


人けの少ない家のなかでは玄関の呼び鈴が大きく鳴るとその振動までが伝わってくる。

「来た」とベン・ネズミが言った。

「違う」とエッグが言った。彼は二階の表側の部屋にいて、明かりを消して窓辺に立っていた。そこからはコンクリートの前庭がはっきり見える。ポーチの照明が玄関先を照らしていた。「売春婦がふたりだ」

ベンとソクラテスが寝室から飛びだしてエッグのそばに駆け寄った。

「おまえたちが……？」エッグが問いかけた。

「いいや」とソクラテスが答えた。彼はベンをにらみつけた。「おまえか？」

「まさか」ベンが憤然とした顔つきで言い返した。「おれは女に不自由してないさ」

ふたたび呼び鈴が鳴った。前庭はがらんとしていたが、売春婦のひとりがポーチの屋根の陰から少し後ろにさがった。女が窓のほうに顔をあげ、男たちは反射的に半歩後ろに身をひいた。ミニスカート。ハイヒール。襟ぐりが大きく開いたトップ。片方の目が隠れるゴージャスなロングヘア。深紅の唇が形作る美しい微笑。

「あの女なら試してもいいな」とソクラテス。

「おれも」とベン。「もちろん、ただならだけど」

エッグがふたりに顔を向けた。

「そんなお遊びを考えてる場合じゃないって、おまえら、ちゃんとわかってるのか？　人間を何人か、殺そうってときだぞ」

「誤解だよ」とソクラテス。「たしかに、ああいう連中を呼ぶ番号ぐらい知ってるが、おれたちは電話なんかしてない。とにかく、今夜は」

もうひとりの女が後ろにさがり、窓に向かって手を振った。見た感じではこちらのほうが最初の女よりさらにセクシーだった。ふたりはなにやら叫んでいるが、エアコンを効かせ、外の車の音を遮断するために、この窓は二重ガラスになっていた。

「ひょっとしたら、どっちかひとりがあの女なんだ。ジムって女」とベンが言った。

「おい、おまえらふたりとも本人と会ってるだろう。あんな感じの女だったか？」とエッグが指摘した。

「あいにく、そうじゃないな」とソクラテス。

「あのふたり、帰りそうにないぞ」とベン。「エッグ中尉、あの女、あんたのバイクを指してるぞ。あんたが警官だって知ってるんだ」

「あいつらに話をしてこなきゃならないな」とエッグ。「ジムが来たときにうろちょろされてたら困る。おまえたちはここにいろ」

エッグは急いで玄関に向かった。ふたりの売春婦が彼のバイクに寄りかかっていた。遠目で見たよりも実際にはもっと年配の女たちだった。ふたりはまじめくさってワイをした。

「そのバイクから離れろ。なんの用だ？」

シシーがママに顔を向けた。

「ほらね、デーン。これは警察のバイクだと言ったでしょ。ナンバープレートでわかるのよ」

「いかにもあんたらしいわね、ノイ。自分が正しいと得意げなんだから」

「誰が得意げなのよ？　警察のバイクならひと目でわかるって言っただけじゃないのさ」

「さんざん後ろに乗っけてもらったからでしょ」

「そうよ。大げさなんだから。なんにでもケチをつける。テレビドラマみたいにいちいち騒ぎ立てられたんじゃ、あたしは何も言えやしない」

「なに、それ？　そういうあんたはどうなのよ？」

「ちょっと、いいかげんに……」

「おい！」とエッグが怒鳴った。「静かにしろ。ここで何をしてるんだ？　私有地だぞ」

「あら、そうなの？」とシシー。「県のスポーツスタジアムだとばかり思ってたわ」

「年取った売春婦が利いたふうな口をたたくな」

「まぁぁぁぁ」とふたりの女が言った。

「ねえ、早合点はしないでちょうだい」とママ。「あたしの仲間が商売女だなんて、どうしてそんなばかげたことを考えるのかしら？」

「まっとうな女なら、おまえらみたいにケツまで見えそうな短いスカートなんてはかないものだ。わかるだろ」

エッグはうんざりした。そして、ホルスターから拳銃を抜いた。

「まあぁぁぁぁ」とふたりの女。

「あたしたちを侮辱するだけじゃ飽きたらずに、今度は撃とうってわけ？」とシシーが言った。「警察の暴虐ぶりもここに極まれり、って感じだわね」

彼女は二階の窓からのぞいている制服を着たふたりの男に手を振り、投げキスをした。若いほうの男が手を振って返した。

「あんた、ライオンズクラブにこのことをどう説明するつもり？」とママ。

エッグが笑い飛ばした。

「おまえらみたいな年取った売春婦がライオンズクラブとどんな関係があるっていうんだ?」

「あたしたちは会員なのよ」とママ。

「会員とはキャバレーか何かか?」

「まあぁぁぁ」とふたりの女。

「これで決まりね。あんたの上司に電話するわ」とシシーが言った。そして、怒ったそぶりで開いた玄関口に向かった。

「そこで止まれ」エッグが叫んで彼女のあとを追った。「なかに入ることは許さんぞ」エッグが追いついたとき、シシーはポーチの屋根の真下にいた。エッグが彼女の腕をつかんで銃口を彼女の耳に向けた。すかさずシシーが体をまわしてエッグの首にスタンガンを当てた。鶏が産み落とす卵のように彼は倒れこんだ。ママが微笑み、二階の男たちに投げキスをしながら楽しそうにポーチへ歩み寄った。若い男たちの視界から消えるところまで来ると、シシーを手伝って気絶したエッグ中尉の重い体を家のなかに引きずりこんだ。

「五分もすればこいつは意識を取り戻すわ」シシーが小声で言いながら玄関のドアを閉めた。プラスティック製の手錠をバッグから取りだし、後ろ手にしてエッグの手首にかけた。そして、大きなスポンジボールを彼の口に押しこんだ。

「あたしもバッグの中身を考えなおさないといけないわね」ママがささやいた。

「ここからが厄介なのよ。ママ、本当にだいじょうぶ?」

「任せてちょうだい」

ネズミ兄弟はエッグと売春婦の姿を見失った。階下は静まりかえっている。

「下で何をやってるんだろう？」とベンが言った。

「X線スコープを持ってくるんだったな」とソクラテス。

「そんな必要は……」

「ちょっと、あんたたち！」階下から女の声が呼びかけた。

「あいつら、家のなかに入ってるぞ」とベン。

「どうしてエッグは家に入れたんだ？」

「たぶん……話をまとめたんだ」

「十分後にはあの女が来るんだぞ。お遊びをしてる場合じゃないと言ったのはやつだ」

「ねえ、聞こえてる？」またもや呼びかける声。「あたし、ここでひとりぼっちなのよ。あんたたちの中尉さんは居間であたしの友達とお楽しみ中なのに、あたしには遊んでくれる人がいないの。お兄さんたちのどっちか、相手をしてくれない？」

「おれが行く」とベン。

「おい、待て」

「先に言ったのはおれだ」

「違う、そういう意味じゃない。これはなんか変だぞ」

「おれのほうが若い。だから……」

「聞けよ、バカ野郎。様子がおかしいって言ってるんだ。これから人殺しをやろうってときにエッグが女と遊ぶか？　どんなにセクシーな女であろうと関係ない」

ソクラテスは寝室の戸口に近づいた。

「エッグ？　エッグ？」と叫んだ。

「やつは一発やってる最中なんだよ」とベンが言った。

「そんなはずはない。いいか。おまえが先におりろ。あの売春婦たちが本物かどうか見きわめるんだ。おれは銃を持っておまえのあとからそっとおりる。わかったな？」

ふたりは二階の踊り場に出ると、ソクラテスが大声で言った。「いいだろう。おまえが行ってこい。おれはここに残って……テレビを見てるから」

よかった。あやうく〝人質を見張る〟と言いそうになった。ぎりぎりのところで頭が働くのは心強いものだ。ベンが一度に三段ずつ階段をおりた。ソクラテスは五つ数え、ゲイ警官がベッドに拘束されていることを確認してから、ゆっくりと階段をおりた。そして、途中で足を止めた。居間のドアが閉まっていた。その向こう側から耳慣れた女の色っぽいうめき声が聞こえる。さらに二段おりたとき、「それにしても、あんたって、すごくハンサムね。さあ、近くへ来て」という声がキッチンのほうから聞こえた。

ソクラテスは顔をしかめた。おれはいつだって付添人の役だ。どうして幸運が転がりこむのはほかの連中ばかりなんだ？　思いもかけず売春婦が戸別訪問してきたというのに、自分だけチャンスを逃した。いつもそうだ。でも、せめてのぞき見ぐらいしてやろう。彼はつま先立って最後の十段をおり、足音を立てずにキッチンの戸口まで近寄った。キッチンのテーブルで絡み合う男女の姿を期待してドアの隙間からのぞきこんだ。だが、空き瓶のほかは空っぽだった。彼は冷蔵庫やオーブン、流し台の下まで首を突っこんだ。キッチンの床に脚を広げて倒れている仲間にかろうじて気づいた瞬間、背後から強烈な電気ショックを受け、世の中が真っ暗になった。

15

「さてと、こいつらをどうしようかしらね」とママが言った。「あたし、ずいぶん長いことSMプレイをやってないのよ。最後のお相手は聖職者だったわ」

シシーとチョムプーが振り向き、眉を引きあげて彼女を見つめた。ママの普段着はシシーのレンタカーの後部席に入れてあるのだが、彼女は売春婦の格好で押しとおすと言い張った。五十八歳にしてはスタイルがいいのに、それを見せびらかす機会はあまりないのだ。シシーは実用的な日本製のツインセットとロングスカートに着替えていた。チョムプーは制服姿に戻ったが、顔はひどいありさまだった。

「このスタンガン、かなり楽しいわ」彼は、手錠をはめられて居間の床に仰向けに寝かされた三人の悪党のほうに身を乗りだした。

「飽きちゃうわよ」とシシーが言った。「実際、あたしたち三人とも飽きてるんだし」

「新しいおもちゃって、つい夢中になっちゃう」チョムプーが答えた。

「ねえ、ここに父さんがいないのは本当に残念だわ」とママが言った。「父さんならこの悪党たちを大喜びで感電死させたでしょうに。だって、ゾクゾクするほど楽しいんだもの。あたしもちょっとだけ自分にバチバチッとやってみたいくらい」

「たった一日で充分すぎるほど興奮したでしょうに」シシーが釘を刺した。

「そのとおりかもね。過ぎたるはなんとやら、かしら。でも、まじめな話、こいつらをどうする？　五キロのコンクリートブロックを付けて海に沈めちゃう？」

チョムプーは微笑しようにも腫れあがった唇ではむずかしかった。

「このふたりは警官になりすました犯罪者よ」と彼は言った。「裏手に偽物の警察のピックアップトラックがある。たぶん、警察車両の模造を取り締まる法律はあると思うわ。おたくの店舗に爆弾が投げこまれた当日、彼らが偽の車に乗ってるところを見たという目撃者が出てくるかもしれない。たとえ、目撃者がいなくても、それくらいのでっちあげはできる。問題は……こいつよ」

チョムプーが顎をしゃくってエッグを示した。先ほどからエッグにスタンガンを押しつけて遊んでいる。大人げない行為だとわかってはいたが、楽しくて仕方がなかった。彼はスタンガンの先端をエッグの腿に少しずつ当てていき、そのたびにくぐもった悲鳴が洩れた。三人の男たちは口にスポンジボールを押しこまれている。サディスティックな性的快感がないわけではないが、深入りはやめておこう、とチョムプーは思った。変態にはなりたくなかった。彼は努めて落ちついた声を出した。

「この中尉についてはまだ確かな証拠が何もないのよ。こっちのふたりを説き伏せてエッグの罪状を暴くために証言させることは可能かもしれない。状況証拠は山ほどあるけど、でも、これという確実な証拠は……今のところないわね」

彼の手振りが大きかったため、スタンガンが傾いてうっかりエッグに電気ショックを与えてしまった。

「あらら、ごめんなさい」とチョムプーが言った。「たまたま当たっちゃって……ま、いいわね。この優れものは再充電しなきゃいけないの？」

「あと二時間は使えるわ」とシシーが答えた。

「素敵。いつかぜひ意見交換しましょうね。ところで、ママ、さっきの質問の答えだけど、うちの署に連絡してこいつらを逮捕させるには充分な証拠がある。ただし、唯一の不安は、このもじゃもじゃ頭がひとりきりでやってるわけじゃないってこと。つまり、彼に有力な後ろ盾がいると明らかになれば、明日にはもう釈放されてしまうでしょうね。そういうことは日常茶飯事なの。だから、結果的にそうなるのであれば……」

彼はエッグに笑顔を向けた。

「この場で殺して茂みのなかに埋めちゃうわ」

「それは名案ね。ぜひそうしましょう」ママが言った。「体制側なんて、とうてい信用できないもの」

シシーはふたりの顔を交互に見ながら、悪玉警官同士が手を組んだようなこの戦術はどこでけりがつくのだろうか、と思った。そもそも、これは戦術なのか？　チョムプーはむさぼるような眼差しをエッグ中尉に注いでいる。

「ママ」とチョムプーが言った。「目をそむけていたほうがいいと思うわ。この捕虜に対してこれからとてもおぞましいことをするから」彼はスタンガンを置くと、ネズミ兄弟から押収した鋭いナイフの一本を手にした。

「いいのよ、あたしはいつでもそばにいるんだから」とママが答えた。

「じゃあ、好きにしてちょうだい」

チョムプーは三人の捕虜をまたいで彼らの頭のそばに膝をついた。左手にナイフを持ち、右手を前に伸ばしてエッグ中尉のもじゃもじゃ髪をつかんだ。そして、ありったけの力で引っ張った。かすかに裂けるような音がしたが、ほとんど抵抗はなかった。チョムプーは剝ぎ取ったかつらを高く持ちあげ、情けない状態となったエッグの頭を見おろした。それは過激な森林伐採を連想させる光景だった。破壊と退廃。無残な頭だった。

「状況はどうだい？」とシシーが尋ねた。預かった鍵でママと一緒にインターネットカフェに入ろうとしたのだが、ドアは施錠されていなかった。十二人の客がそれぞれコンピューター前のスツールにすわっていた。全員が奴隷船サイトを見ている。

「あんた……誰だ？」そばかす顔の店長がすわり心地のよい回転椅子から立ちあがった。

「記憶力が悪すぎるな」シシーは荷物係の声色で言った。「外部ブロックの調子はどうなってる？」

「あんたか」と言ってそばかす顔が椅子にすわりなおした。

りこんでる?」

「そうさ。変装してるんだよ。さっさとその椅子からどきな。それに、なんでこの連中が入

若者はあわててフロントデスクに戻った。

「ツイッター仲間なんです。押し寄せてきちゃって入れないわけにはいかなかった」

「この十二人が? あんた、人気者なんだな」

シシーはカウンターを確認してからママに笑みを見せた。

「八十九万人よ」と彼女は言った。「スワジランドの人口とほぼ同じ人数がこの四時間のあいだにサイトを訪問して、あたしたちの奴隷船中継を見たことになる。悪くないわね。ほんと、悪くない。そのうちの七割がぼんやりしてたりヤクでハイになってたり、寝ぼけまなこで、これが現実の出来事だと気づかなかったり、あるいは、関心を持たなかったとしても、それでも問題提起を探している活動家やジャーナリスト、ブロガーはこれを見逃さないわ。十三世紀から少しも進歩していないと激しい怒りを表明する著名人だっているだろうしね」

「このお連れさんはどなたですか?」そばかす店長がそっと問いかけながら、ママににやりと笑いかけた。ママは遠慮がちに誘惑の眼差しを返した。

「そんなことはどうでもいいの」シシーがはねつけた。「サイトの動きはどうなってる?」

店長はしぶしぶママから目を離し、コンピューターに関心を戻した。

「暗いです」とそばかす顔が言った。

「見ればわかるわ」とシシー。「あのXR2は暗視スコープ搭載なのに。どうして彼女は使

ってないわけ？」

「あの、ジムとエドは照明をすべて消してるんですよ」羽毛のような口ひげを生やした軟弱そうな男が言った。

「それはおかしな……」シシーが言いかけた。

「あの前方に見える明かり」今度は青みがかった肌の若い女が言った。「あれが奴隷船団なの。エドは潮の流れに乗って船を近づけてる。エドの船にいる人たちは全員が沈黙を守り、ジムだけが声をひそめて中継してる。それでも、夜の大気ごしに音が伝わるんじゃないかと心配してるわ。なんだか……ものすごい緊迫感よ」

「これに比べたら『ブレア・ウィッチ・プロジェクト』なんてフィクションみたいだ」

「あの映画はフィクションなのよ」とシシーが言った。

「それはどうかな」とそばかす店長が言い、ママにウインクした。

「わかった、もういいから」シシーは今にもキレそうだと感じた。「ママ、本当に着替えるつもりはないの？」

「ええ」

「しょうがないわね。じゃあ、ボリュームをあげて妹の話を聞きましょう」

「いよいよだわ」と青い肌が言った。

インターネットライブ中継。午後九時四十四分。タイランド湾。

（ジムのクローズアップ）

〈ジム〉

……そこで計画を思いつきました。危険ですが、選択の余地はほとんどありません。祖父ジャーとウェーウが運搬船の船長にラム酒をしこたま飲ませています。その前から船長はへべれけでしたが、今や完全な泥酔状態です。

（カメラがパンして、船長に酒瓶のがぶ飲みを勧めている老人ふたりを映す。続いて、なかば服を脱ぐアーニーとゲーウを映す）

〈ジム〉

われらが勇敢な志願者、弟のアーニーとその婚約者ゲーウがミャンマー人の農民らしく変装しています。あちらが自分のTシャツを破いているアーニー。そして、ゲーウのTシャツを破ろうとするビッグマン・ブーン。さらに、彼のみぞおちを殴りつけるゲーウ。顔を平手打ちするよりもずっと静かな方法ですね。おわかりでしょうが、ここでは緊張が高まっています。これからアーニーとゲーウが酩酊《めいてい》した船長とともに奴隷運搬船に乗りこみ、私立探偵メンが船長を務め、わたしはビニールの防水シートの下に隠れます。エドとビッグマン・ブーンは東に向かい、周回します。コウ船長とウェーウ、祖父ジャーも同様に西に向かいます。わたしたちは攻撃力で上まわることはできないので、運搬船に接近したときと同じ戦術を使うしかありません。わたしたちがなんらかの公的立場にいると納得させることができれば、奴隷船に乗船して武装解除させるだけの時間稼ぎができるかもしれません。少なくとも、それが方針です。

（カメラが運搬船に持ちこまれ、小さな船室に寄りかかる船長と舵を取るメンを映す）

〈ジム〉

これから出発です。奇襲にはうってつけの夜です。すでに雨はやんでいますが、引き続き雲が隠れ蓑となってくれることを祈りましょう。空のどこかに満月が隠れていて、雲ひとつない夜なら月明かりで何キロも先まで見渡せます。この船が三隻の奴隷船に近づいた時点で彼らの投光灯がわたしたちに向けられるでしょう。わたしは防水シートの下からこの放送を続けます。（乗船者にズームイン）。しかし、今はまだシートをかぶっていませんので、わたしの勇敢な弟とそのフィアンセのそばにいます。ゲーウ、気分はどう？

〈ゲーウ〉

ボディビルディングの大きな競技会の前みたいよ。どうなるか先が読めなくてどきどきする感じ。ここではステロイド剤が手に入らないしね。でも、今夜は誇らしい気分よ。

〈ジム〉

誇らしいとは、どういう点で？

〈ゲーウ〉

ここにいるあたしの彼氏を誇りに思うわ。真っ先に彼が志願したんだもの。躊躇なく。好きだわね、そういうの。勇敢で決断力のある男。こういう状況でこそ、本当の性格が表われるものよ。

（ひどく顔色の悪いアーニーのクローズアップ）

〈ジム〉

で、アーニー、あなたはどう？

〈アーニー〉

まあまあ。

〈ジム〉

それだけ？

〈アーニー〉

ああ。

〈ジム〉

こういうものですね。行動する強い男は言葉数が少ない。ふたりとも、がんばって。さて、これから……。

〈メン〉

ジム、隠れろ。

（強力な光を浴びて画面が真っ白になる。さまざまな角度に揺れ、空やぼやけた動きが映る。背景で怒鳴り声。銃声。画面が真っ暗になる。聞こえるのは、まるでパソコンそのものが呼吸しているような荒い息づかいだけ。一分ほどこの状態。ようやく、防水シートに隠れたジ

ムの超クローズアップ。暗視カメラ。パニックにゆがむ顔）

〈ジム〉

（ささやき声）見つかって……見つかってしまいました。これは（息づかい）これは想定外の速さです。投光灯がわたしたちを照らしています。わたしの姿が敵に見られたかどうかはわかりません。わたしは光をまともに浴びました……とにかく、わかりません。見張りのひとりが銃撃してきました。メンがエンジンを切って両手をあげました。彼らは怒鳴り声でわたしたちの用件を問いただしました。向こうは……ちょっと待って、すべてを聞き取るのはむずかしくて……今はメンが事前に用意しておいた作り話を伝えているところです。彼は船長の甥っ子という設定です。船長が正体もなく泥酔してしまったので、無線で甥を呼んで港に帰る手助けをさせる。しかし、甥は船のなかで防水シートの下に隠れたミャンマー人をさらにふたり見つける。待ってください。一隻の船がエンジンをかけたようです。メンはこの作り話を上手に語っていますが、奴隷船側が信じたかどうかはわかりません。わたしには何も見えません。ほかの二艘の船のエンジン音が彼らに聞こえないといいのですが。

奴隷船の一隻がこちらの船に横づけしたような音が聞こえます。真上から声が降ってくるような感じです。わたしは……用心しないと。どうかやつらが船に乗ってきませんように。

〈ジム〉

（不明瞭な怒鳴り声）

奴隷船のボスが怒っているようです。彼は運搬船の船長に向かって叫んでいますが、答えは返ってきません。大量のラム酒を飲ませたのですから不思議はありませんが。これから通訳します。

〈ボス〉

おまえは十七人連れてくることになっていた。そうじゃないのか？　それがこちらの……こいつ、聞いてないな。誰かこのろくでなしを海に放りこめ。

〈船長〉

ぶわゎゎきゃゃろろろおぉぉぉぉ。

〈メン〉

叔父貴はしょっちゅうこんなふうになるんですよ。おれが面倒を見ますから。

〈ボス〉

そいつのことなんてどうでもいいんだ。知りたいのは数だ。おれは十七人と聞いている。ひとりは言うことを聞かなかったから何発か銃弾を浴びたが。だから、残ったのは十六人だ。違ってるか？　誰か違うと思うやつはいるか？　とにかく、十六人いるんだ。気に入らないな。おまえ、誰だ？　どうしてこんなときに都合よく海に出てたんだ？

〈メン〉

都合よく出てたんじゃありませんよ。おれだって自分の船を持ってる。おれと弟の持ち船だ。そう遠くないところにいたんで、無線を聞いて叔父貴を迎えにいった。そのとき、隠れてるやつを見つけたってわけでして。

〈ボス〉

今日、運搬船の警護をしたのは誰だ？　おい、スー、こっちへ来い。

〈乗組員2〉

はい、ボス？

〈ボス〉

このことを何か知ってるか？

〈乗組員2〉

このことって、なんすか？

〈ボス〉

この船にミャンマー人がほかにふたりいたと、見たこともない男が言ってるんだ。

〈乗組員2〉

マジっすか？

〈ボス〉

マジ、だと？　どういう意味だ、マジってのは？　乗船したミャンマー人を数えるのはおまえの役目だっただろ。十七人だったのか、十九人だったのか？

〈乗組員2〉

おれが数えたときは十七人でしたよ、ボス。

〈ボス〉

で、やつらを船に乗せたときに数えたんだな？

〈乗組員2〉

へい。船にすわってるときに。

〈ボス〉

どっちなんだよ、おい？　船に乗せてるときか、それとも、乗せたあとか？

〈乗組員2〉

あのときはいろいろ大変だったんすよ。いろんな船が出入りしてたし。まわりに人がたくさんいたし。急いでやつらを乗せなきゃならなかった。それに、大勢いたし。だから、ひとまとめにする手伝いまでしなきゃいけなかった。急がせるとかね。そのあと、おれとあの警官コンビでやつらに足かせを付けた。それから数えたんすよ。

〈ボス〉

警官コンビは余分にふたりいるって言ってたか？

〈乗組員2〉

べつに話なんてしませんから。仲良くなれる連中じゃないんすよ。あのふたりは獣だ。

〈ボス〉

じゃあ、ほかにもふたりのミャンマー人を連れてきた可能性はあるんだな？

〈乗組員2〉

ありますよ。大ありだ。

〈ボス〉

こんなばかでかい図体のふたりが、あそこにあるような防水シートの下に隠れていたのに、おまえも警官コンビも気づかなかったなんて、考えられるか？

〈乗組員2〉

あいつらに足かせを付けることでいらついてたから、隅々まで見る余裕はなかったんじゃないかな。

〈ボス〉

まったく！　大金を払ってる乗組員の質がこれか？

〈乗組員2〉

あれだけの人数なのに武装した見張りはたったひとりで……。

〈ボス〉

やかましい。いいから黙ってろ。おい、ムー、船におりろ。

（ドスンという音と重い足音が間近で響く）

〈ジム〉

ひとりが船に乗ってきました。どうか捜索しないで。捜索はしないで。この小さな船で人が隠れられるのはここだけなの。お願い。そう、いいわ。男は前方に行きました。彼は……彼はなぜ船長の足首が係船柱につながれているのか問いただしています。船長が酔っぱらうと海に飛びこむ癖があるとメンが説明している。家族が何時間もかけて探すはめになる。彼の命を守るにはこの方法しかないのだと。

〈船長〉

うぅぅぅるるるへえぇぇぇぇ。くくそっったたたれぇぇぇぇ。

〈ジム〉

見張りが笑っています。これはうまくいくかも。あ……あぁ、まずいわ。彼がアーニーとゲーウにビルマ語で話しかけています。これでは何もかも台なしになってしまう。外の様子を見るためにこのシートを少しだけ持ちあげて……まあ、大変。

（カメラが前を向いて男たちの取っ組み合いを映す。どこからか銃弾が飛んでくる）

〈ジム〉

（クローズアップ。荒い息）信じられないわ。アーニーが見張りの男に襲いかかった。格闘になった。相手の銃まで奪い取った。ところが、横づけしている船から誰かがライフルを発砲しました。メンが大きななたを片手にアーニーに駆け寄りました。アーニーを引っ張り、なたの柄で頭を殴ったようです。アーニーはあっけなく倒れました。

（カメラがふたたびアクションをとらえる。わずかにぼやけているが、ゲーウが席から駆け寄ってメンに体当たりする映像。メンは彼女を蹴り倒し、なたを振りおろそうとするかのように彼女を見おろす）

〈ボス〉

待った、待った。

（カメラがふたたび防水シートのなかへ。ジムのクローズアップ）

〈ジム〉

今や大型船に囲まれています。ほかの二隻もこの騒ぎを見に来たものと思われます。もう手に負えません。あまりに展開が速すぎる。コウ船長とエドはいったいどこにいるの？　これは誰のアイディアだったの？　なんてことかしら。ボスは歩きまわりながら、もともと十七人の生きた体が運ばれてくるはずだったと言っています。十九人とは聞いていない。誰も十九人とは言わなかった。本部に連絡しなければ。彼はひとりごとを言っているようです。乗組員が別の提案をしています。

〈乗組員1〉

ふたりとも殺しちまえばいい。どうせもうトラブルを起こしてるんだから。

〈乗組員2〉

でも、どっちも力がありそうだ。見ろよ、あの筋肉。労働力として使い物になる。

〈ボス〉

ランスワンの連中と話し合うから、それまで何もするな。間違いなく十七人とわかったら、このふたりは撃ち殺す。

〈ジム〉

ボスが陸に連絡しています。オープンチャネルのようです。運よく応答の音が大きければ、連絡先の相手が誰か、どんな内容なのか、聞き取れるでしょう。でも、わかりません。雑音がひどいので。

〈ボス〉

R２から本部へ。R２から本部へ。応答願います。

〈静寂〉

〈雑音〉

〈受信者〉

自分たちだけじゃ何もできないのかしら？　ひと晩じゅう無線機にかじりついているよりもっとましなことがわたしにはあるのよ。それがわからないの？

〈ジム〉

この声、知ってるわ。

〈ボス〉

緊急なんですよ。

〈受信者〉

いつだって緊急よ。

〈ボス〉

お父上と話をさせてくれ。

〈受信者〉

父は夕食中。用件はなんなの？

〈ボス〉

彼を夕食の席から連れてきてもらえないか？

〈受信者〉

無理よ。誰に向かって話をしてると思うの？　自分の船を与えられて急に偉くなったとでも……。

〈ジム〉

無線が切れました。ボスが怒っています。

〈ボス〉

わかった。ふたりを別々にしろ。図体のでかいシュレックはおれの船、ミセス・シュレックはダンの船に乗せるんだ。そして、おまえ！　おまえは叔父貴を連れてこの場から立ち去れ。彼がしらふになったらもうクビだと言え。撃たれなくて運がよかったとな。それから、誰にも話すんじゃないぞ。おまえたちの住み処はわかってるんだからな。

〈メン〉

おれはどうです？

〈ボス〉

どうとは？

〈メン〉

叔父貴の仕事を引き継いでもいい。ミャンマー人は大嫌いだから。

〈ボス〉

失《う》せろ。

〈メン〉

免許は持ってるし、それに……。

〈ボス〉

失せろ。さもないと、命はないぞ。

〈メン〉

わかりました。

〈ジム〉

メンは、わたしたちの仲間であるほかの二艘の船がその役割を果たすまで時間を引き延ばそうとしています。でも、うまくいきません。それに、ここから離れるわけにはいかない。この船のなかを歩く足音がほかにも聞こえます。彼らはアーニーとゲーウを引き離すつもりなんです。もちろん、そんなことはさせません。今こそ、そのときです。もしもこのライブ中継がこれから五分以内に終了したら……そして、もしも関心を持ってくれる人が世界のどこかにいるなら、わたしたちはチュムポーン県の沖合で操業するタイの奴隷船に殺害されたのだと思ってください。彼らを逃がさないで。あの連中を発見し、罰を受けさせるまでその手を休めないでください。このミャンマー人の奴隷就労を取り仕切っているのは、ランスワンにある南部救援任務《SRM》団体です。今しがた無線で聞こえた女性の声紋鑑定をすれば、彼女がその団体の受付係であり、おそらく創立者の身内だとわかるでしょう。わたしはこの極悪非道の悪党たちの顔を少しでもカメラに収められるように期待しつつ、今から姿を見せることにします。すぐそこに武装した警備員たちがいます。失敗する可能性は高いです。でも、覚えていてください。わたし……いえ、わたしたち全員が、こうした恐怖に日々さらされている隣国ミャンマーの人びとのために命を犠牲にしたことを。

「まあ、ちょっと、ジム」とシシーが言った。「もうたくさんよ。あんたはまるでミス・ワールドみたいな物言いだわ」

「シィッ！」インターネットカフェにいるツイッター愛好者が声をそろえた。

「何人の人がこれを見ているか、あの子にはわからないんだったわよね」とママが言った。

「そうよ。彼女のパソコンでは無理なの。でも、きっと感じ取ってるはず。百万人の視線を浴びながら、ゾクゾクする戦慄をうなじに感じないなんてありえないもの」

「もう耐えられないわ。ほら、うちにテレビがあったでしょ」とママ。

「ふたりとも、静かにしてくれないか」と口ひげ男が言った。

「あんた、ぐだぐだ言ってると鼻の穴にウェブカムを突っこんでやるからね」シシーが息巻いた。「ママ？　テレビの話って、なんのこと？」

「あたしたちが一台持ってたってだけのことよ。あたしとジャルーアットが」

「いったい誰の……？　ジャルーアットって、誰？」

「あんた、自分の父親の名前を覚えてないの？」

「あたしの……？　どうしてそんな？　父さんがいなくなったのは……あたしがたった……四歳か五歳のときよ。ママは父さんの話はいっさいしなかったし。ろくに顔も覚えてない」

「あたしたち、手をつないで一緒にすわり、こういうわくわくする番組を見てたものだわ」

「これは番組じゃないのよ、ママ。これはね……」

「あたしたち、興奮しないようにした。あたしは泣かないようにした。だって、番組のスポンサーがバイクの〈スズキ〉や水虫治療の〈トナフクリーム〉みたいな会社だとわかってたから。スポンサーは死を望まないから最後はすべて丸く収まることもわかってた。彼らが求めるのはハッピーエンディング。そうやって水虫のクリームが売れるのよ。だから、決して失望はしなかった。結局、どこがあたしたちの番組のスポンサーになってくれたの、マーガレット？」

「だから、これは……」シシーは母親に笑顔を向けた。「そうね、結果的に〈コカ・コーラ〉の系列会社のどこかだったと思うわ」

「あら、そう。じゃあ、何も心配することはないわね」

「だったら、どこにロゴマークがあるの？」と青い肌が問いかけた。シシーはその女を無視した。

「そろそろ帰ったほうがいいんじゃないかしら。犬たちに餌をやる人がいないから」とママが言った。

「ママが生協の人に頼んできたじゃないの」シシーが答えた。

「本当に？　あたしもなかなかだわ。少なくとも何かの役に立ってることもあるわけね。あたしって、母親としてはかき氷ほどの価値もなかったから」

「ママ、そんなことは……」

「誰かそのおばさんを黙らせろよ」ひょろっとしたティーンエージャーが言った。

シシーは椅子を後ろに引くと、その若者の首をつかんで店の外まで無理やり歩かせ、ドアを施錠した。ツイッター愛好者からの生意気な差し出口がぱったりとやんだ。

「あたし、たったふたりの子供を養子に出したのよね」

「ママ、もうおしゃべりはやめて」

「そうね。番組の途中だったわ」

インターネットライブ中継。午後九時四十八分。タイランド湾。

〈ジム〉

三……二……一……さあ、始め。

（カメラがイカ釣り漁船のまばゆい照明にさらされ、一時的に画面が真っ白になる。ふたたび焦点が合うと、見張りたちの驚く顔が映る。次のセクションには英語の通訳はない）

〈ジム〉

はい、みんな、笑って。インターネットで中継されてるのよ……ライブで。世界じゅうの約十億の家庭で見られているわ。

〈ボス〉

いったい誰だ、この女は？

（カメラがいちばん大きな漁船の甲板を映し、片頰に大きな傷跡が残る、少しハンサムな南部の男の顔にズーム。傷跡はむらがあり、切れた両側をきちんと合わせないまま縫合してしまったような印象。大勢のミャンマー人が船の端から頭を突きだしてじっと見ている）

〈乗組員2〉（画面外）

あの女、銃を持ってるぞ。

（雑多な叫び声）

〈ジム〉

違うわ。銃じゃない。撃たないで。これはパソコンよ。

（ジムがゆっくりと一回転し、三隻の大型漁船と、それぞれに乗りこんでいる飢えたミャンマー人の漁船員を映す。見張りたちはライフル。ボスだけが自動小銃を持っている。全員がジムを見つめながら、凍りついたように動かない）

〈ボス〉

突っ立ってるんじゃない。そのあばずれ女を捕まえて、あの機械を取りあげろ。

〈ジム〉（画面外、英語で話す）

今のは完璧だったわ。ギャングのリーダーのクローズアップ。さあ、コンピューターの専門家の皆さん、仕事に着手してあの男の記録を見つけだしてください。

（ひとりの乗組員がまっすぐカメラに近づいてくる）

〈ジム〉

わかった、わかった。下に置くわね。ほら。これはものすごく高価なパソ……。

（しかし、カメラは下には置かれない。横向きになって甲板に落ちる。映像が乱れる。しかし、画面は元に戻り、ボスの真下の位置まで引きずられていくジムの下半身を映す）

〈ジム〉（叫ぶ）

さあ、今こそ応援部隊の出番よ。よろしくね！

〈ボス〉（画面外）

何を企んでる？　おまえは誰だ？

〈ジム〉

わたしはジム・ジュリー。世界的に有名な犯罪報道記者よ。今回の作戦の全容はデジタル映像で記録され、インターネットで配信されてるわ。ライブ中継でね。

〈ボス〉

ここは海の上だぞ。

〈ジム〉

だから？

〈ボス〉

こんなところに電波塔なんかない。おれをよほどのバカだと思ってるのか?

〈ジム〉

なるほど、多少は頭が働くみたいね。

(短い沈黙。ドサッという音。甲板に倒れこむジム。画面外で揉み合う音)

〈アーニー〉

ジム!

〈ボス〉

そのふたりを取り押さえろ。

(ジムがゆっくりと向きを変え、カメラの正面に顔を見せる。唾を吐く)

〈ジム〉(英語で話す)

AK47の銃身で殴られました。歯が一本、折れたかもしれません。これは……。

〈ボス〉

くだらない外国語はたくさんだ。誰かそのパソコンを持ってこい。

(半ズボンをはいたがりがりの脚がカメラに近づく。映像が安定したとき、恐ろしく不細工な船員の超クローズアップが現われる。彼はディスプレイに映った自分の顔をうっとりと見つめる。次にハンサムだが傷跡のあるボスが映る。彼がせせら笑う)

〈ジム〉

ちょっと待って！　いったい何をするつもり……。

（カメラが宙を飛び、あとでスローモーション再生をすればすばらしい映像になりそうな瞬間をとらえる。パソコンが海に落下し、波に翻弄されるが、やがてゴムボートのようにふたたび海面に浮かびあがる。上下に動きながら奴隷船の船尾側を鮮明に映しだす）

「ほらね、シールズがこのXR2を使う理由はこれなのよ」とシシーが言った。「防水。耐衝撃性。ミサイルにも耐えられる強度。光速のメール送信。あのコンピューターはたまらないわ」

「船から遠ざかってしまったよ」誰かが大声で言った。「音量をあげる方法はあるのかな？」

「ええ、あるわよ、おバカさん」とシシー。「音量調節という新発明がね。どのパソコンにもみんな付いてるわ。ボリュームをあげればいいだけ」

「あの子、殴られたわ」ママはショックとストレスで取り乱していた。

「銃身だから大したことはないわ、ママ。もし銃床でやられたらもっとひどいことになってたけど」

「で、彼女の応援部隊はどこにいるんです？」とそばかす店長が尋ねた。

「そうだ」いっせいに声があがった。「応援部隊はどこだ？」


インターネットライブ中継。午後十時二分。タイランド湾。

（カメラが波に漂って揺れている。見づらい。小型船が何艘か通りすぎる。だが、音質は良好。すべて画面外）

〈ボス〉

これで証拠とやらも海の藻屑《もくず》だ。さてと、次はおまえとその仲間たちを始末しなきゃな。それでやっと少しは操業ができるだろうよ。

〈ジム〉

ここにいるのはわたしたちだけじゃないのよ。

〈ボス〉

へえ、そうかい。お決まりの「後ろを見てみろ」ってやつか。ふざけるな。おい、この女を殺せ。

（争う音）

〈アーニー〉

姉さんに手を出すな。でないと、面倒なことになるぞ。

〈ボス〉

ミャンマー人のわりにおまえのタイ語は悪くないな。なるほど。全員、あの世行きだ。これがおれたちのやりかたなんだ。じゃま者は消す。きれいさっぱりと。あの叔父と甥っ子もだ。死体は船にくくりつけて沈めろ。いずれこの船が発見されてもおれたちはとっくにおさらばしてる。いいか？　おまえら、マスコミの連中はどこにでも首を突っこめると思ってる。何さまのつもりだ？　ここをよく見るがいい。これはおれの王国で、おれは神だ。与えることも奪うこともできる。もっとも、たいていは奪うほうだがな。じゃあ、おれが女を片づける。

（カメラがボスの黒い輪郭をとらえる。彼は武器を構えて運搬船のなかを歩く）

〈乗組員２〉

ボス、見てください。

〈ボス〉

なんだ？

〈乗組員２〉

明かりが見える。

〈乗組員１〉

あっちにも明かりが。

（静寂）

〈ボス〉

なんだと？　これだけか？　これがおまえの応援部隊なのか？（彼は大笑いしたあげくに痰《たん》を吐く）哀れなほどちっぽけな船が二艘か？　あんな小船、追いかけて銃弾を浴びせて苦もなく沈めることができる。笑わせるな。いいか、おまえみたいな女はへどが出る。傲慢のひとことだ。ここで世の中のためにおまえを片づけてやるさ。

〈ジム〉
銃がないとできないってことね。
〈ボス〉
なんだと？
〈ジム〉
本物の男らしく素手でわたしを殺すのは無理なんでしょ。
〈乗組員2〉
ちょっと。あれ、聞こえますか？
〈ボス〉
黙ってろ。
〈ジム〉
あんたみたいなせこい男は口だけが達者なのよね。
〈乗組員1〉
音楽だ。
〈ボス〉
おい。この銃を持ってろ。女は撲殺をお望みだ。
〈乗組員2〉
音楽だ。

〈ボス〉

いったい……？　どうだっていいだろ。小船にトランジスタラジオがあるだけだ。音楽でおれたちを懐柔しようって魂胆だ。そろそろこの女を始末させてくれないか？

〈乗組員1〉

違いますよ、ボス。二艘の船から流れてくるんじゃない。まるで……音楽に取り囲まれてるみたいだ。

〈ボス〉

今日はどうなってるんだ？　みんな、おかしくなっちまったのか？

〈乗組員2〉

こいつの言うとおりだ、ボス。おれたちのまわりから聞こえてくる。

〈乗組員1〉

しかも、どんどん音が大きくなってる。

〈歌〉

フライデー・ナイ・アンド・デ・ライ・アー・ロウ
〈ボス〉

バカなことを言うな。ラジオの音が海に反響してるだけだ。水のトリックなんだ。

〈歌〉

ルッキン・アウ・フォー・ア・プレイ・トゥ・ゴー

〈乗組員2〉
違う。トリックじゃありませんよ、ボス。
〈乗組員1〉
それに、これはラジオじゃない。生の声だ。
〈乗組員2〉
それに、歌ってるのはひとりじゃない。
〈歌〉
ウエア・デイ・プレイ・ザ・ライ・ミュージック
ゲッティン・イン・デ・スイング
ユー・カミン・トゥ・ルー・フォー・キング
〈ボス〉
誰なんだ?
〈乗組員2〉
ABBAっすよ、ボス。
〈ボス〉
違う、どこから来てるのかって意味だ。
〈乗組員2〉
スウェーデンっす。

〈ボス〉
バカ野郎。おれは……。
〈歌〉
エニボディ・クー・ビー・ダット・ガイ
ナイ・イズ・ヤング・アンド・デ・ミュージック・ハイ
〈乗組員1〉
見てください、ボス。あそこにもまた明かりが。
〈ボス〉
だからなんだ？　船が三艘。大げさに騒ぐな。
〈乗組員2〉
いや、四艘だ。ほら。
〈歌〉
ウィズ・ア・ビッダ・ロック・ミュージック、エブリティン・イズ・ファイ
ユー・イン・デ・ムー・フォー・ダンス
〈乗組員2〉
マジ、下手っすね。
〈乗組員1〉
明かりが増えてますぜ、ボス。

〈ボス〉
なんてこった。そこらじゅうにいやがる。
〈歌〉
アンド・ウェン・ユー・ゲッ・デ・チャン
〈乗組員1〉
二十艘……いや、三十艘はいるな。完全に囲まれてる。
〈ボス〉
黙れ。わかった。みんな、武器を捨てろ。明日には片づくさ。二、三本電話するだけで、また次の潮どきにはここに船を出して操業できる。
〈歌〉
ユー・アー・デ・ダンシン・クイィー
ヤング・アン・スウィー、オンリー・セウェンティー
ダンシン・クイィー、フィール・デ・ビー
フロム・デ・タンボリー
〈ボス〉
何も心配することはない。
〈歌〉
オー・イヤァー……

16

「でも、その人たちは逮捕されたの？」

「ひとり残らず。パックナムの桟橋で警察庁特殊部隊が待ちかまえていた。テレビ取材班。インタビュー。ヘリコプター。報道合戦。彼らはすぐさまバンコクに送られた」

「これだけの騒ぎになっても彼らは罪をまぬがれると思う？」

「もちろん、罰を受けさせたい。でも、空港占拠のおかげで最新ニュースとしては早くも三面に追いやられたわ。それに、大衆の記憶力なんて短いものよ。一週間もすればきれいに忘れられてしまう」

わたしがノイと母ノイとともにすわっているのは、ソムジットの家の裏手にある質素だが居心地のよい離れだった。ふたりは充分に保護され、例の特殊機動部隊も、ママが当てもない捜索の旅に追いこんだせいでその姿を見かけた者は誰もいなかった。エレインはノイ母娘をひと目で好きになったらしい。ノイの脚の後ろにおずおずと隠れている。

「それに、有力者の知り合いなんだし」と母ノイが言った。

「そうね、現時点ではどうやらその連中の首根っこも押さえたみたい」とわたしは答えた。

「どうやって?」

「証拠や音声記録で例のレスキュー組織との関わりをつかんだから。強制捜査が入って、奴隷労働との関係を裏づける書類が見つかったの。ま、少なくとも、奴隷船とのつながりだけはね。あの団体の親玉は現在の影の教育大臣の兄なのよ。昔から続く南部の一族の出身で、生粋の民主党員。奴隷船の正規の所有者も彼だったわ。現在の首相と内閣は大喜びでこの事実をすべて公表し、警察庁を急きたててこの一連の事件を早く立件させようと圧力をかけるでしょう。早ければ早いほど、南部の警察が証人を買収したりミャンマー人をどこかへ退去させる時間が減るから。でも、こういうことの裏側ってわかるでしょ? 明日、政権が変われば、いきなり告発そのものが消えてしまう。ただし、前向きな観点としては、海外の関心が変化をもたらすかもしれないこと。今度の事件を有罪に持ちこむ圧力が警察にかかっているわ。そして、わたしたちの手であれだけの仕事をしたのだから、タイ王国国家警察庁も大した努力をしないまま国際舞台でいいところを見せようとするかも。最低でも縁戚のコネがない悪党どもは有罪になるでしょうね。奴隷船のボスや乗組員、陸地側の関係者とか」

「エッグ中尉は?」と母ノイが訊いた。

「告訴されるわ。ネズミ兄弟が彼に不利な証言をすることになったから。自分たちはただ雇われただけだと言って。すべてはエッグの計画だと訴える。それに、自宅の車庫からは偽物の警察車両も見つかったことだし。チョムプーに暴行も加えた。たぶん、これは体制のなかで消えることはない刑事事件でしょうね」

「本当に何かを改善できたの？」とノイが言った。

「え？」

「報道。インターネット。こういうのって、一時的な娯楽じゃないのかしら？　ブームみたいなものとか？　でも、明日になればネット社会は次の強烈な興奮材料へと移ってしまう」

ノイには楽観論がない。そろそろわたしの秘密の正体を明らかにすべきだろう。

「インターネットはツイッターやフェイスブックに熱中する人やネットサーフィンにうつつを抜かす人ばかりじゃないわ」たとえかなりの人びとがそうであっても、わたしはあえて強調した。「タイランド湾での出来事は多くの国際報道機関が取りあげている。わたしはこっちへ引っ越す前、『チェンマイ・メール』紙の犯罪報道担当の次席記者だったのよ」返ってきた反応は、にわかには信じがたいという表情だけだった。「そのころ、わたしはできるだけネットにアクセスして追跡記事が書けそうなネタを探したものよ。新聞は記事の糸口をネットからいろいろと拾うの。ただインターネットと向き合ってるだけでは、きっかけはつかみにくいでしょうね。新聞は給食係の女性みたいなものよ。リンゴやら何やらすべてパッケージに入ったランチボックスを届けてくれる。整然と並べられているから、おかずからデザートまで無駄なく中身に手をつけられる、ということ」

「そして、新聞の意向に沿った知識を手に入れるわけね」と母ノイ。

「新聞を選べばいいのよ。信頼できる新聞を見つけなさい」

「どの新聞も信用できるとは思えないわ」

「だったら、あなたたちの恐怖について『ニューヨーク・タイムズ』と話す機会があるわよ」

「『ニューヨーク・タイムズ』ですって？」

「今日の午後、インタビュー取材に来るの……あなたたちの取材に。バンコクに拠点を置くジャーナリストとカメラマン。彼らは空港内を歩きまわってデモ隊の意見を聞くことにうんざりしてるんじゃないかしら。うちのリゾートホテルは特殊機動部隊の脅威がまだ完全に消えたわけじゃないから、取材場所としてここの庭のガゼボを使うことにソムジットは快く同意してくれたわ」

ノイ母娘は視線を交わすと、声をあげて笑った。とんでもない奇抜な思いつきということか。他人をまったく信用しないふたりの姿勢にわたしはいらだちを感じはじめた。

「ねえ、よく聞いて。わたしは歯が一本、半分に割れちゃって、ろくなモデルの仕事はできそうにない。船酔いで何度も吐いたし……おかげで少しやせられたかもしれないけど。四十八時間、一睡もしていなくて、神経はずたずた。不正行為を暴く今回の劇的な事件の全容を記事にまとめて新聞社に送るだけのエネルギーさえあれば、わたしは今日一日ですばらしい成功を収めたでしょうね。タイの日刊紙すべてから連絡が来たんだもの。今週の顔になれるかもしれない。必要なのは、それだけの時間を費やして記事を書くこと……タイプ、タイプ、タイプ。ジャーナリストとしての華々しいキャリアが滑走路で離陸許可待ちをしている状態。なのに、わたしはどこにいるの？　こうしてあなたたちとここにいる。じゃあ、その理由は？　あなたたちの問題が解決していないからよ」

「わからないわ」とノイ。

「あなたたちの一件を片づけないことには、わたし自身の体を休めることができないの。今朝五時に報道陣から解放されて帰ってきたとき、数時間の睡眠を取ることは可能だったけど、でこぼこしたマットレスに横たわっても頭に浮かぶのはあなたたちふたりのことばかりだった」

「わたしたちのせいで眠れなくなるなんて、ごめんなさい」とノイが言った。「でも、この問題はどうあがいても決着がつかないのよ」

「ええ、わたしも眠れなくて残念。でも、これはわたしがやることなの。ふたりをこの危険な状況から救いだすまでやめないわ」

わたしは懸命に説得を続けようとしたが、さすがに疲れた。

「ねえ、その記者が来る前に、わたしたちはここからよそへ移ったほうがいいんじゃないかしら」とノイが言った。

「あら、はるばるこんなところまで車を運転してきたあげく、単にわたしの写真を撮るだけだとしたら、とても残念でしょうね。もっとすごいネタがあるわけだから。実は、特ダネとして、あなたとアメリカでの経緯をすべて彼に話したのよ」

まるで国歌演奏を耳にしたみたいにノイ母娘が勢いよく立ちあがった。

「なんですって？」と母ノイが言った。顔が怒りで真っ赤だ。

「すごい話だと彼らは考えているの」わたしはかまわずに続けた。「『ニューヨーク・タイムズ』にすべて話しなさい」

ノイが口をあんぐりと開け、あやうく顎が猿の頭にぶつかりそうだった。

「あなたには分別ってものがないの？」とノイ。

「人からそう言われることもあるわ。でも、どうして？　何がいけないの？」

「何がって……？　じゃあ、教えてあげる。話すことなんて絶対にありえないけど、でも、バンコクにオフィスのある新聞がそんな記事の掲載を少しでも考えると思ってるなら、あなたはどうかしてるわ。政治をはるかに超えた重大な影響をおよぼすものなんだから」

「それはあなたの話の内容によると思うけど」

「選択肢があるとでも？」

「ひとつ、思いついたわ」

「言ってみて」

「でっちあげ！」

ノイが笑った。

「嘘をつけと言うの？」

「あなたに嘘をつく才能があればね。下手な嘘つきほど情けないものはないから」

「どんな嘘をつけばわたしたちがこの最悪の事態から逃れられるというのかしら？」と母親が尋ねた。

わたしは芝居がかったそぶりでショルダーバッグからワープロ文書三枚を取りだした。そして、ノイに渡した。

「今朝、戻ったとき、わたしは少し気持ちが高ぶりすぎていて眠れなかった。奴隷船のニュースが流れるや、あらゆる通信社から電話があったわ。『ニューヨーク・タイムズ』のジャスティンからも具体的なことを聞きたいと連絡が入った。彼とは記事の取材に協力して知り合ったの。いい人よ。少しきまじめ。でも、ノイ、あなたのことに触れて、あなたが陥った苦境について話したら、彼はとても乗り気になったの。ところで、彼はハンサムで、今はガールフレンドはいないわよ。とにかく、わたしたちで解決策を考えた。『ニューヨーク・タイムズ』紙にこの記事が載るとは思わないけど、彼らには子会社や雑誌、ウェブサイトがある。だから、勝手ながらわたしがあなたの声明文を書いた。作成した内容にはわれながら大満足。でも、まずはあなたに読んでほしい。お母さんとも話し合って。これでは全員の問題が解決しそうにないと思えば、そのときは、うちのピックアップトラックと多少のお金をあげるから、路上生活をしながら常に警察より一歩先を走ってちょうだい。あなたたちは何ひとつ法律を犯していないというのにね。わたしの知るかぎり、メンツをつぶすのは違法じゃないわ。さあ、読んで」

ノイは母親にも聞こえるように声に出して読むことを選んだ。

「〈優等生だと思いこんだ哀れな学生〉」読みはじめたとたんにノイが顔をあげ、わたしをにらんだ。

「いいから、読みなさい」とわたしは言った。

「わたしの名前はタナワンで、幸運に恵まれていました。郊外の学校での成績と手厚い留学生枠のおかげで、わたしはアメリカに留学する奨学金を得たのです。ワシントンＤＣにあるジョージタウン大学の科学課程でした。アメリカでもトップクラスの大学です。しかし、到着したその日、世界じゅうから集まった優秀な学生を見渡しただけで、自分が力不足なのではないかと不安になりました。学校で習得した知識が不充分だと急に思えてきたのです。さらに悪いことに、ＭＬ・チャトゥラポーンと多くのクラスが一緒でした。若い貴族の女性で、わたしがずっと賛美してきた一族の出身者です。彼女はニックネームのグーンと呼ぶことを許してくれました。とても素直で、しかも、親切で頼りになる人だったので驚きました。美しいだけでなく、優秀な学生でもありました」

ノイは紙を置いた。

「ここら辺で吐いたほうがいいのかしら？」と彼女は言った。

「続けて読んで」とわたしは言った。

彼女はため息をついた。

「……優秀な学生でもありました。わたしが教科書の理解につまずいたり、ＣやＤの成績で苦労している一方、彼女は難なくオールＡの成績と優等賞を取りました。今でもその理由はわかりませんが、彼女はそんなわたしを見捨てず、友人としてつきあいつづけてくれました。むずかしいところは個人的に教えてくれました。対等の立場で話してくれたのです。うぶなわたしはアメリカ人の青年と不適切な関係に陥ってしまいましたが、そのときも手を差しのべてくれたのは彼女でした。わたしが泣いているときにはそばにいて、手を握っていてくれる。彼女は……。もういいわ、バケツをちょうだい」

意外にも母ノイが先を読みなさいと言った。

ノイの目がわたしから母親に移り、またわたしに戻った。これが冗談でもなんでもないことを理解したようだ。

「わたしたちがどれほど親しくなったか言葉にはできません」ノイはふたたび読みはじめた。「学校長の娘のわたし。貴族階級の彼女。わたしは自分の幸運が信じられませんでした。でも、最終試験が迫ってきて、わたしはパニックになった。もし落第したらどれほど両親を悲しませるか、考えずにはいられなかった。故郷の人びとを失望させる。もし卒業できなければ、どうやってわたしは生きていけばいいのだろうか？

友人グーンはそんなわたしの不安を感じ取り、わたしを優秀な成績に導く個人教授というむずかしい役目を引き受けてくれたのです。わたしに欠けているのは自信でした。最終学期の前の休暇中、わたしたちは毎日、夜遅くまで勉強しました。数えきれないほどのコーヒー。不眠の努力。そして、わたしを迷わせていた理論がすべて明らかになり、まさにわたしの目が開いたのです。彼女は驚嘆に値する個人教授でした。こうしてわたしたちは最終学期に入り、わたしは自信に満ちていました。友人が月を追うごとに顔色が悪くなり、青ざめていくことに、わたしはほとんど気づきませんでした。彼女はクラスを欠席した。宿題の提出が遅れた。それでも、わたしの個人教授は続けてくれていたのです。いよいよ最終試験というころになって、彼女は体の具合が悪いと打ち明けてくれました。低血糖で、投薬治療を受けていると。わたしたちの深夜の集中学習が悪影響をおよぼしたのでしょう。ある重要な試験の前夜、彼女はひどい低体温に陥りました。医師は重篤な低血糖症と診断し、即座に入院することを勧めました。しかし、これは最終試験の週でした。彼女にも一族に対する義務があります。そこで、わたしたちは試験を受けました。新たな自信に目覚めたわたし。鎮静剤でぼんやりとし、試験用紙の文字もほとんど読めない彼女。その状況を考えれば、彼女がとにもかくにもこの時期をしのいだだけで驚異としか言いようがありません」

ノイがまたもやため息を洩らした。

「なるほど、ようやく多少の真実は出てきたわね」

「最後の段落」とわたしは言った。「辛抱して読んで」

「でも、わたしは彼女が約束したとおりにずばぬけた成績を収めました」ノイが読んだ。「彼女の栄光を盗んだような気分でした。当惑しました。彼女がわたしを恨みに思わないことはわかっていました。彼女はそれはそれは優しい人なのです。誠実で立派な一族の出身者です。ジョージタウン大学が彼女にもう一度チャンスを与えてくれるように切に願い、祈ってやみません。再度、最終試験を受ける機会を与え、彼女がどれほど優秀な学生であるかということを世界に示すことができますように」

ノイが笑い声を放った。

「すごいわ。トカゲの糞だらけみたいな嘘の山」

「臭いかもしれないけど、これであなたは自分の学位を手放さなくてすむし、ご令嬢は威厳を保つことになる。そして、もしうまくいけば、あなたは自宅に帰って昔どおりの生活ができるわ」

「完璧だと思う」と母ノイが言った。

「お母さん、本気じゃないわよね？」

「本気よ。まさしくジムの言うとおりだわ。これはいわゆる免責条項よ。メンツを保つもの。『ニューヨーク・タイムズ』が系列の雑誌か何かに〝ほろりとする話〟として掲載してくれれば、タイじゅうのマスコミが先を争って取りあげる。全国放送のテレビであなたとグーンを抱き合うように仕向けるでしょう。扱いが派手になればなるほど、わたしたちの安全は確かなものになるのよ」

「そして、あの女はこれのおかげでヒロインになる」とノイ。

「それがどうしたの？」

「ひどいゲス女なのに」

「どうでもいいことよ」わたしは言った。「今さらプライドを気にしても仕方がないでしょ。最終的にはジョージタウン大学の学位が手に入るんだもの。重要なのはそれだけ。あなたの写真がマスコミから消えてしまえば、もう誰もあなたの名前とこの茶番劇を結びつける者はいない。そして、あなたを雇いたいという人たちが列を作るでしょうね」

「取材に応じて、この……嘘八百を全部読めと言うの?」

「いいえ。あたかも実際に起きたことのように話してほしいのよ。そのときのことを思いだしているような話しかたで。ちょっとした個人的な細かいことも付け加えてちょうだい。〈ハローキティ〉のEメールを交換したこととか。パスポート用のスピード写真を一緒に撮りにいったとか。深夜にパジャマ姿でマシュマロを食べたとか。つまらないエピソードのほうがいいの。現実感を出したいから。もしそれで少しでも気分が収まるなら、家族に無理強いされてこの見え透いた茶番劇に加わらなければいけなくなったとき、ご令嬢がどれほど不愉快になるか、彼女の心境を想像しなさい。娘が協力さえすれば、家族の名誉に花が添えられるわけだから。あなたがテレビのインタビュー番組で大いに楽しみながら語る姿が目に浮かぶわ」

ノイが母親を見つめた。母ノイは微笑み、肩をすくめた。

17

それはとても慎重な答礼の招待状だった。わたしたちのパーティーへの招待は、わたし自身が明るく大きな声で伝えた。

「アウン、すごく楽しい集まりになるわよ」わたしは金属加工場で彼のほうに顔を近づけて告げたが、タイ人とミャンマー人の仕事仲間は旋盤ごしにわたしを見ていた。奥のデスクには工場長がすわり、この生産停滞分をアウンの給料から差し引くために時間を計っていた。

「パーティーよ」わたしは話を続けた。「奥さんと子供たち、それに、集められるかぎりのミャンマーの人たちも連れてきてちょうだい。タイ人とミャンマー人がお互いの不和を忘れ、中立の立場で出会う決定的な瞬間になるわ。過去の侵略や歴史上の虐殺をすべて忘れる。一緒にお酒を飲んでお米を分け合えば、この世はもっとすばらしい場所になるでしょう」

アウンが目をあげてちらりとわたしを見た。工場長がさらに一分を差し引いた。

「ジム、すまない。その日は宗教上の儀式があるんだ」

ピンときた。まだパーティーの日程を伝えていないのだ。でも、理解はした。酔っぱらったタイ人が大勢いるところへ？　ミャンマー人はヤンゴンの軍事政権を相手に運を天に任せるしかないというのに。

答礼の招待状は、頬紅をつけたロングヘアの美少女が自転車に乗って届けてくれた。彼女はわたしに面会を求めるとき、西洋人の男の名前のようにジムと発音した。上声（低い音から高い音へ上昇する）の声調ではない。わたしが手紙を受け取ると、彼女は目をそむけた。次のように書いてあった。

〈今夜六時半。ミャンマー人のパーティー。誰も連れてこないでくれ〉

タイ語だが、子供の筆跡だった。ミャンマー人のパーティーとはどういうものか見当がつかなかった。わたしたちのにぎやかなパーティーの前夜だ。数人の同行者を連れていけるように説得しようかとも考えた。シュエとほかの十六人がどうなったのか知りたかった。殺された男を数に入れなければ、シュエとほかの十五人だが。毎朝、わたしはその男が漂着していないかと念じつつ、海岸を確認している。ひとりでと言われたが、夜の護衛代わりにアーニーを連れていった。わたしたちはパックナムの町を左折したり右折したりしながら裏道に入りこみ、ようやく路地に黄色い光を投げかけるアウンの住居にたどりついた。戸口に立ったわたしのスカートをめくる者はなく、狭い居間には意外なほど人があふれかえっていた。これだけの人数が集まっているとは外から見ただけではわからない。靴はどこかよそにしまいこまれていた。音楽もなく、全員が声をひそめて話している。ミャンマー人は注目を集めないように身をもって学んでいるのだ。

アウンが招き入れ、内気なミャンマー人の輪から小さな敷物を一枚、わたしたちのために空けた。アウンの妻オーがわたしとアーニーに生温かいビールを持ってきたが、それを冷やすのは角氷一個きりだった。ビールを飲むのはわたしたちふたりだけのようだった。ほかの客たちはみんな茶をすすっているか、あるいは、目の前の床に水のコップが置いてあった。周囲に目をやると、驚いたことに、ふたつのグループをはさんだ先にシュエとその妻の姿があった。わたしが手を振ると、彼も会釈を返した。

「てっきり全員が出入国管理事務所に収容されたものと思ってたわ」わたしはアウンに言った。「どうしてシュエがここにいるの？」

「彼は家族を迎えにきたんだよ。明日、ミャンマーに帰る」

「どうやって施設から出られたの？」

アウンが微笑んだ。

「刑務所じゃないんだ。監禁されるわけじゃない。おれたちが金を送り、その金でバスに乗って南部に戻ってきた」

「でも、まだ……」

「裁判がある？」アウンの目が光った。「ジム、ここはあんたの国だから、制度についてはおれたちよりよくわかってるだろう。裁判手続きには時間がかかる。特に警察官を有罪に持ちこむとなるとね。まして、国会議員とその兄を告発した訴訟が法廷に行き着くまで、証人はこれから四カ月も収容施設にとどまらなきゃならない。出入国管理事務所の警備体制が甘い理由のひとつは、おれたちを出ていかせたいからだ。証人がいなけりゃ、犯罪者の告発はできない。それに、正直なところ、ミャンマー人が収容房に四ヵ月もいてどうなる？　稼ぎはゼロ。家族のところに戻る金もない。世界の人びとの目には当てにならない証人だと映る。で、タイ側は有罪判決を下すための精いっぱいの努力をしたが、あの無責任なマウンどものせいで、と言い逃れができるわけだよ」

わたしも驚きはしなかった。

「そのとおりね。無意味だわ」

「いや、意味はあるんだ、ジム」彼は茶をすすり、室内を見まわした。「重要なのは、十七人の拉致被害者から十六人が生還したということだ。シュエはこの冒険談を孫たちに話して聞かせるだろう。残りの連中にも少しはましな人生があるはずだ」

「みんな、ミャンマーに帰ったの？」

「生還者たちか？」

「ええ」

アウンが笑みを見せた。

「まわりを見てくれ。見覚えがないかい？」

「まさか、嘘でしょ」

わたしは周囲を見た。もちろん、シュエのほかに見覚えのある顔はなかった。あの夜は暗かったし、わたしは疲労困憊していた。ひとりひとりの顔を覚えるだけの余裕はなかったのだ。しかも、相手はミャンマー人。どっちみち、同じ顔に見える。

「全員がここに来ているの？」とわたしは尋ねた。

「ひとり残らず。みんな、管理事務所の収容施設を出て、失敗に終わった生活から立ちなおり、次なる苦難へと向かうためにここに戻ってきた」

アーニーがわたしの耳もとに顔を寄せ、すでにわたしの心に浮かんでいた思いを口にした。

「みんな、姉さんに会えてうれしそうだね」と彼は言った。


わたしたちは一時間ほどそこにいた。会釈を交わした。シュエは片言の英語でわたしに話しかけた。しかし、大部分はミャンマー人同士がビルマ語で話をしていた。早く帰らなければアーニーもわたしもこのビルマ語の渦に完全に呑みこまれていただろう。だが、わたしがこれ見よがしに腕時計に目をやり、アウンにそろそろ失礼すると告げると、ひとりかふたりがわたしのほうにじっと目を凝らした。感極まったような眼差しだった。

表通りに駐めたマイティXまでアーニーとともに引き返す途中、誰からも感謝の言葉をかけられなかったとふと思った。花輪も頬へのキスもなく、永遠の友情を誓う感傷的な約束もなかった。タイ流のワイもなく、名刺の交換もない。十六人の署名が入ったお礼のカードすらなかった。しかし、ピックアップトラックに乗りこんだとき、早くも集まりが終わり、解散したことに気づいた。客たちが影に紛れてひっそりと家路に就いている。なかには一時間歩かねばならない者もいる。このときになってようやく、彼らからわたしへの贈り物を理解した。彼らは来てくれたのだ。誰しも真っ先に考えたのは、こんなあぶない国からとっとと逃げることだったろうに、それでも彼らはとどまった。わたしに敬意を表するために、パーティーとは名ばかりの集まりに出席した。言葉では感謝を表わさなかった。ほかの人びとにとってはあたりまえの事柄に感謝を示すのはむずかしいものだから。自由。人権。しかし、彼らは来た……わたしのために。家まで運転するアーニーは、隣で号泣する姉に対して賢明にも無言を通した。彼も少しばかり鼻をすすっていた。

ラヴリーリゾート・ホテルではふだんからパーティーを開いて幸運を祝っている。この一年で催したパーティーの数は……アーニーとゲーウの婚約を祝うパーティーがひとつ。それだけだ。しかし、二件めのパーティーは特別だった。警察の事情聴取を受けるために、あるいは、事情聴取を避けるために、誰もが飛びまわり、シシーはバンコクのスタジオから韓国に向けてテレビ会議を行ない、ママはパックナムにでかけて近日開校のミャンマー人学校の壁を塗装していたので、沖合での大勝利を祝うパーティーを開催するまで五日間待たねばならなかった。

基本的にわたしたちは破産状態なので、参加者全員に無料の酒をふるまう余裕はなかった。そんなことをすれば文字どおりのすっからかんになるだろう。そこで、オーストラリアで一般的な〝持ち寄り〟パーティーにする、と告知した。飲食物を各自持参するこの慣習は、わたしがオーストラリア滞在中に強い印象を受けた数少ない文化規範のひとつだ。パーティーをすると知らせ、玄関のドアを開けておくと、客がそれぞれ必要な酒を持ってやってくる。

そういう仕組みだ。はたしてマプラーオで通用するかどうかは不明。パーティーでは料理が出るとタイ人は当然のように期待する。しかし、これは文化をテーマとする一夜になるので、人びとは蒸留酒製造器や貯蔵庫に手を突っこみ、さまざまな種類の危険な強い酒を持って現われた。幸いにもわたしにはまだチリ産赤ワインの在庫があった。チェンマイから持ってきた備蓄ワインがはたしてなくなることはあるのだろうか、と疑問に思いはじめている。

運よく女性用バイアグラの影響はすっかり消えていたので、この地域の男たちに魅力を感じることはありそうもなかった。もちろん、婚約したエドは圏外。彼は新しいフィアンセを家に残してきた。好みさえ問題にしなければ、ほかにも選択肢となる独身男はたくさんいる。村じゅうの人びとが詰めかけ、小さなリゾート・ホテルはすばらしい雰囲気に満たされた。今後もたびたび〝持ち寄り〟パーティーをやろうとわたしは思った。この日の夜はモンスーンも〝停止〟モードだったので、砂浜でゴミを集めてたき火ができたし、キャビンが煙に巻かれることもなかった。裏手の小川はほとんど乾いている。海は引き潮。空には星まで出ていた。

ノイ母娘はこの場にいなかった。『ニューヨーク・タイムズ』の記者は大急ぎで記事にしようとした。実際の新聞に掲載される望みは低かったが、系列の雑誌に載ることをわたしたちは期待していた。そうこうするうちに完成記事が写真付きで彼らのホームページに載った。タイのツイッター愛好者たちがめざとく見つけ、今やこの記事はラジオ各局で大きく取りあげられ、ノイは五、六紙の新聞に同じ声明を発表した。ご令嬢からも公式の発言があり、哀れな学生に対していっさい恨みはないし、「友情を再確認する」ために喜んで彼女と会いたいと語った。テレビ局〈チャンネル5〉はふたりの再会を放送するために準備中だった。ジョージタウン大学のスポークスマンは、体調の悪化で試験に合格できなかった学生の医療記録を喜んで調べよう、と発表した。もっといい知らせは、ノイ母娘と父親が自宅に戻り、ちょっとした地元の有名人になっていることだ。今のところは注目が集まっているので彼らは安全だった。貴族の血に流れる恨みがどれほど深いものか、それは時間がたってみないことにはわからない。ただし、ほかにも手は打ったのだ。シシーとわたしはアメリカのアカウントからご令嬢の父親宛に匿名のEメールを送り、件名欄には〝脅迫メール〟と書いた。本文は次のとおり。〈DCの麻薬パーティーに参加した娘の写真を複数枚持っている。今回の『真相』なるものを受けいれろ。さもないと、写真をマスコミに流し、アメリカで起きた真実の内容を公表する〉。娘が麻薬パーティーに参加していたという証拠は何もなかったのだが、彼女の生活行動を考えれば、その手のいかがわしい遊びに手を出していてもおかしくはないだろう。シシーが父親個人のメールアカウントに不正侵入した事実だけでも、ただのはったりではないと父親にわからせるには充分だった。

パーティーは二時間ほど続いた。全員がシーフードを持ってきたので食べ物はたくさんあった。ビッグマン・ブーンもコウ船長もまだ到着していなかった。わたしの愛しいチョムプー中尉は鼻の整形手術を受けていたプーケットから直行するため、来るのは遅くなるだろう。どっちみち鼻は折れているので、この機会に形を整えるべきだと医師が判断した。ゲイの恋愛関係でいびつな鼻がもてるのは男役を務める者だけだ。むしろチョムプーならオードリー・ヘップバーンのような容貌を求めるだろう。

だが、マプラーオの残りの人びとは全員が姿を見せた。しかも、取材記者やラジオのリポーターまでが会場を歩きまわり、奴隷船のライブ中継があった夜はずっと眠っていた村民たちからも情報を聞きだそうとしていた。確認できる範囲では、マプラーオにあるパソコンは一台きりなのだ。メンも来ていたし、今まで一度も会ったことのない人びとも大勢いた。そして、インターネットカフェのそばかす店長も。それに、ママのキャビンに近づけてはいけない猿使いのアリも。犬たちもいた。なんでも食い尽くすこの四本脚のハゲワシどもは、例のごとく〝飼い主が餌をくれません〟と言わんばかりに、焼いたシーフードに顔を突っこんでいる。

わたしはお目付役としてママに付き添い、酒から遠ざけていた。アルコールのにおいをクンとひと息吸いこんだだけで彼女はサド侯爵夫人になる。地球上でいちばん金のかからないデート相手。もちろん、ひと晩じゅう目を光らせているのは無理だ。こっそりウイスキーを一杯あおり、たちまち竹製のテーブルの上で派手なセクシーダンスを始めるだろう。そんな事態になる前に、母をしらふのままひとりきりにしたかった。

「ママ」とわたしは声をかけた。

「なあに、シシー？」

ほらね？　母に酒は必要ないのだ。わたしたちは台所で小ぶりのイカを揚げながら、母の古い〝ボニーM〟のテープに合わせて体を揺り動かしていた。そう、彼女は今でもテープを持っている。石のこん棒やフリント（石英の一種）でできた斧の頭と一緒に箱に入れてしまっているのだ。

「わたしはジムよ」

「もちろんじゃないの。ふざけないで」

「ママ？　ここ数日、わたしたちみんながいろいろ気を取られてちょっと大変だった。でも、ずっと訊こうと思っていたことがあるのよ」

「どうぞ」

「あの猿」

「あら、それは質問とは言えないわね。それに、あの子の名前はエレインなの。敬意を払ってね」

猿の名前を覚えられるのにわたしの名前を忘れるとは信じがたい話だ。

「ごめんなさい、そのエレインだけど。火曜日に姿が消えたのよ」

「ええ。そうかもね」

「それより前に……」

「前に？」

「ママのキャビンの壁にベッドのヘッドボードがバンバンぶつかるようになった。あの夜、わたしとお祖父ちゃんが何ごとかと驚いてキャビンに行った。ママがホテル全体に響きわたるすごい悲鳴をあげた夜のことよ」

「日にちを勘違いしてるんじゃないの？」

「いいえ」

「じゃあ、きっと風だったんだわ」

「わが子に嘘をつく母親は舌にいぼができて、かぎ爪が生えるって、知ってるでしょ」

母は笑い飛ばした。

「それはただのお話よ。あんたはとっくに大人になってるんだから」

「それでも本当であることに変わりはないわ。さあ、舌を見せてちょうだい」

「ばかげてるわ」

「いいから見せて」

母がわたしをにらんだ。わたしはにらみ返した。母が舌を突きだした。

「まあ、大変。ママ！」

「何？」

「こんなにいぼだらけになってよく食事ができるわね。舌が恐竜の皮膚みたいだわ」

「そうなるんじゃないかと心配してたのよ」

「相手は誰なの、ママ？」

「言わない」

「でも、人間よね？」

「あたしがどんな変態だと思ってるの？」

「ああ、ママ。やっぱり本当だった。セックスしてたのね」

「全世界に聞こえるように大声で言ったらどうなの？」

「そうするわ。立派だと思うから」

「ほんとに？」

「もちろん。ママは百歳近い老婆なのに、いまだに現役」

母が笑った。

「誰だったのかもう一度教えて」ママの物忘れにつけこんでなんとか聞きだそうとした。

「あんたの知らない人よ」

「ヒント」

「ゲームはやらないの」

「わかったわ。自分でつきとめる。見慣れている人物にちがいないわね。だって、詮索好きなちっぽけな村によそ者がこっそり出入りしてたら必ず気づかれるもの。まあ、冗談でしょ」

「何が？」

「バートよ。アサイーの実を集める子」

「ちょっと、あの子はたった十二歳よ」

「彼は十九歳で、好色なの」

「あなたがどれほどすごかったたか、じかに伝えるチャンスがなかったわね」

暴行の被害から充分に回復していないのだとわかった。

「そんなこと、考えもしないわ」

わたしは生協の婦人に大皿を渡すと、チョムプーに近づいて抱き締めた。彼の反応でまだ

「ママ、もしもお酒を飲んでるところを見たら……」

しはイカフライの大皿を持って外に出ようとしたが、そこで思いだした。

みたいな顔だった。この姿で人前に出ることを承知したとはなかなか見あげたものだ。わた

「あんたのおまわりさんが来たわ」と彼女は言った。

母の横に立つと、駐車場にバイクを駐めるチョムプーが見えた。鼻の包帯のせいでオウム

母は窓の外に目を向けた。

を止めてくださいって叫んだだけ。これくらいでやめましょう」

「わかったわ。もうたくさん。夢だったのよ。雷と雨の神さまインドラに、いまいましい雨

芝居をしていたようには聞こえなかった」

りだわ。騒々しい物音から考えると、すばしっこいやつだし。それに、ママの悲鳴、あれは

「あら、そのプライドとやらが午前二時にわたしたちを起こしたんだから、あの子でぴった

「あんたのお母さんにはまだプライドってものがあるのよ、わかる？」

「でも、両目に届くほど長い。それに、暗いところでは気づかないと思う」

「眉が片方しかないわ」

「実を言うとね、殴られることにかけてはそれなりのコツを身につけてるのよ。うまく体を丸めるの」

「冗談はやめなさい。あなたはやってのけたんだから。事件を解決したのよ」

「あんたのお母さんとお姉さんがいなかったら、その褒め言葉をかけてもらうのは死んだあとだったでしょうね」

「笑って」と言って、わたしは携帯電話で彼の写真を撮った。

「ちょっと。この角度じゃ写真写りが悪すぎるわ」

「でも、とってもカラフルよ。紫色、茶色、緑色、まるで〈ベネトン〉みたいに華やかな痣だわ。それに、その素敵なくちばし。初めて本格的な暴行を受けたというのに、ここで写真を撮らなかったら、のちのち見せびらかすための記念写真がなくて後悔することになるわよ。わたしだって、殴られたときの自分の写真が欲しいもの」

わたしたちは大にぎわいのパーティー会場に入り、気がつくと正体不明の飲み物をそれぞれ手にしていた。

「エッグについて何か情報は？」とわたしは訊いた。

「ランスワンの留置所にいるわ」

「釈放されると思う？」

「たぶん。ああいう逮捕劇はうわべだけだからね。あたしはあいつに不利な証拠を提出する予定になってるけど、でも、身内の警官を収監するのは警察としては不都合なことよ。釈放されたとき、あの男にはあたしを許す気持ちなんてないだろうし」

「じゃあ、処罰される人なんているのかしら？」

「当局は金のないやつから片づけるでしょうね。武装した見張り。ネズミ兄弟。きっと、あの奴隷船のボスも。残った連中は金の力で法の網をすり抜ける。証人も証拠もなければ殺人で起訴なんかできない。ミャンマー人がひとり射殺されるところをコウ船長が目撃したけど、引き金を引いた張本人を特定することは無理だった。それに、今のところ、遺体そのものがない。おとぎ話みたいなものよ」

「だったら、どうしてわたしたちはくよくよ悩んだわけ？」

「あたしの鼻がまだまっとうだったときに、同じ質問をあんたにしたと思うけど」

「打ちのめされたその顔は美しいと思うわ」

わたしはチョムプーの頰にそっとキスした。

「これはなんのため？」

「誠実な警察官であることを称えるためよ」

「明日になってもまだ階級がこのままだったらラッキーとしか言いようがない」

「当局があなたをクビにしたりするものですか。あなたはヒーローなの。世界があなたを愛している。姉さんもあなたが魅力的だと思ってるわ」

「彼女も最高よね」

「ひょっとして……」

「あたしたちふたりとも、部屋の壁にアントニオ・バンデラスのポスターを飾ってたの。苦労しなくても始まる関係ってあるのよ」

「あなたたちなら素敵なカップルになるでしょうね」

「あんたとあたしのほうがもっと有望だわ」

「それは無理なんじゃないの？　姉さんにそっと知らせるわね。さあ、会いに行きましょう。みんながあなたを待ってるから」

わたしはチョムプーを連れて海岸に向かった。雨が降ったときに備えて、念のために支柱付きの大きなプラスティック製の日よけをメンから借りていた。それを設営したそばには四十五度に傾いた屋外トイレがある。トイレブロックの内部に通したロープで浜辺に固定してあった。わたしたちはこれを〝過激な放尿〟と呼んだ。もちろん、夜なのでわざわざこのトイレを使う者はほとんどいなかった。

人びとの輪に加わると、全員が総立ちの拍手喝采でチョムプーを迎えた。こうして大きなテーブルのまわりにはヒーローたちがほぼ勢ぞろいした。シシー、アーニー、ゲーウ、ジャーお祖父ちゃん、ウェーウ元警察大尉、エド、メン。シシーは田舎風のだぶだぶのチノパンに細いストラップのぴちぴちトップ、髪はポニーテール。厚化粧。ハワード・ヒューズ並みに孤独な引きこもりを続けていた彼女が、人前に姿を現わすとは実に驚くべきことだった。しかも、くつろいだ様子で土地の方言をからかい、臆面もなくエドに言い寄っている。このナンパを別にすれば、わたしはシシーがここにいてくれてとてもうれしかった。チョムプーは腰をおろす前にシシーに顔を近づけ、その頰に本格的な口づけをした。シシーは失神するふりをした。短い静寂のあとに群衆から「うわぁぁ」という大きな歓声がわき起こった。姉と中尉が正式に女友達同士となったことを、どれだけの人が理解しているだろうかとわたしは思った。

「箱の中身は?」とチョムプーがわたしに尋ねた。

テーブル、と言っても小さなテーブルをたくさん寄せ集めてビニールカバーで覆ったものだが、その中央に小型の頑丈な木の箱が置かれていた。ふたを開けたままにしておこうかとも考えたが、あまり趣味のいいアイディアではないと判断した。この木箱には発泡スチロールの箱がぴったりと収まり、そのなかには氷が詰まり、さらにその内部に……。

「昨日、例のレスキュー団体に行ったのよ。建物は厳重に施錠されてたけど、別の団体が在庫を引き継ぐ競売に競り勝った。在庫のなかの一点が、今回の一連の事件を引き起こした海岸の漂着物、つまり、わたしが見つけた生首だったの。引き取り手は誰もいなかったし、ちょうどこの箱にも入るんじゃないかと……」

「じゃ、この箱のなかに?」

「明日の葬儀を手配したわ。旅立つ前に、あと一夜ぐらい外にいるのもいいかと思って」

「あんたって、ホントに変わった女だわ」

「そうね」

飲み物が補充され、報告会が始まった。

「ビッグマン・ブーンとコウ船長を待たなくていいのかい？」とエドが言った。

「かまわん」と祖父が言った。「さっさとやれ」

わたしたちは、もっとうまくできたかもしれないことを話し合い、うまくいった部分については満足そうにほくそ笑んだ。わたしはいつ殺されてもおかしくないきわどい状況だったのだが、それは単にあの夜を音楽シーンで締めくくるためのお膳立てにすぎなかったのかといささか気になった。

「ねえ、エド」とわたしは言った。「三十艘の小型船がわたしたちに合流すると知ったのは、正確にいつだったの？」

彼はとても魅力的に見えた。髪はグリースで後ろに撫でつけていた。襟なしの白いコットンシャツが陽灼けした肌に映えている。彼とシシーはやけに仲がよさそうで、これまた癪に障る。そろそろ彼に身のほどをわきまえさせなくては。

「すべてはコウ船長の計らいだと思う」とエドが答えた。「彼は小型船の仲間と常に連絡を取り合っていた。たぶん、彼らを乗り気にさせたのは、インターネットで一部始終が世界じゅうに生中継されるという趣向だったんだろうね。みんな、あの夜は漁をあきらめた。普通の人間からエンターテナーを引きだすのはまさに観客だからね。それで、彼らがおれたちに追いつくと、コウと一緒に周囲を取り囲むように指示し、あとは知ってのとおりだ」

「わたしはあやうく死ぬところだったのよ」

「いや、そんなことはない。おれがずっと双眼鏡で見ていた。あんたは安全だったのさ」

「じゃあ、『ダンシング・クイーン』なんて、あの状況にはふさわしくないんじゃないかと思ったりしなかったの？」

「連中の楽曲リストのなかで英語の歌はあれだけだったんだ。歌詞の発音を書いたものがあった」

「みんな、意味はまったくわかってなかったよ」とメンが言った。

わたしはなおもエドに不満をぶつけたかったが、そこへ顔を紅潮させたママがイカフライの大皿を持って現われた。酒をちびちびと飲みつづけていたのは明らかだ。やはりスタンディングオベーションで迎えられ、母はまるで貴婦人のように腰をかがめてお辞儀し、ついでにイカフライを半分テーブルに落とした。

「あの人、まだそこにいるの？」彼女は箱のなかの生首について言った。

「彼がでかけるところは見なかったな」長らく聞いたことがなかったが、ジャーお祖父ちゃんの口から久しぶりに冗談らしきものが洩れた。ヒーローたちが笑った。

「生首に乾杯はどうかしら？」わたしは提案した。「この人がいなければ、もっと多くの彼の同胞が今ごろ死んでいたかもしれないんだから」

「生首に乾杯」とシシーが応じた。

「生首に乾杯」残る全員が口をそろえた。

わたしたちは酒を飲み干し、さらにグラスに注いだところで次なるスタンディングオベーションの対象が登場した。

「みんな、おれがいないのにさっさと始めてるのか」という声が響いた。

振り返ると、純白の海軍の礼装に身を固めたビッグマン・ブーンが見えた。わたしたちはにらみつける彼の視線から顔をそむけた。

「奥さんはどこ？」とわたしは尋ねた。

「どれのことかな？　なにせ、大物から小物までたくさんの女房がいるんでね」

「今夜のその格好はなんだい？」とエドが言った。

「英国海軍だ」ビッグマン・ブーンが自慢げに答えた。「射撃手。一等准尉。クイーン・エリザベス2の船内見学をしたときにロッカーで見つけたものさ。少し大きいが、これを見ただけで女どもが濡れるのさ」

「ほかに妙なことを言いださないうちに彼を歓迎しましょう」とわたしは言った。

全員が立ちあがって村長に敬意を表した。

「あたし、イギリスの水兵さんたちとも経験があるわ」ママが口をはさんだ。

「今はやめなさい」祖父がたしなめた。

「ぜひ聞きたいわ」とゲーウが言った。彼女はひと晩じゅうアーニーの腕から離れていない。

またもや客の到着で救われた。今度はコウ船長で、村長のピックアップトラックを代わりに駐車させていたのだ。ボタンダウンのシャツ、ジーンズに革ベルトという装いの船長はさっそうとして見えた。

「さあ、本当のヒーローのお出ましだ」とウェーウが言った。

お祖父ちゃんがなにやらぶつくさと小声で言った。

全員が立ちあがった。

「コウ船長」わたしが声をかけた。「わたしから感謝。生首からも感謝。そして、全員が感謝しています」

「チャイヨー」全員が声を合わせて乾杯した。英語の〝チアーズ〟よりはるかに熱烈だった。わたしたちは船長を称えて杯を空けると席に着いた。ただし、シシーだけは立ったままだった。彼女はこの勇敢な漁船員にまだ会っていなかったのだとわたしは思いついた。

「こちらはコウ船長」わたしは姉に紹介した。「運搬船を追尾して奴隷船の居場所をつきとめ、カラオケ攻撃作戦を計画したのはこの人なの。船長、こちらはわたしの兄のソムキアットです。でも、わたしたちの多くはシシーと呼んでるけど」

妙に気詰まりな一瞬が流れ、シシーは立ち尽くしたまま、愕然とした表情で船長を見つめていた。コウ船長がほとんど申しわけなさそうに笑みを浮かべた。

「ご機嫌いかが、父さん？」シシーがようやく口を開いた。

「元気さ、息子よ。おまえは？」

訳者あとがき

タイ、それも、バンコクのような大都会ではなく、南部チュムポーン県ランスワン郡にある人口五千人の小さな漁村マプラーオ（タイ語でココナッツの意味）を舞台としたミステリーの登場である。タイという国の形は斧《おの》にたとえられると聞いたことがあるが、村の位置としては大きな斧の刃から柄に通じる細い部分といったところだろうか。タイ南部というとプーケット島やサムイ島など風光明媚《めいび》な観光地を連想するが、マプラーオは美しいビーチとは無縁のわびしい漁村。タイランド湾に面したこぢんまりとした村の概観に関しては、巻頭にある著者手描きの地図を参照していただきたい。なかなか愛らしいこのイラスト地図を見るだけで、こんなのどかそうな場所でいったいどんな事件が起きるのか、とわくわくさせられる。

訳者自身、ฉันรักเมืองไทย（チャン・ラック・ムアンタイ、タイ語で「タイ大好き」）なので、タイならではの慣習や食文化、社会制度、そして、いまだに続く政情不安の背景などを読むと当然ながら興味がそそられるし、その情景が目に浮かんだりする。たとえば、ワイ。これはタイの至るところで見られるが、合掌の形で相手への敬意や感謝を示す挨拶。本来は目上の人にするものだが、ホテルに始まり、お店でも、タイ式マッサージ店でも、どこでもワイ。とりあえずワイをしておけばＯＫというようなケースもあるだろうが、こちらもワイを返せば、わずかこれだけのボディランゲージでなんとなく心温まる雰囲気にはなるからおもしろい。

話を本題に戻そう。本書『渚の忘れ物　犯罪報道記者ジムの事件簿』（原題 GRANDAD, THERE'S A HEAD ON THE BEACH）は、主人公ジム・ジュリーが駄犬の散歩中にゴミだらけの汚らしいビーチで男性の切断された生首を発見し、それを祖父に知らせにいくところから始まる。実にショッキングな幕開けなのだが、これがタイ風にアレンジされるとなんとものんびりとした展開になる。まずは規則どおりに村長（本妻のほかに別の妻と愛人がいる制服オタク）のもとへ報告に行くが、彼はなかなか腰をあげない。どうにか説得し、村長と警察官、それに、遺体回収専門のレスキュー団体の車が現場に到着するが、村長も警官もすぐに引きあげてしまい、しかも、レスキュー団体の男ふたりは見るからに凶悪そうで、生首の髪をわしづかみにして回収する始末。事情聴取も捜査も検屍もない。事件の可能性が高いのになぜ黙殺に近い扱いをされるのか？　しかし、この生首発見をきっかけに、タイがかかえる大きな国際的問題が明らかにされていくことになる。

ところで、ひとつ、補足として説明させていただくが、タイでは救急制度が整備されていないため、こうした遺体の回収や交通事故等による死者・負傷者の搬送は民間の非営利組織やボランティア団体が代行している。費用は寄付金や遺族からの謝礼でまかなわれる。タイの九五パーセントは仏教徒（上座部仏教）で信仰心に篤く、輪廻《りんね》転生の観念から豊かな来世のために現世で徳を積むタンブンという行為が広く浸透している。現世で恵まれないのは前世で徳が足りなかったから、という思考にも通じる。タンブンは、たとえば寺院への喜捨や托鉢僧への布施、鳥や魚を逃がす放鳥や放魚(タンブン用の籠に入った鳥や水槽の魚が売られている)、無縁仏のために棺桶を寄付、そして、遺体回収団体にも寄付がされるわけだが、本書でも描かれているようにすべての団体が善意だけで動いているとは限らないようだ。事故の被害者を現場に放置したまま、レスキュー団体同士が奪い合いを演じるという話も聞く。

さて、あらすじを続けるために主要な登場人物をご紹介しておこう。ヒロインのジム・ジュリー、三十四歳。オーストラリアへの留学歴もあり、一年前までは『チェンマイ・メールの有能な犯罪報道記者だったが、現在は〝ガルフベイ・ラヴリーリゾート・アンド・レストラン〟という名前だけは立派だが、実際にはほとんど客のいないうらぶれたホテルの調理場担当。今でも記者魂はめらめらと燃えているし、事件のにおいを嗅ぎつければ行動せずにはいられない。そんな彼女を北部チェンマイから南部の小さな漁村へと移住させる原因を作ったのが母親のジッマナット・ゲスワン、呼び名は〝ママ〟。ちなみに、タイの人びとは非常に長い名前の持ち主が多く、それぞれがニックネームで呼び合う。たとえば、訳者の知り合いのタイ人はニックネームが〝ノート〟だ。で、このママ、五十八歳、面倒見のよい美人だが、ヒッピー暮らしやジャングル生活の経験もあり、かなり風変わりな一面を持つ。彼女はチェンマイにあった家と経営していた店舗をいきなり売却し、ラヴリーリゾートを購入してしまった。時折ネジがはずれてしまうような母親をひとり南部へ行かせるわけにはいかないので、やむなくジムもチェンマイを離れたのである。

そして、ジャーお祖父ちゃん。交通課ひと筋の元警察官で、最終階級は二等巡査。本来なら優秀な刑事になれるだけの能力や力量があったのだが、いっさい賄賂を受け取ることがなかったため、昇進の道が閉ざされた。そう、残念ながら、タイの警察は収賄があたりまえのようだ。二〇一四年十一月にも警察高官による巨額の汚職疑惑がタイを揺るがしたばかりである。そういう汚職体質のなかで収賄を拒んだためにジャーお祖父ちゃんは出世できなかったわけだが、今でも交通規則はすべて頭にたたきこまれ、片田舎の交通の監視に余念がない。

アーニー、三十二歳。ジムの弟で、ボディビルダーとして鍛錬を欠かさず、ハンサムで、筋骨隆々としたみごとな肉体の持ち主だが、心は小鳥のように優しくひ弱。ひとことで言えば臆病者。二十五歳以上も年上の婚約者がいる。ジャーお祖父ちゃんとアーニーもママとともにマプラーオに引き移った。シシー、三十六歳。本名はソムキアットで、ジムの元兄、今は姉である。つまり、男として生まれたが、手術で女性になった。コンピューターの知識に秀で、不法なハッキングはお手の物。彼女だけはチェンマイの高級コンドミニアムに引きこもって暮らし、フォトショップを駆使した修整技術でネット社会のアイドルとなっている。

以上がジムの家族だが、あとひとり、チョムプー警察中尉も紹介しよう。親の力で警察に入り、中尉の階級まで押しあげてもらったものの、ゲイとしての女っぽさを隠そうとしなかったため、左遷に次ぐ左遷でマプラーオまで流れ着いた。警察官としては有能。ジムの友人でもある。

またまた話がそれてしまうが、シシーもチョムプーもゲイである。いや、シシーはすでに女性だからゲイとは言わないのか？　いずれにせよ、タイにゲイが多いのは事実であり、社会も彼らに対して寛容に思われる。夜の街やショーで働く人びともいるが、ごく普通にデパートの化粧品売り場や観光ガイドとして働く「女性」たちをよく見かけるし、「彼女」たちは非常にきれいなのだ。偏見の眼差しといったものを周囲に感じたことはない。もちろん、皆無ではないだろうし、好奇の視線を向けられることはあるだろうが。

あらすじに戻ろう。ジムは生首のその後を追及せずにはいられなくなり、遺体回収団体の施設を訪れる。立派な遺体保管室には引き取り手を待つ遺体がそれぞれ遺体袋に収められ、整然と並んでいたが、例の生首は見つからない。だが、奥の一角に遺体や遺体の一部が雑然と詰めこまれた小さな保管室があり、そこに問題の生首があった。なぜこれらの遺体はきちんと保管されていないのかと問いただすと、職員はただひとこと、「ミャンマー人だから」と答えた。ミャンマー人には不法滞在者や不法就労者が多く、遺体を引き取りに来ることはできないとしても、なぜ切断された首の捜査がきちんと行なわれないのか？　ジムはマプラーオの隣町パックナムにあるミャンマー人コミュニティを訪ねることにした。たとえ合法的な就労許可証を持つ人びとでさえ、スラムのような狭い路地裏で息をひそめ、身を寄せ合って暮らすミャンマー人たち。ジムが取材したところ、ミャンマー人の失踪が相次いでいることがわかる。突然に消息を絶ってしまうというのだ。何者かに拉致されている可能性が浮かびあがる。

そのころ、ラヴリーリゾート・ホテルにも不審な宿泊客が訪れていた。ナンバープレートのない車、身分証の提示はなし。なにしろ、ホテルとは名ばかりのみすぼらしいキャビンが客室なので、一泊で逃げだすものと思いきや、なぜか気に入ったのでしばらく滞在するという。それじたいが謎だったし、保証金として多額の現金を預けはしたものの、本名でもニックネームでもない偽名を名乗る母と娘。すなわち、母親は高声《こうせい》のノイ、娘は低声《ていせい》のノイ。タイ語には五声調（平声《へいせい》、低声、下声《かせい》、高声、上声《じょうせい》）あるので、声調が異なれば意味が違うとはいえ、これはあまりにもうさん臭い。逃亡生活をしているのは明らかだが、いったい何者から逃れようとしているのか？　この疑問にも首を突っこまずにはいられないジムは、ハッキングによるリサーチを姉のシシーに依頼した。すると、娘ノイの不可思議な履歴が明らかになる。高校時代には全国的にもトップクラスに入る優秀な成績を収め、アメリカの一流校ジョージタウン大学に留学する奨学金を得て渡米していた。その彼女がどうして母親とともにこんなタイ南部のさびれたホテルに現われたのだろうか？　しかも、ふたりはひどく怯えて逃げ隠れしているようだ。

こうしてジムはふたつの謎と取り組むことになった。行方がわからなくなるミャンマー人たちと、ノイ母娘の逃亡生活の真相。ホテルには手榴弾が投げこまれ、暴力をなんとも思わない連中の脅威が迫ってくる。さらに、十数名のミャンマー人がまたもや拉致される。姉シシーのコンピューター知識や家族、村民たちの協力を得ながら、ジムは少しずつ問題の核心に近づいていくのだが……。

ここから先はネタバレになる要素を含むので、ご注意いただきたい。タイの水産業界の闇、すなわち、人身売買と奴隷労働はフィクションではない。タイは水産物の輸出は世界第三位、エビの輸出では世界一を誇るが、その陰では不法入国や人身売買で送りこまれたミャンマーやカンボジアの貧しい人びとが、何カ月、あるいは、一年以上も遠海のトロール漁船で強制労働をさせられ、しかも、最低賃金どころか無報酬の場合も多く、与えられる食事はわずかで、一日に二十時間前後も働かねばならない。逆らったり逃亡を図れば残忍な暴行や惨殺の憂き目にあう。こうした搾取を行なうのは悪質ブローカーや船会社、関連企業、地方の腐敗警官、そして、巨額の利益を吸いあげるのは大きな影響力を持つ一部の特権階級である。そのうえ、このような漁業は大規模な乱獲を招き、水産資源の減少に拍車をかける。本書はタイを舞台としているだけに、軽妙かつユーモラスなタッチで描かれているが、実はタイ水産業がかかえる根深く恐ろしい問題をあぶりだしているのだ。

タイはクーデターの多い国としても有名で、二〇一四年の五月には軍によるクーデターが起こり、軍事政権が樹立されたが、本書で描かれているのは二〇〇八年の黄シャツ組によるデモが激しかったころの話である。この構造を説明するために、中心人物であるタクシン・チナワット元首相について簡単に書いておきたい。タクシン・チナワットはチェンマイ出身の華人系タイ人で、警察官僚時代に副業としてさまざまな事業を展開し、携帯電話事業や衛星通信事業で巨万の富を築いた。やがて、政界入りしてタイ愛国党を創設、二〇〇一年に首相に就任した。最貧地帯と言われる東北部の農民のために、日本の一村一品運動にヒントを得た特産品作りを奨励したり、格安の医療制度、地方の教育制度改革、麻薬の撲滅など、次々に政策を打ちだしたが、強権的な姿勢やみずからの資産問題、汚職疑惑などで批判を受け、失脚した。しかし、東北部の農民や都市の貧困層からの支持は強く、それが赤シャツ組（親タクシン派）、正式には反独裁民主同盟（ＵＤＤ）で、赤いシャツはタイ国旗（青、白、赤の三色旗）の赤、つまり、国家と国民の団結心を表わす。一方、黄シャツ組（反タクシン派）は民主市民連合（ＰＡＤ）で、既存の権力層や都市中間層から成り、王室護持を掲げている。黄色はプミポン現国王のシンボルカラーである。プミポン国王は月曜日の生まれだからだ。ちなみに、タイでは曜日ごとに色が決まっていて、拝む仏像も曜日に合わせたものがある。月曜日の色は黄色なのだ。こうして親タクシンと反タクシンのせめぎ合いは続き、首相もそれに応じて交代してきた。本書でシシーが揶揄《やゆ》しているが、テレビの料理番組に出演したせいで憲法裁判所から閣僚失格を宣告されたのは当時のサマック首相（タクシン派）である。そのあとを継いだソムチャイ首相は夫人がタクシンの妹で、二〇〇八年十一月には黄シャツ組がスワンナプーム国際空港を占拠し、空港閉鎖にまで至った。本書でシシーはこの騒ぎに巻きこまれている。タイを愛する者としては健全な民主主義に移行してほしいと願わずにはいられない。

さて、このようなユニークで読みどころ満載の作品の著者コリン・コッタリル（Colin Cotterill）についてご紹介しよう。一九五二年にイギリスのロンドンで生まれ、体育教師の資格を取得してから世界放浪の旅に出る。イスラエルで体育教師として働き、オーストラリアでは小学校の教師、アメリカのケープコッドでは教育に恵まれない大人たちの指導員、さらに、日本で大学講師を務めた経験もあるが、その後は東南アジアで過ごしている。タイやミャンマーの国境地帯では教師の育成にあたり、ラオスにも四年滞在してユネスコの活動やタイのテレビ向けに語学教育の番組も制作した。さらに児童保護活動にも携わり、タイ南部でNGOも設立している。また児童虐待問題について勉強し、児童売春やポルノと闘う国際組織の活動にも参加した。しかし、常に彼が情熱を傾けてきたのはカートゥーンと著述である。二〇〇四年に刊行された作品、ベトナム戦争後のラオスを舞台に、七十二歳の検屍官を主人公としたミステリー『老検死官シリ先生がゆく』（ヴィレッジブックス）で、専業作家として本格的な活動に入った。このシリ先生シリーズに続いて発表されたのが、本作ジム・ジュリーのシリーズである。現在、彼はタイランド湾沿いのチュムポーンに夫人と犬たちとともに暮らしている。手書きの文字やイラスト、漫画、風刺画がふんだんに盛りこまれた著者自身のウェブサイト www.colincotterill.com があるので、興味を持たれた方はぜひご覧いただきたい。これを見ただけで自由闊達な著者の人となりが伝わってくるはずだ。

タイ語で乾杯は「チャイヨー」という。ジムが好きな赤ワインを傾けつつ、「チャイヨー」と言いながら本書を楽しんでいただければ、訳者としてこのうえない喜びである。

二〇一四年十二月

中井京子

集英社文庫

渚《なぎさ》の忘《わす》れ物《もの》 犯罪報道記者《はんざいほうどうきしゃ》ジムの事件簿《じけんぼ》

2015年2月25日 第1刷　　定価はカバーに表示してあります。

著　者　コリン・コッタリル
訳　者　中井京子《なかいきょうこ》
発行者　加藤　潤
発行所　株式会社 集英社
東京都千代田区一ツ橋2-5-10　〒101-8050
電話　【編集部】03-3230-6094
【読者係】03-3230-6080
【販売部】03-3230-6393(書店専用)
印　刷　中央精版印刷株式会社　株式会社美松堂
製　本　中央精版印刷株式会社

フォーマットデザイン　アリヤマデザインストア　　マークデザイン　居山浩二

ISBN978-4-08-760701-7 C0197